MISIÓN CALIFORNIA

Martina Jones

Editado por Harlequin Ibérica.
Una división de HarperCollins Ibérica, S.A.
Núñez de Balboa, 56
28001 Madrid

© 2017 Martina Jones
© 2019 Harlequin Ibérica, una división de HarperCollins Ibérica, S.A.
Misión California, n.º 195 - 1.9.19

I.S.B.N.: 978-84-1328-164-3
Depósito legal: M-18277-2019
Impreso en España por: BLACK PRINT
Fecha impresión Argentina: 28.2.20
Distribuidor exclusivo para España: LOGISTA
Distribuidor para México: Distibuidora Intermex, S.A. de C.V.
Distribuidores para Argentina: Interior, DGP, S.A. Alvarado 2118.
Cap. Fed./Buenos Aires y Gran Buenos Aires, VACCARO HNOS.

«Iba camino a descubrir mi destino. Como no sabía cuál sería, opté por explorar cualquier oportunidad que se me presentara».

Edward Bloom
Big Fish, de Tim Burton, 2003

Primera Parte

LA DECISIÓN

Capítulo 1

Pérdidas y ganancias

—¡Pérdidas y ganancias! —las carcajadas de Sonia resonaban por toda la estancia a la vez que la indignación de Lucía aumentaba al recordar el episodio.

—¡Pues sí! Eso le dije. Que no era una empresa y no llevaba nuestra relación como una cuenta de pérdidas y ganancias.

—La verdad es que tienes un ojo para los tíos… ya te ha hecho muchas este Albertito, pero es que no es el único. —Julia había dejado de pintarse las uñas y la miraba con el ceño fruncido en una mezcla de diversión y lástima por su amiga—. ¿Te acuerdas de Diego, el que te hacía cargar con la mochila de los dos en las excursiones porque decía que la igualdad también era eso? ¿O de Rafa, que quería que dejaras los estudios para irte a vivir con él? ¿O de…?

—Me acuerdo, me acuerdo —atajó Lucía con mueca de hastío.

Ahora fue Teresa la que habló, desconcertada por lo que su amiga les había contado.

—Pero vamos a ver… ¿no fuisteis a medias con los gastos?

—Pues más o menos sí, o eso creía. Yo pagué los hoteles, él la gasolina y los peajes… y la comida una vez cada uno, aunque seguramente él se hizo cargo de alguna más.

—Pero se guardó todos los tickets de los cuatro días del viaje y los volcó en una tabla de Excel. Será rata el tío… —explotó Marta.

Sonia seguía sin parar de reír. Al fin se puso seria y añadió:

—Si llego a ser yo la que recibe ese correo pidiéndome que le haga un ingreso porque él se ha gastado más, le mando cerca… Por eso te pasa lo que te pasa, Lucía, por aguantarlo. Que no es la primera que te lía este tonto pelado —sentenció.

—¿Qué hiciste al final? —inquirió Sara.

—Pues qué voy a hacer, intenté recordar todo lo que había gastado, sumé los tickets que encontré por el bolso y, como más o menos coincidía con lo que me dijo, le hice la dichosa transferencia de cincuenta euros…

—¡Lo que yo te diga! ¡Tú eres tonta! ¡De buena, tonta! —No pudo contenerse Sonia.

Lucía le hizo un gesto para indicarle que no había acabado.

—Se los ingresé y le pedí al del banco que me pusiera en el concepto «Liquidación final de la cuenta».

Ahora las cinco amigas la miraron boquiabiertas. Fue Julia, economista como ella, quien recobró primero el habla:

—¿Significa eso lo que creo que significa? ¿Le has dejado por fin?

—¡Sí! —gritó Lucía con euforia, y todas se echaron a reír.

Seis horas, varias tarrinas de helado, un par de pizzas y unos cuantos mojitos después, todas las amigas disfrutaban de la noche en el pub de moda. Todas menos Lucía, quien lloraba desconsolada en el hombro de su amigo Satur.

—¡Venga, mujer, anímate! Que ese tío tampoco era para tanto. Estaba buenorro, y la verdad es que de cara era una lindeza, pero...

Aquello hizo que los sollozos aumentaran de volumen.

—¡No, no estaba bueno, perdón! Era horrible, estaba echando barriga cervecera, y ¿no me digas que no te fijaste cómo le crecían las entradas? Ese en un par de años está más calvo que yo.

Ahora Lucía se echó a reír entre hipidos y Satur se animó a continuar.

—Con esas pintas de niño bueno, tan repeinado y engominado siempre, ¡si eso ya no se lleva! No te pegaba nada. Además, aquí nos tienes a mí y a tus amigas para lo que haga falta.

—Sí, claro, eso decían todas hace un rato —volvió a ponerse seria— y ahora míralas. Ni una se acuerda de preguntarme cómo estoy. Ahí las tienes, cada una ligando con un tío.

—Qué lagartas —se burló—. Pues claro, boba, eso es lo que tienes que hacer tú también. ¡Con un buen polvo se te quitaban a ti estas tonterías!

—¡Pero qué bestia eres! Además, que ni loca me meto yo ahora en la cama de nadie. Ya he tenido bastantes pérdidas por el momento.

Satur se encogió de hombros sin entender a qué se refería.

—Ay, si yo fuera hetero... te ibas a enterar tú de lo que era una pérdida... ¡del sentido!

Capítulo 2

Un error de principiante

Hacía horas que el sol se colaba con insistencia a través de los minúsculos orificios de la persiana. Al girarse, un rayo le dio de lleno en el ojo izquierdo y Lucía gruñó con fastidio. Poco a poco fue tomando conciencia de la realidad, se frotó ambos párpados dejando un cerco negro en los nudillos y miró los dígitos fluorescentes del despertador. Daban ya más de las tres de la tarde del domingo y la cabeza le seguía martilleando como cuando llegó a casa, pero un agujero en el estómago la decidió a levantarse. Se desperezó como una gata y se puso lentamente en marcha.

Al menos había tenido la prudencia de no quedarse a dormir en el piso de aquel tío. No sabía qué le parecía más horrible, si verle por la mañana y enfrentar la siempre incómoda situación, o saber que el otro estaba pensando lo mismo que ella: «esto no era lo que me ligué yo anoche». De modo que por norma nunca metía a nadie en su casa, y así ella podía irse cuando le diera la gana. Ahora pasó por el cuarto de baño sin dignarse a observar su imagen en el espejo. ¿Para qué? Se hacía una idea de lo que se encontraría, y total, no pensaba salir de casa. Se recogió en una desmadejada coleta el largo cabello rizado sin tomarse la molestia ni de desenredarlo, se lavó la cara con agua fría y fue a la cocina a prepararse un plato de macarrones con tomate y atún. Comida de estudiante, sí, pero también lo mejor para la resaca.

Hacía ya más de cuatro meses desde que lo dejó con Alberto, y aunque poco a poco se había hecho a la idea y adaptado a su nueva vida de soltera, los domingos eran el día que peor llevaba. Durante la semana el absorbente trabajo en su empresa requería de toda su concentración, y a medida que el viernes se acercaba, sus pensamientos se dirigían hacia los planes del fin de semana. Luego con las cañas del mediodía y las risas y bailes nocturnos aquellas cuarenta y ocho horas pasaban volando. Pero era el domingo cuando todo aquello acababa y tenía un espacio disponible hasta el día siguiente, espacio que su cerebro rebelde aprovechaba para recrearse en un vacío que le atormentaba. Solía refugiarse en el sofá a ver alguna película de moco y pañuelo, de esas que no faltaban en las vespertinas horas dominicales, y que no lograban sino deprimirla aún más con los finales felices de eternos flechazos. Pero esta vez ni siquiera pudo contar con ese recurso. El día anterior había fallecido un político de trayectoria histórica para el país, y las cadenas se plagaban con documentales sobre sus logros y la siempre morbosa última hora de su despedida final. De modo que apagó la televisión con gesto de hastío y se quedó sin saber qué hacer.

Sin embargo, la muerte de aquel hombre de noventa y siete años le había impactado. Habría tenido que lidiar con unos buenos cuantos de problemas al frente de un gobierno nacional, pero había disfrutado también de una vida extraordinaria, repleta de viajes por todo el planeta, de personas interesantes y experiencias increíbles. No pudo evitar la comparación con su rutinaria vida, que se le antojó más gris y anodina que nunca. Al menos con

Alberto tenía un proyecto de futuro, aunque quizá fue solo ella quien lo había imaginado, pero se veía casándose algún día con aquel chico guapo, espléndido con su flamante traje en las fotografías de la boda que ella exhibiría en su salón, dando a luz uno o dos preciosos retoños, yendo al parque con ellos a verlos jugar mientras charlaba con el resto de madres... en fin, todas esas cosas por las que se suponía que debía transitar la vida de una. ¿No? El caso era que ya no tenía ese camino marcado, a pesar de que fuera un camino que sí, lo reconocía, había sentido que le ahogaba en su momento, como le comenzaba a ahogar también la vida de *single* independiente y liberada de la que ahora tanto se jactaba.

De repente reparó en que el teléfono parpadeaba. Alguien le había escrito por el chat. Sin más ganas de reflexiones profundas que podían conducirla a algo que estaba segura de no querer ver, aprovechó esa lucecita para escapar de ellas y alcanzó el móvil.

¿Qué tal has dormido, guapa?, leyó perpleja.

«Pero, ¿y éste quién demonios...?».

Recordó que su ligue de la noche anterior le había pedido el número de teléfono y ella se lo había dado en un arrebato sin concederle mayor importancia. «¡Imbécil!», se dijo por cometer tal error de principiante. Bastante tenía ya con aquellos que la encontraban por Facebook y trataban de agregarla. Como si divertirse un rato juntos les diera derecho a revisar su vida completa, desde las antiguas fotos escaneadas de bebé hasta las excursiones con Alberto. Sí, también aquellas del viaje de la cuenta de Excel que había desencadenado todo. Sin ningún remordimiento, bloqueó el número en el móvil y se fue a dar una ducha. Ya estaba bien de tonterías por ese día. Decidió que se acercaría a casa de Satur a ponerse mutuamente al día. Nada le gustaba más a su amigo que una buena ración de cotilleos.

Capítulo 3

El alma de la empresa

El espíritu colectivo parecía haberse contagiado de aquella sensación agorera en toda la empresa. Desde que una multinacional extranjera la compró hacía ahora un mes, los cambios comenzaban a notarse, y cada nueva decisión no era sino el preludio de las que seguirían. Por si acaso, todo el mundo parecía dispuesto a no llamar la atención de los nuevos directivos, de modo que las bromas matutinas y las conversaciones informales con el primer café que antes hacían de aquella oficina un lugar agradable, habían desaparecido por completo. Los recelos y una incipiente competitividad habían ocupado sus puestos. Hasta ahora nada de eso había sido necesario, pues la política de contratos indefinidos tras un año de correcto rendimiento y la estructura poco piramidal no lo propiciaban. Pero ante los rumores de que los recortes pasaran también por el alma de la empresa, sus propios trabajadores, la cosa cambiaba mucho. Nunca los echarían a todos, pero tampoco tenía pinta de que fueran todos los que iban a quedarse. De modo que habría que elegir. Y sería aquel gerente alemán desconocido hasta hacía quince días quien decidiría sus destinos.

Aquella mañana había convocado a los coordinadores de área en la sala de juntas, de la que habían salido con unas expresiones hieráticas que hacían imposible averiguar qué se habría cocido allí dentro. Entre ellos se encontraba Julia, la directora ejecutiva y también una de sus mejores amigas, que evitó cruzar la mirada al pasar por delante de su mesa. Fue la propia Lucía quien la animó a echar el currículo cuando se quedó vacante el puesto de responsable del departamento financiero. A partir de ahí, su ascenso fue fulgurante. En tres años ya era la que más mandaba en toda la empresa. Y es que su compañera era trabajadora y lista como pocas. No en vano le dieron el premio al mejor expediente de la promoción. Lucía miró el reloj. Quedaban un par de horas para el almuerzo. Entonces la pillaría y se lo sonsacaría todo.

Se disponía a emitir un par de facturas cuando vio cómo a Sol le sonaba el teléfono y tras una breve conversación tomaba rumbo hacia el despacho del temido alemán con rostro fúnebre. Era la más joven de la empresa y también el último fichaje. Llevaba ocho meses como *community manager* y desde que tuvieron noticia de los cambios no paraba de repetir que seguro que le tocaba a ella recoger los bártulos. Le alzó un pulgar hacia arriba en señal de ánimo y esperó a ver qué ocurría. En tan solo unos minutos, la joven salía del despacho con lágrimas en los ojos y se dirigía a toda prisa hacia la calle para dar rienda suelta a sus emociones. Lucía se levantó con intención de seguirla cuando fue su propio teléfono el que sonó.

—Helmut quiere verte. —La voz de Pablo, quien estaba haciendo las veces de secretario del gerente, sonó inexpresiva.

—¿Qué pasa, Pablo? ¿Por qué Sol ha salido llorando del despacho?

—Yo no sé nada, Lucía.

Ignorando si aquella respuesta era sincera o tan solo producto del miedo, no le quedó más remedio que aparcar el tema e ir a ver lo que quería de ella el tal Helmut, quien la hizo pasar con un gesto mientras conversaba en inglés con alguien al otro lado de la línea. Por los aspavientos que hacía y el elevado tono de voz, daba la impresión de estar discutiendo. Prestó atención rescatando de algún lugar remoto su anquilosado inglés de la secundaria y se dio cuenta de que estaba negociando la fecha de llegada de mercancías. Habría un retraso en la entrega y el muy avispado trataba de que le redujeran el precio por los perjuicios que no ocasionaría, pues ella sabía que contaban con excedentes para mucho más tiempo. Se dedicó a observarle de cerca, indiferente ya al demasiado rápido inglés de negocios que manejaba. Tuvo que admitir que era bastante guapo, de una belleza canónica poco habitual. Quizá demasiado joven para el puesto, pensó fastidiada, comprobando que ella misma le sacaba varios años. Rubio, alto, atlético, piel blanca y sonrosada y ojos de un frío azul, encajaba a medida con el patrón de chico alemán que una esperaba encontrar, aunque no en un lugar como aquel, sino quizá más bien en alguna fiesta nocturna en Ibiza. Abstraída en aquellos pensamientos, se sobresaltó al darse cuenta de que el ejecutivo había finalizado su conversación telefónica y se estaba dirigiendo a ella.

—Así que tú eres Lucía Pérez, la responsable de realizar las facturas de la empresa —pronunció con fuerte acento pero en un castellano intachable.

—Sí, soy yo.

—Encantado, Lucía. Y disculpa que no nos hayamos presentado antes. Ya sé que llevo dos semanas aquí, pero entenderás que la situación ha sido caótica estos primeros días y aún no he encontrado el tiempo para conocer a cada uno de mis empleados. —A Lucía no le gustó la forma en que pronunció aquello de «mis» empleados, pero se cuidó mucho de exteriorizarlo–. Permíteme ir al grano.

–Por supuesto –musitó, apocada a su pesar.

–El caso es que, como sabes, hace varias semanas Adinser adquirió la totalidad de las participaciones del hasta entonces socio mayoritario de Corex. Desde que se hizo operativa dicha transacción, la junta de Adinser ha velado porque nos ocupemos activamente de la supervisión y mejora de todo lo relativo a esta pequeña empresa –Helmut cogió carrerilla–. Como sin duda a ti, menos que a nadie, se te escapa, los resultados de Corex no han sido los mejores. Sin embargo, en Adinser hemos apostado por esta modesta empresa, pues consideramos que sus valores la hacen merecedora de centrar en ella nuestros esfuerzos, bla, bla, bla.

Aquello sonaba a discurso aprendido y repetido artificialmente en más de una ocasión, y Lucía le escuchaba a medias esperando a que llegara el momento de explicarle para qué la había llamado. Unos minutos después, ese momento llegó.

– … bla, bla, bla, bla…, de modo que no podemos permitirnos determinados excesos si queremos que esta compañía reflote y adquiera su mayor potencial. La austeridad y el eficiente uso de los recursos han de imponerse, y ello nos obliga a un ajuste de recursos humanos. De ahí que tu puesto vaya a amortizarse.

–¿Qué quiere decir? –preguntó ella, atónita.

–Nuestro departamento económico en Frankfurt se encargará de las que eran tus funciones. Dispones de dos semanas para cerrar los asuntos pendientes.

–Pero no pueden gestionarlo todo desde Frankfurt, no tiene sentido… –Ahora fue consciente de que en realidad nunca había llegado a temer por su puesto, y trataba con torpeza de encajar el mazazo.

–El área económica actual de Corex se fusionará con el área financiera, que quedará a cargo de una persona para gestionar los pagos y como intermediaria con la central de Adinser. Con eso será suficiente. Esta empresa lleva tres trimestres de pérdidas encadenadas. Es la mejor opción –zanjó Helmut con su fuerte acento que ahora le pareció mucho más desagradable.

Ante la inmovilidad de Lucía, quien parecía haberse clavado a su silla con aquel argumento final, recordó algo que articuló en la esperanza de, ahora sí, dar por finalizada aquella anunciada entrevista que había sido más bien un monólogo.

–Jesús Lozano, el responsable de recursos humanos, te está preparando los papeles. Puedes preguntarle a él cualquier duda sobre los pormenores de tu situación.

Capítulo 4

Romper con todo

La cola para solicitar la demanda de empleo era interminable y Lucía aguardaba con impaciencia sin soportar por más tiempo la espera. Llevaba cerca de cuarenta minutos y comenzaba a hacerse a la idea de que aquel sería, con suerte, el único de los papeleos que lograría resolver en la mañana. Entonces, mientras observaba a la gente que esperaba con estoicismo en la larga fila, vio entrar a un chico cuya cara le resultaba muy familiar. Le miró con fijeza de búho durante unos segundos hasta que cayó en la cuenta. «¡Tierra, trágame!», era el tío al que le había dado su número de teléfono para después bloquearle cuando trató de ponerse en contacto con ella. El mismo con el que bailó pegada media noche en la pista hasta que desapareció con él ante las miradas divertidas de sus amigas, que ya empezaban a acostumbrarse a la nueva Lucía.

Giró la cara y se parapetó como pudo tras un señor fornido y de barriga prominente que esperaba su turno junto a ella. Observó la cola de nuevo y sopesó sus opciones. De buena gana hubiera salido de allí tratando de no ser vista, pero perdería la vez y tendría que volver otro día a esperar desde el principio… Aquella actitud no es que fuera muy madura por su parte pero eso tampoco le importaba demasiado. ¿Quién la iba a juzgar?

Finalmente se resignó y lo dejó en manos del destino. Quizá se echaría atrás al ver la multitud y decidiese volver en otro momento, quizá no la reconociera… pero aquellas ingenuas expectativas se frustraron de golpe cuando escuchó una voz tras ella:

—Lucía, ¿eres tú?

Ella se dio la vuelta simulando una sonrisa que resultó bastante artificial, aunque al chico pareció no importarle.

—Hola, ¡qué casualidad! —Dios mío, cómo se llamaba este tío, cómo se llamaba…

—Bueno, no te creas, si quieres hacer vida social es mejor venir aquí que al pub de moda… Cada vez hay más gente en el paro, ya veo que a ti también te ha tocado.

—Una reestructuración de la empresa —admitió con pereza. Lo que le faltaba, encima el tipo se iba a enterar de su vida.

—Ya. ¿Hace mucho?

—No, voy a arreglar ahora los papeles para empezar a cobrar el paro.

—Ajá. A mí se me acabó hace ya seis meses.

—Vaya, no lo sabía —dijo Lucía cambiando el tono, como si sintiera que debía dar el pésame o algo así—. ¿Y qué has hecho durante ese tiempo?

—Pues un poco de todo. Cuando empecé a cobrarlo me relajé, lo admito —él esbozó una sonrisa granuja junto a la que se le dibujaron dos hoyuelos perfectos—. Llevaba currando sin parar desde que acabé la carrera y me lo tomé como unas vacaciones largas. Me levantaba cerca del mediodía, retomé cosas que había dejado abandonadas por falta de tiempo, como estudiar idiomas o ir al gimnasio, y empezaba los jueves el fin de semana, igual que en los viejos tiempos de la universidad.

Lucía no pudo evitar sonreír a su vez. No sonaba tan terrible. A ella tampoco le irían mal unas sesiones de *spinning* para ponerse en forma, que con tanto tapeo y tanta caña se estaba poniendo un poco fondona. Y lo de jubilar al despertador y dejar de oír ese repiquetear abominable cada mañana no estaba nada mal. No había cacharro en el mundo que acumulara más antipatía.

—Pero a medida que pasaba el tiempo todo eso empezó a aburrirme y me angustié ante el final del subsidio. Me ponía malo solo de pensar que pronto tendría que dejar el alquiler y volver a casa de mis padres. Y cuantos más currículos echaba sin que nadie se dignara a llamarme ni para una triste entrevista, más frustrado estaba y más de mal humor me ponía. Me estaba volviendo un poco insoportable.

—Entonces, ¿has vuelto con tus padres? —quiso saber, picada por la curiosidad. Trató de recordar. Había estado en su apartamento unas semanas antes de las Navidades. No haría más de un mes, mes y medio como mucho.

—Hasta ahora he podido escapar. He hecho algún trabajillo —dijo bajando la voz— y con algo que tenía ahorrado he ido tirando. Pero ya me he cansado. Necesitaba romper con todo esto.

—¿Y qué vas a hacer?

—Me voy a Australia.

—¿Adónde?

Él soltó una carcajada ante su cara de estupor.

—A Australia —repitió—, a empezar allí una nueva vida. He conseguido un permiso de trabajo que puedo ampliar hasta dos años. Conozco gente que se ha ido y no le va mal. Además, aunque fuera de barrendero, podría dedicar el resto del día a surfear. Solo con eso creo que ya sería feliz.

Lucía comenzaba a imaginárselo con el torso desnudo surcando las olas cuando él adoptó un tono cómplice, bajando la voz de nuevo:

—Oye, por cierto, me podías colar. Me quedo a tu lado como si estuviera contigo y pasamos juntos.

«Pero tendrá cara este tío...».

No pudo evitar que esa frase se le leyera en la expresión, porque él se adelantó antes de que algo parecido saliera de sus labios.

—Venga, me lo debes, que no te dignaste ni a contestarme los mensajes y además me bloqueaste el teléfono.

Vio cómo Lucía se ruborizaba y, regocijado, asestó sin compasión el golpe final.

—Y apuesto a que ni siquiera te acuerdas de mi nombre.

Capítulo 5

Próximo destino

—¿Adónde?

—Sí, eso fue lo que dije yo también —contestó Lucía.

—Pero… ¿a Australia, la que está a más de quince mil kilómetros, la de los canguros y los koalas, la de los tíos buenos surfeando?

Ella suspiró de forma clamorosa.

—Sí, sobre todo eso último. Con eso sí encaja bien.

Satur prorrumpió en una sonora risotada.

—Pero bueno, ¿tú de qué vas? ¿No es ese el tío del que pasaste olímpicamente?

—Sí, y qué. Eso no significa que no estuviera como un queso. Y surfeando tiene que estar mucho mejor. —Ante la mirada soñadora de Lucía, la falsa indignación de su amigo aumentó.

—Cariño, no hay quien te entienda. Pero apuesto a que después de haber hablado con él te gusta más que el día que le conociste.

—La verdad es que es guapo, sí. Y aventurero, y divertido. —Tras la espera en la oficina de empleo, donde el tiempo acabó pasando sorprendentemente rápido, los dos habían tomado un café en un bar cercano olvidando sus respectivas listas de papeleos pendientes, café al que Lucía había invitado para «acabar de saldar su deuda» con aquel simpático chico que había resultado llamarse Marcos.

—Pero qué más da, si se va a Australia. —Regresó ahora de sus ensoñaciones–. Y yo me quedo aquí a morirme del asco.

—Pues vete tú también. —Atajó su pragmático amigo antes de que aquello se convirtiera en un ataque de victimismo.

—¿A Australia? Tú estás tonto. ¿Qué se me habrá perdido a mí allí?

—A Australia, o donde tú quieras. No tienes trabajo ni novio.

—Gracias por recordármelo –gruñó Lucía.

—Ni siquiera un perro o un gato o un canario. Nada que te ate aquí. Eres libre, cariño. *Free*! ¿Es que no te das cuenta? Puedes hacer lo que te dé la gana.

—Anda, anda. Déjate de tonterías y cuéntame eso de tu rollito con el maromo que conociste en un concierto. Quiero todos los detalles. Todosssss.

Pero la semilla que su amigo Satur había dejado caer de forma aparentemente ingenua estaba germinando en terreno abonado. Lucía se encontró con demasiado tiempo libre, y no había amistades ni planes suficientes para rellenarlo, así que no tuvo más remedio que enfrentarse a ella misma. Satur estaba en lo cierto. No había motivos para la autocompasión, al contrario, estaba en una coyuntura privilegiada. Con el dinero ahorrado en todos los años de trabajo fijo más lo que le dieran por la indemnización, a poco que fuera, tenía para un tiempo. Podía hacer con su vida lo que le diera la gana. No tenía que esperar a nadie en casa, ni pensar en planes de matrimonio, ni levantarse cada mañana para ir a cuadrar cuentas a una oficina, ni siquiera para sacar un perro a pasear. Podía hacer lo que quisiera, sí. Lo malo era que no tenía ni puñetera idea de qué quería.

Recordó lo que le había contado Marcos. Había dedicado unos meses a mejorar el inglés y el alemán. Alemán ni loca, se dijo recordando al irritante y apuesto Helmut. Pero soltarse con el inglés no le vendría nada mal, sobre todo si quería aumentar su empleabilidad, ese palabrejo que utilizaban todos, desde los políticos en sus discursos hasta la chica que la atendió en la oficina del paro.

Y ese fue el instante que determinó el curso de los acontecimientos. La ruptura con Alberto, el despido fulminante, su encuentro con Marcos, el comentario de Satur... no fueron más que simples huellas que fueron trazando un camino hasta que estuvo preparada para ver la verdadera señal; porque fue ahí, cuando levantó la cabeza y dirigió la vista hacia el televisor, ese inseparable compañero que arrullaba y hacía más hogareño su solitario piso, ante las imágenes que se emitían de un documental de viajes, cuando supo cuál sería su destino. O, al menos, su próximo destino. Uno con el que siempre había fantaseado, pero de esa forma en la que a una no se le pasa ni por la cabeza asentar en la realidad. Y se dio cuenta de que era hora de hacerlo. De convertir las fantasías en sueños, los sueños en proyectos, y los proyectos en la realidad de su nueva vida.

No sabía qué seguiría después, solo contaba con el rumbo actual y con un billete que iba a comprar ahora mismo, se dijo lanzándose de cabeza al ordenador portátil.

Capítulo 6

Viernes con nata

Cinco de la tarde. Una cafetería en el centro de la ciudad. Como cada viernes, un grupo de amigas se ha citado para pasar un buen rato en compañía y cómo no, para degustar las deliciosas tortitas con nata que allí preparan tan bien. Hoy han podido acudir todas, lo cual a medida que pasan los años se vuelve más difícil. Esta tarde, las seis mujeres que componen el grupo y que a lo largo de los años se han mantenido en contacto a través de sus «viernes con nata», se arrebujan en una única mesa en torno a sus meriendas.

Julia no espera para abordar el tema que le preocupa desde hace semanas.

–No me coges el teléfono.

–No hablo con traidoras –le contesta Lucía con gesto airado. Por si no fuera suficiente con no haberla mantenido en su puesto, el rumor que ha recorrido la oficina en los últimos días la ha cabreado aún más. Parece que el implacable guaperas y Julia pasan demasiadas horas juntos. Y no solo en el trabajo.

La tensión se puede cortar con cuchillo. Todas guardan silencio mirando alternativamente a una y otra.

—Lucía, siento mucho lo del trabajo. Te juro que no pude hacer nada.

—Claro. Eres la mandamás de la empresa pero no has podido hacer nada.

—Yo no soy mandamás de nada, sobre todo ahora. Son los alemanes los que lo deciden todo.

—Y supongo que también se te ha olvidado cómo llegaste allí —siguió Lucía.

—Nunca he olvidado que fuiste tú quien me ayudó a entrar —contestó Julia, entre molesta y apenada—. Ojalá hubiera podido devolverte el favor, pero te digo que esto está fuera de mi control.

—¿Sigues siendo la jefa sí o no?

—Sí —admite—. Pero las decisiones sobre la absorción las toman desde Frankfurt. Helmut solo las ejecuta.

—Y encima le defiendes.

Lucía se muerde la lengua para no seguir hablando. En las dos semanas que trascurrieron desde su encuentro con el alemán, el paso de compañeros por su despacho para escuchar un discurso en esencia idéntico se fue sucediendo como algo habitual, hasta dejar la plantilla en un sesenta por ciento de lo que había sido desde hacía años. Mientras, lo único que se le había visto hacer a la que tenía que defender a sus trabajadores era encerrarse con él día tras día en su despacho. Y en algún que otro bar de copas.

Julia y ella eran amigas desde la universidad. Se conocieron el primer día de clases en la facultad de Económicas, cuando las dos miraban desorientadas a ambos lados con la ingenua esperanza de reconocer a alguien. Entablaron conversación, se sentaron juntas, y ya nunca se separaron. Y poco a poco, Julia pasó a ser una más del selecto club de los viernes con nata. Lucía siempre había admirado el tesón de su amiga para conseguir lo que se le metía entre ceja y ceja, que le había hecho primero quedar la primera de la promoción mientras ella se conformaba con ir aprobando sin demasiado esfuerzo y después hacerse con el puesto de directiva de la empresa. Y es que Julia, su Julita, era una mujer fuerte y decidida con la imagen de chica rubia adorable. De esas pocas rubias de nacimiento que parecían estar en peligro de extinción, bajita y delgada, siempre fiel a los pendientes de perlas, el pelo liso inmaculado y unas gafas de pasta que le sentaban extraordinariamente bien. En su papel de jefa estaba exquisita, era como una de esas perfectas directivas que además de tenerlo todo en la cabeza vuelve loco a todo aquel que pasa por su despacho.

Visto así, no era nada descabellado que aquel jovencísimo alemán hubiera sentido debilidad por la eficiente y atractiva jefa española.

Ante la expresión de culpabilidad de Julia, que no ha dicho ni una palabra más, Lucía no puede reprimirse por más tiempo. La conoce demasiado bien. De modo que lo suelta sin andarse por las ramas:

–Bueno, ¿y qué tal con Helmut?

Todas ven cómo la pobre chica se sonroja y atacan sin piedad cual sanguinarias hienas.

–¿Pero quién es Helmut?

–Nadie, Helmut no es nadie. Solo el nuevo gerente –trata de atajar el tema Julia, muerta de la vergüenza.

–¿El cabrón que ha echado a Lucía?

–Sí. Pero un cabrón muy atractivo –puntualiza ella echando leña al fuego.

–¿Y qué pasa con ese y nuestra Julita? ¿No te lo habrás tirado? –Sonia la mira maliciosamente.

Sonia es la fresca del grupo. Y no es algo despectivo, sino una realidad objetiva. De hecho, a ella le encanta que la llamen así. Le gusta alborotar y disfruta cuando consigue ruborizar a alguien. Para Sonia el mayor pecado mortal es pasar desapercibida, y eso lo lleva hasta las últimas consecuencias. También en el físico. Tiene el cabello teñido de un imposible rojo cereza con un corte a lo *garçon* todo desenfadado, como si se acabara de levantar, pero que le queda tremendamente sexy y siempre va con un buen escote y los labios jugosos e intensos a juego con el pelo. En una ciudad pequeña como la suya, es imposible que no llame la atención donde quiera que va. Que es justo lo que pretende. Carece de complejos y va sobrada en desparpajo. Sus amigas no tienen que temer que les oculte nada: si alguna aparece con una falda que le sienta como una mesa camilla, se lo dirá antes de plantarle siquiera el beso de rigor. De hecho, a veces podría escatimar un poco de sinceridad. Pero como lo hace desde el cariño, se lo perdonan. Por eso y porque es demasiado divertida como para enfadarse con ella.

—Hemos salido un par de veces —claudica Julia al fin, visto que no hay nada que hacer contra aquellas fieras en busca de carnaza.

—¡Estaba segura! —se jacta Lucía.

—Pero no tiene nada que ver con el trabajo —se defiende, incómoda.

—O sea, que te acuestas con el que ha echado a Lucía a la puta calle. Normal que esté enfadada —la apoya Teresa.

—Son cosas diferentes, ¿vale? La reestructuración de la empresa estaba cerrada desde antes de que él llegara.

—Joder, Julita, ¿y no pudiste hacer nada por Lucía?

Julia no aguanta más. No quería contarlo, pero le parece que está siendo tratada injustamente.

—¡Pues para que lo sepáis, conseguí aumentarle la indemnización en un cuarenta por ciento! —grita arrasada por las lágrimas.

Lucía la mira con una mezcla de sorpresa y pena. Ha estado muy enfadada, pero en el fondo sabe que su amiga nunca le haría daño. Además, desde que compró el billete de avión solo puede pensar en eso. Quién sabe si al final no habrá sido una suerte que la echen. Se saca un kleenex del bolso y se lo ofrece a Julia.

—Eso no va a resolverme la vida, ¿sabes?

—Ya, pero fue lo único que pude sacarle —contesta su amiga a la vez que agarra el pañuelo y se suena con fuerza.

—¿De cuánto hablamos? —pregunta la cotilla de Teresa.

—Cinco mil euros.

—¡Joder! No ha visto eso mi cuenta corriente en su vida.

Todas se callan. Lucía vuelve a mirar a Julia, primero muy seria, pero acaba sonriendo.

—La mía tampoco. Y reconozco que no me vendrá nada mal.

—Negocié a brazo partido, Lucía, te lo juro.

—Pero te tiraste a ese cabrón —dice. Ya la ha perdonado, pero no puede resistir sacárselo.

—Sí.

—¡Qué coño! —tercia Sonia, rompiendo el nuevo silencio que se ha creado—. Que yo le he visto y el tío está para mojar pan. A ver qué va a pasar si la muchacha se liga al chico nuevo en la oficina. Ni que fuera la primera.

Se alivia la tensión mientras todas asienten entre risas.

—Bueno, nos vamos por las ramas. Julia, desembucha —exige Sonia con una sonrisa descarada que exige todo tipo de detalles.

Julia accede a contarles su historia. Primero algo cohibida, y, a medida que avanza, sintiendo un gran alivio. Llevaba semanas sin aparecer por el café, y de verdad necesitaba un desahogo con sus amigas. Helmut había irrumpido en su ordenada vida convirtiéndola en puro caos de un día para otro. Apareció por la oficina con mucha decisión y cuatro papeles estudiados, pero sin ninguna idea de cómo funcionaba aquello, y ella había tenido que echar un montón de horas extra para que comenzara a conocer la empresa y todo lo que conllevaba. Él se había dado cuenta del filón que tenía en su nueva jefa y se apoyó en ella plenamente. Además, la atracción entre ambos fue patente desde el primer momento, y en cuestión de días desembocó en una pasión irrefrenable. Una cerveza al final de la mañana para relajarse de todas las preocupaciones, seguida de una comida con la excusa de empezar a conocer la gastronomía española, y Helmut y ella ya no se separaron más que para ir al baño. Desde entonces, el poco tiempo libre que a ella le quedaba era también para él. Cenas románticas, escapadas exprés de fin de semana, y sobre todo muchas, muchas horas en la cama.

Sus amigas se relamen con su historia, bromeando y felicitándola sin parar, pero ella les confiesa que está muerta de miedo. Subida a una nube de irrealidad, todo está siendo tan intenso que le asusta y a la vez teme que pueda estropearse en cualquier momento. En su vida solo existe Helmut. Helmut, Helmut, Helmut.

–Bah, tonterías. Cuando la oportunidad aparece hay que aprovecharla y se acabó. Tú disfruta, que ya llegará el día que se os pase lo de la fogosidad y el ardor sin límites.

Todas ríen ante el comentario cínico de Teresa, madre de dos pequeñas de uno y tres años que no pierde ocasión para desahogarse por cómo han engullido todo su tiempo y dedicación, pero también la de su amado Roberto.

–Cinco semanas hace hoy, que lo sepáis.

–¿Cinco semanas ya?

–Cinco, sí, cinco. El viernes pasado hice todo lo que

me dijisteis. Nada más llegar me puse a preparar la cenita que me recomendó Sonia.

—¿No te olvidarías de la canela? —le recrimina.

—¡Qué me voy a olvidar! Si le eché el triple de lo que tenía apuntado.

Sonia se lleva las manos a la cabeza en un gesto que desata las carcajadas de las demás. De todas, excepto de Teresa, que sigue imbuida en su propio relato.

—La verdad es que con las velas y el vino nos fuimos relajando, hasta empezamos a darnos besos de esos apasionados como ni recordaba ya…

—Uuuuuh uuuuuuh —corean varias al mismo tiempo entre sonrisas traviesas.

—Ni uuuuh uuh ni nada. Yo me fui un momento al baño para cambiarme, y cuando aparecí con el picardías…

—¿Te pusiste el que te regalamos en tu cumpleaños?

—Sí, hija, sí, me puse el trapito ese de liliputienses que es como estar en bolas.

Se escucha algún silbidito de fondo.

—Si me dejarais terminar no silbaríais tanto. Total, que ahí aparezco yo con todo al aire y me encuentro el panorama: la pequeña que se había vomitado encima y había puesto la cuna perdida, llorando sin parar; Roberto intentando calmarla y poner remedio al desastre mientras la mayor, que se había despertado con el jaleo, pululaba alrededor con un berrinche de los suyos porque nadie le hacía caso. Me volví al baño para ponerme algo encima y cuando salí, Roberto ya estaba acabando de limpiarlo todo, con la camiseta manchada de vómito y un careto… vamos, como que se había pasado el momento erótico festivo. Después de tranquilizar a las dos fieras nos fuimos a la cama, él se quedó dormido a los tres segundos para no perder la costumbre, y yo me mojé las ganas en el café, como dice la canción.

Se hace un silencio en el que tratan de contener las carcajadas por solidaridad con Teresa hasta que Sonia lo rompe.

—Al menos te sirvió para esquivar todo el jaleo.

—Sí, por una vez se lo comió Roberto solito. Yo, visto el panorama, me encerré en el baño y me vestí muuuuy despacio —admite con una risa malévola.

—Seguro que este fin de semana sí que toca —anima tímidamente Sara.

Sara, a pesar de ser maestra, es la más introvertida del grupo, y también la más ingenua. Interviene en contadas ocasiones, y cuando lo hace, la mayoría de las veces es con algún comentario poco afortunado. Pero es dulce y cariñosa, y siempre está ahí cuando alguna la necesita. Aunque no se maneje demasiado bien en el mundo de los adultos, los niños y los animales la adoran. Es la persona perfecta a quien acudir cuando te vas fuera el fin de semana y necesitas que alguien cuide del perro, o que pase a echar un vistazo a los gatos. Además, entiende un montón de fútbol, de coches y en general de todas esas cosas que les gustan a los tíos. Así que cuando una necesita saber si habrá partido el finde que está planeando una cena romántica, o si el coche de ese tío que intenta camelársela cuesta lo que parece que cuesta, sabe que Sara la ilustrará. Sonia dice que si se cuidara un poco, con esos conocimientos no habría tío que se le resistiera. Porque tampoco es que sea un bellezón, pero no se preocupa nada de su físico. Lleva el pelo castaño claro en una media melena lacia, sin gracia alguna, no sabe lo que significa la palabra maquillaje y va siempre en vaqueros anchos y camiseta de chico. Si se explotara como Sonia, podría quitarle los ligues hasta a ella. Sonia a menudo bromea con que lo sabe y por eso tampoco le insiste mucho. Y Sara se ruboriza, le dice que ella sí que tiene un polvazo, y al decirlo se ruboriza aún más, porque ella es así, y acaba haciendo reír al resto. En definitiva, Sara es, como todas las demás, una pieza fundamental del engranaje. Pero volvamos a Teresa, que sigue dándole vueltas a eso de que le están saliendo telarañas:

–Qué dices. Este fin de semana vienen sus padres a ver a las crías, y el siguiente vamos nosotros a visitar a los míos. Otros quince días más de secano, por lo menos. Pero ya está bien de penas, ¿quién tiene algo más interesante que contarnos?

Lucía carraspea y todas las miradas se dirigen hacia ella.

–Si me dices que has vuelto con el Albertito te mato –salta Sonia sin poder contenerse.

–¿Y ese quién es? –bromea ella mientras su amiga asiente con expresión de alivio–. No, no se trata de hombres.

–Buah –se queja Marta, burlona.

–Bueno, con la racha que llevas tampoco sería una novedad –suelta Teresa.

–Envidiosa –le recrimina Sonia.

–Oye, que yo con mi Roberto tengo bastante, ¿eh? Yo lo único que quiero es mojar.

–Pues eso, envidiosa.

–Es algo mucho más interesante –zanja Lucía, recuperando la atención.

Marta arquea las cejas en un gesto de escepticismo, como si acaso no pudiera haber otro tema, y ella deja pasar unos segundos para incrementar la expectación.

–Me voy a Los Ángeles.

Todas se la quedan mirando sin pestañear.

–A Los Ángeles –repite–. Ya sabéis, Los Ángeles, L.A., los de Hollywood y CSI y todo eso.

–¿Los Ángeles, California? –chilla Teresa, haciendo que varias cabezas se giren en el bar.

—Esos mismos.

—¡Yujuuuuuuu! Siempre he querido irme allí de vacaciones. ¡Pues sí que me das una envidia de muerte, cabrona!

—Bueno, en realidad no me voy de vacaciones. Me lanzo a la aventura.

Ahora sí que la miran como si fuera una extraterrestre.

—Nos estás tomando el pelo —dice Julia al fin.

—Que no, que va en serio. Llevaba dándole vueltas a qué hacer con mi vida, y he decidido que es el momento de hacer algo un poco diferente.

—¿Un poco?

—¿Y con quién vas?

—¿Y qué vas a hacer allí? Aparte de ver a George Clooney y Brad Pitt, Zac Efron, Ewan McGregor...

—Ewan es escocés —interrumpe Sonia.

—Seguro que no anda muy lejos.

—Voy sola —contesta Lucía, divertida.

—¿¿¿Sola??? ¿Y qué vas a hacer tú allí sola? —dice Sara, que no sale de su asombro.

—Pues aprender inglés, para empezar. Y luego, ya veremos.

—¡Y a Los Ángeles nada menos! Anda que no eres lista tú —exclama Teresa—. Total, para qué irse a Malta o a un campamento de Vaughan... estando Hollywood, ¿verdad?

—Eso es. Estando Hollywood. —Lucía sonríe con expresión soñadora, la mirada perdida en el vacío.

Capítulo 7

Tomar las riendas

«A ver… los bikinis están, el neceser, la cámara de fotos también, el pasaporte, el seguro médico, el visado de no inmigrante y toda la documentación para estudiar inglés allí...». Lucía repasaba la maleta, que había empezado a hacer aunque aún faltara una semana para su marcha. Estaba eufórica, y no recordaba la última vez que se sintió así. Hacía mucho que no tomaba una decisión por sí misma, si es que lo había hecho alguna vez. Al menos de ese calibre. Al caer en la cuenta se sintió extraña: hasta entonces siempre se había ido dejando llevar. Había estudiado la carrera de Empresariales a instancias de su padre, que la había convencido de que era lo más práctico, pues en todos lados se necesitaba una persona que llevara los números. Y a ella, que le costaba mucho enfrentarse a alguien, y más si se trataba de su padre, no le había parecido mal. De modo que se había matriculado y había ido sacando los cursos sin demasiado esfuerzo. Cuando acabó, un amigo de la familia les habló de un puesto vacante en la empresa Corex, echó el currículum, la entrevistaron, y se quedó. Todo el mundo la felicitó por la suerte que había tenido, así que se sintió afortunada sin cuestionarse nada más. Igual que cuando, un año después, le hicieron el contrato indefinido. «Un trabajo para toda la vida es casi como que te toque la lotería», le decían, y eso que eran otros tiempos, antes de que la crisis y los recortes de derechos llegaran para quedarse. Una vocecilla en su interior le recordaba a veces que no era tan dichosa como parecía, como debía ser, pero se negaba a escucharla. ¿Quién era esa vocecilla frente al resto del mundo que se prodigaba en enhorabuenas? ¿Cómo podían todos estar equivocados?

En temas de amores siempre había pensado que ella era la que decidía, pero ahora reparó en que tampoco había sido así. Porque, por ejemplo, ¿cómo empezó a salir con Alberto? Fue él quien iba detrás de ella, quien la llamaba, insistía para quedar y, por supuesto, quien se lanzó a dar el primer beso. Ella se dejó seducir, halagada, y, poco a poco, fue sintiendo algo cada vez más fuerte por él. ¿Amor? Suponía que sí, porque, ¿qué era si no?

Igual que con Rafa, con quien salió durante tres años y medio, o con Jorge, su primer amor. Claro que había dicho que no a muchos, pero en el fondo siempre la habían conquistado, o se había dejado conquistar. Nunca al revés.

Se le quedó un regusto amargo con aquella revelación, pero se dijo que a partir de ahora todo eso iba a cambiar. «Ahora empezaré conquistando California», sonrió para sí.

El recuerdo de los hombres que habían pasado por su vida le llevó al de Marcos. ¿Qué estaría haciendo? ¿Se habría ido ya a Australia? Le había descartado sin darle una oportunidad, no por ninguna razón especial, pues se habían divertido la noche que le conoció, primero bailando en la discoteca y luego tomando la última en su casa. Incluso en la cama había sido bastante mejor que la media, aunque los recuerdos de aquello ya eran algo borrosos. Simplemente, no estaba en un momento en que le interesara nada más. Y, sin embargo, en la cola del paro la atracción que había sentido aquella noche rebrotó con fuerza. Con su sencillez y su simpatía era fácil charlar con él, sentirse cómoda. Y también quedarse embobada mirando al fondo de sus ojos color miel. «¿Por qué le bloquearía?», se lamentó. Agarró el móvil en un arrebato. Hacía tiempo que no le pegaba una buena limpieza, y rogó para que siguiera ahí. Buscó y buscó, y sí, ahí estaba el número bloqueado, con aquella frase: *¿Qué tal has dormido, guapa?* Observó la foto que tenía puesta como perfil. Estaba haciendo el tonto. «Qué raro», se dijo, y notó que se le dibujaba una sonrisa. Desbloqueó el número. Era absurdo, pues él no podría saber que lo había hecho. No iba a volver a escribirla, ni volvería a encontrárselo. Quizá incluso estaba ya a miles de kilómetros de distancia. Y entonces se dijo «¿por qué no?» Era hora de ir cambiando cosas. Y antes de pararse a reflexionar, tecleó y pulsó el botón de envío.

Hola, ¿ya estás en Australia? ¿Qué tal los koalas? Tienes derecho a no contestar, pero entonces serás tú el que tenga que saldar la deuda con otro café...

Esperó. Vio cómo le entraba el mensaje. Estaba conectado, pero no contestaba. Pasaron varios minutos y comenzó a sentirse estúpida. ¿Por qué iba a hacerlo? Se había portado fatal con él, que ahora estaría en una playa de la otra punta del mundo rodeado de chicas australianas, despampanantes en sus bikinis minúsculos con su piel tostada al sol... Vaya, mucho más interesante que chatear a través del móvil con una borde en paro. Había sido una idea absurda.

Fue a prepararse algo de merendar para ayudarse a pasar el mal trago. Un vaso de leche y un par de donuts de chocolate después, regresó al salón sintiéndose doblemente culpable y en ese momento vio la luz roja parpadeante en una esquina del sofá.

«Como sea un mensaje de bragas al 50% me doy de baja ahora mismo del Womenissimi», masculló mientras contenía el aliento y se lanzaba de cabeza a por el teléfono. Con él bien agarrado, se sentó y respiró hondo como si se preparara para un triple salto mortal con tirabuzón. Y ahí estaba:

Hola, aun a riesgo de perder mi derecho a otro café contigo.

Se quedó mirando aquella frase con una sonrisa bobalicona. Mientras lo releía por tercera vez, emergió un nuevo texto.

Sigo en España, vuelo pasado mañana. Ahora preparando la maleta.

Yo también.

Sin saber muy bien por qué, se moría de ganas de contárselo.

¿También qué?

También haciendo la maleta. Me voy a Los Ángeles.

¿Y eso? ¿Unas vacaciones?

No exactamente. Sin billete de vuelta.

Ajá, un alma viajera.

Lucía sonrió con orgullo.

Pues eso tienes que contármelo, volvió a escribir él.

Te lo cuento mañana con otro café. Ya veremos quién lo paga, añadió un emoticono cómplice guiñando un ojo, *y así nos despedimos.*

Hecho.

Cuando acabó de chatear, la adrenalina aún le recorría el cuerpo. ¡Había quedado con Marcos! Y, lo mejor de todo, lo había propuesto ella, y él había aceptado. Se sintió imbuida por una sensación poderosa, y se dio cuenta de que era mucho más emocionante aquello de tomar las riendas.

Capítulo 8

Vive y deja vivir

—A ver, cuéntame cómo es eso de que te vas a California.

Marcos estaba guapísimo. Llevaba un jersey camel que resaltaba el color miel de sus brillantes ojos hasta hacerlos casi dorados, enfatizados por una bufanda de rayas negras y amarillas envuelta al cuello que le evocó a Lucía lo que en la naturaleza significa esa combinación de colores: peligro. Como una serpiente venenosa o una desafiante avispa. Sumado a lo que había sentido nada más verle aparecer, le hizo activar todas las señales de alarma. No quería sucumbir a la tentación y descubrir que su veneno resultara demasiado adictivo.

Para mayor tormento, el conjunto lo completaban unos gastados Levi´s que le sentaban de miedo y que, unidos al sedoso pelo castaño algo revuelto por el viento y la barba de tres o cuatro días, le infundían un aire bohemio que acabó de engatusarla.

—Seguí algunos consejos sobre eso de aprovechar el tiempo —Lucía le dedicó una sonrisa—, y voy a irme a mejorar el inglés, que no lo toco desde el instituto.

—Haces muy bien, una inmersión es la mejor forma

de aprender idiomas. Eso fue lo que hice en Portugal, y también en Francia y en Italia. Luego puedes seguir recordándolo aquí, leyendo o viendo películas, pero siempre es más interesante así.

—¿Pero tú cuántos idiomas hablas? —preguntó Lucía, cada vez más intrigada por la vida de Marcos.

—Pues esos dos, más el inglés y el alemán, que solo los chapurreo.

—Y el castellano. ¡Seis! —exclamó sin salir de su asombro.

—Bah, no tiene tanto mérito. Viviendo una temporada allí es cuestión de supervivencia. Además, todas las lenguas románicas tienen bastantes similitudes. Una vez que te haces el oído, te das cuenta de que hay mucho vocabulario y estructuras parecidas. Es la ventaja de ser hispanohablante.

—Ya. Y el alemán, ¿qué? Porque ese tiene poco que ver con la raíz latina.

—Bueno, eso fue por una novia de Múnich que tuve durante una época. También es una buena táctica —bromeó.

—¿Hablabas en alemán con ella?

—Más bien en inglés, pero fui aprendiendo palabras con el tiempo. Yo creo que fundamos una especie de idioma propio, de alemán mezclado con inglés y algo de español. Una pena que se perdiera para siempre.

—¿El idioma o la relación?

—El idioma. La relación murió cuando a ella se le acabó el trabajo en Londres y volvió a su país. Donde por cierto le esperaba su novio de toda la vida —chasqueó la lengua con una expresión taciturna, aunque no parecía guardarle rencor.

—Las relaciones interculturales... supongo que no son fáciles.

—Yo creo que basta que dos personas conecten. Las

palabras se encuentran cuando hay interés. O se inventan. Y la distancia... pues también se salva, si las dos partes están de acuerdo. Yo a veces lo he conseguido, y han sido relaciones muy bonitas. Nada como los reencuentros después de semanas sin verse –Marcos sonrió y en su cara se dibujó esa mueca traviesa que le empezaba a resultar familiar y con la que cada vez se sentía más desarmada.

–¿Y cómo es que has viajado tanto? –Lucía cambió el tema. Por alguna razón, no se sentía del todo cómoda hablando con Marcos de sus antiguas parejas.

–Cuando estudiaba Educación Social me dieron la Erasmus en Orleans, a una hora de París. Creo que aquello fue el punto de inflexión. Después de esa experiencia y de pasarme el curso recorriéndome Francia, ya no pude parar.

–Ah, la Erasmus. Me arrepiento de no haberla hecho, todo el mundo habla tan bien de ella... sobre todo de las fiestas.

–Yo creo que es una experiencia de crecimiento personal. Estás solo en un país desconocido con veinte años y te tienes que espabilar por la fuerza. No todo es fiesta, ¿sabes?

–Perdona, ha sido un estereotipo. Tienes razón –se avergonzó Lucía.

–No, qué va. Si lo que más se hace es precisamente eso –Marcos soltó una carcajada tan fresca que acabó contagiándola y ambos rieron por un buen rato.

–¿Y después qué vino? –dijo Lucía, seducida con la vida de aquel trotamundos que no era mucho mayor que ella.

–Cuando acabé la carrera me fui a Oporto con un voluntariado europeo en un centro de discapacidad.

–Guau.

–Pero habíamos quedado para hablar de ti y de tu

viaje, y me has liado. Dime, ¿qué tienes pensado hacer? ¿Vas a recorrer la Costa Oeste?

—La verdad es que aún no he planificado nada —confesó Lucía—. Prefiero ir sobre la marcha. Primero asentarme allí un poco, y después ya iré decidiendo.

Marcos cabeceó en señal de aprobación.

—Sí, quizá sea lo mejor. A veces planificar tanto no vale para nada. Pero prométeme que llegarás a San Francisco. Es mi ciudad favorita. Allí han surgido la mayoría de movimientos sociales y culturales de Estados Unidos.

—¿Ah, sí?

—Desde luego. Es la cuna del movimiento hippie, de la generación *beat*, y una referencia en la defensa del ecologismo y la comunidad gay. Y también de la lucha por los derechos de las mujeres. —Le dedicó un gesto de complicidad.

—Suena bien.

—Dicen que es el lugar donde se vive con más libertad del mundo. Impera la cultura del *live and let live*.

—Vive y deja vivir. Supongo que tendré que ir. Total, está solo a unos seiscientos kilómetros de Los Ángeles —bromeó ella.

—Bah, eso para un país como Estados Unidos es un tiro de piedra. Con un avión te plantas allí en menos de un par de horas.

—Prometo que lo pensaré.

—Y una cosa más.

—¿Sí?

—Si viajas hacia el interior, no dejes de visitar el Gran Cañón. Es impresionante, colosal. Y no te puedes ir sin contemplar allí una puesta de sol. Ver cómo las sombras van cayendo sobre el cañón, cómo la luz se diluye y una noche grisácea lo va cubriendo todo, justo después de que los cortes horizontales de las montañas hayan pasado por un montón de tonalidades al ir ocultándose tras ellas los rayos…

–Pero, ¿también has estado allí? ¿Es que no te queda nada por hacer?

–No, lo he visto en un documental de La Dos.

–Pues sí que los vives –se echó a reír Lucía, y ahora fue él quien la secundó.

–¿A que ha sonado como si hubiera estado?

–Desde luego. Ahora ya no sé si creerme nada de lo que me has dicho. Yo creo que estás suscrito a un canal de esos de viajes y te pasas la vida en el sofá.

–Si quieres te hablo en alemán para demostrártelo.

–Déjalo, no es mi idioma favorito –por un momento Lucía se acordó de Helmut y un escalofrío le recorrió la espalda.

–En serio, visitar el Gran Cañón es uno de mis sueños. Imagínate. Tiene que ser lo más bonito del mundo, ver ponerse el sol en medio de esa inmensidad con la persona que quieres.

–En el fondo eres un romántico.

–Yo creo que solo se puede serlo con la persona adecuada –soltó sin pensárselo, ruborizándose al instante.

Lucía no supo cómo tomarse esa frase y, confusa, decidió cambiar de tema.

–Y en Australia, ¿tú adónde irás?

A Marcos volvió a iluminársele la mirada al pensar en su propio viaje.

–Volaré a Sídney. Es la ciudad más grande y supongo que también donde más oportunidades tendré de encontrar curro. Entre cuatro millones de personas, malo será que no necesiten un educador social en alguna parte –bromeó–. Además, tiene muchísimo que conocer. Pero también me gustaría viajar a la región de las Montañas Azules y al parque nacional de Namadgi.

–¿Y la isla de los canguros? –Lucía se había preocupado de documentarse sobre aquel lejano país para quedar bien delante de Marcos. «Bendito Google», pensó al ver su cara de sincera sorpresa ante aquella pregunta.

–Cita ineludible, tengo que verla sin falta.

–¡No te va a quedar tiempo para buscar un empleo!

–Ojalá encontrara pronto algo estable, pero no me importa trabajar en lo que sea con tal de sacar lo suficiente para mantenerme e irme moviendo.

–Sí, es una buena forma de verlo. ¿Y qué me dices del demonio de Tasmania? ¿Crees que llegarás hasta él?

–¡Por supuesto, lo encontraré!

Ambos rieron de buena gana.

El sol continuó su inexorable camino hasta el poniente sin que ninguno de los dos se percatara del paso de las horas. Hablaron de sus aficiones, de su familia y amistades, del pasado tan distinto que habían tenido, uno saltando de aquí allá, la otra mucho más apegada a su tierra, y se confiaron los sueños e ilusiones pero también los miedos que les atenazaban ante la aventura que estaban a punto de emprender.

Solo cuando desde la cocina empezaron a servir cenas se dieron cuenta de que la hora del café había pasado hacía rato.

–Supongo que tendrás que acabar de preparar el equipaje –apuntó Lucía con pesar.

–Ya lo tengo todo listo. Pero es verdad, se va haciendo tarde. ¿Te apetece cenar en mi piso? Aún me queda un montón de comida en el frigorífico, y sería una pena tirarla.

En otra situación, Lucía se habría burlado de lo mala que era la excusa, pero a esas alturas ni se lo planteó. Le acompañó hasta el apartamento que ya conocía, y allí, entre risas, abrieron una botella de vino tinto y se metieron en la cocina, picoteando un bufé improvisado de lo más estrambótico.

—¿Me pasas la manopla para sacar esto del horno?

—Claro, ¿dónde está?

—En ese cajón de ahí —dijo distraídamente Marcos.

—¿Esta? —Lucía se dio la vuelta y le sorprendió con los ojos clavados en su culo. Marcos alzó las manos como un perfecto culpable pillado en falta y a ella no le quedó más remedio que reírse.

—Es la treta más mala que han usado jamás para mirarme el culo —le dijo tirándole la manopla, que él cazó al vuelo con una sonrisa descarada.

—¿Qué? ¿No querrías que sacara la bandeja sin protección?

Cabeceó divertida y cambió de tema, pues notaba el calor en las mejillas y sabía que se estaba sonrojando:

—¿Y qué harás con el apartamento?

—En eso he tenido suerte. Va a quedárselo un amigo que se ha sacado las oposiciones de enfermería y le han dado la plaza aquí. Dice que va a probar qué tal se vive en Cáceres, y si le gusta, puede que se compre un piso. Si no tardo mucho en regresar igual hasta me lo guarda.

—La verdad es que es muy acogedor.

—Es económico y le tengo cariño, además, el casero nunca me ha puesto pegas, ni siquiera cuando me quedé dormido con una pizza en el horno y casi le quemo la cocina, pero... ¿acogedor? Es la definición más amable que he oído para esta miniatura.

Ella le sacó la lengua en son de burla, y él fingió querérsela atrapar. Y, sin saber cómo, acabaron frente a frente. Lucía le miró a los ojos y sintió en el estómago las consabidas mariposas, que para ser un insecto tan delicado se aferraban bien, las muy puñeteras. Sus rostros se acercaron y sus labios casi llegaban a rozarse.

«Vamos, bésame», pensaba ella, deseándolo con todas sus fuerzas. Tras lo que se le hizo una eternidad, Marcos se separó.

–Esto parece que ya está. Es la empanada más extraña que he hecho en mi vida –anunció como si tal cosa, apagando el horno y extrayendo la masa que ambos habían preparado con todas las sobras.

Lucía se rehízo, intentando no parecer molesta. Pero sí, lo estaba. ¿Cuál era el problema? Ella le gustaba, estaba claro, ¿o no?

Se comieron la empanada casi sin hablar, y después él le ofreció prepararle un gin tonic. «Flojito, que mañana me toca madrugar. Solo para asegurarnos de que nos asienta bien esa mezcla», bromeó.

–De acuerdo, nos tomamos la copa y me marcho –convino ella.

Pero lo cierto era que ninguno tenía ganas de alejarse, de modo que bebían a pequeños sorbos, dejando el tiempo pasar. La situación se había vuelto incómoda, y aun así Lucía se resistía a irse de allí. Sabía que cuando cruzara esa puerta no volvería a verle, y eso le causaba una extraña congoja. Además, en ese momento era tanta la atracción que sentía que la idea de irse sin más se le antojaba ridícula... Entonces se armó de coraje:

–¿Por qué no me has besado?

Marcos estaba llevándose la copa a los labios y se atragantó al oírla. Se lio a toser como un loco, las lágrimas comenzaron a resbalarle, y a ella, que había hecho la pregunta entre mosqueada y desafiante, le entró un ataque de risa. Así permanecieron durante un rato, él tosiendo y ella riéndose sin parar, hasta que vio lo colorado que se estaba poniendo y, apiadada, le pegó unos cuantos golpes en la espalda. Eso sí, con un poco más de fuerza de lo necesario.

–¿Quieres matarme? –articuló como pudo.

—Cállate, estoy tratando de salvarte la vida —contestó Lucía con expresión maliciosa.

Al poco, la tos cedió y Marcos se recompuso.

—Uf, qué mal rato.

—No me has contestado.

—¿Qué? —Se hizo el tonto.

—¿Por qué no me has besado?

—No lo vas a dejar estar, ¿verdad?

Ella negó con la cabeza.

—Sabes, es una pena que no te echaran del trabajo antes. —La miró con una sonrisa burlona que contrastaba con sus ojos serios—. La oficina del paro era como mi segunda casa, seguro que nos habríamos encontrado por allí.

—¿Por qué no me has besado?

—Joder, me recuerdas al Principito con su cordero. Ya veo que no das tregua. —Marcos se rio ante su insistencia—. Estoy tratando de contestarte.

Después tomó aliento y toda su expresión se tornó grave, probablemente por primera vez en aquel día.

—Pensé que no tenía sentido. Claro que quería besarte, me gustas mucho, pero mañana me voy a la otra punta del mundo, y por si eso no fuera poco tú te vas a otra diferente. ¿Para qué complicar las cosas?

Ella se quedó pensativa por un momento. Sonaba bastante razonable. «Sí, para qué complicarlas». Sin embargo, no fueron esas las palabras que afloraron de sus labios:

—Vaya, así que tú eres el aventurero, el bohemio, el del alma hippie. Pues ahora me pareces más cuadriculado que un alemán.

—Pues tú eres la que no planifica las cosas, la que se iba a dejar llevar por lo que fuera surgiendo, ¿no? —contraatacó Marcos.

—¿Qué quieres decir? —Lucía se sintió molesta porque utilizara en su contra las confidencias que le había revelado aquella tarde.

—Quiero decir que si querías besarme, haberlo hecho tú.

Ella no daba crédito. Vaya con el alma libre, qué chulería se gastaba. «Será pedante el tío...», masculló para sí. Después le miró con inquina, se levantó, cogió el bolso y se dirigió hacia la puerta.

—¿Sabes lo que te digo?

—¿Qué? —preguntó él, levantándose también y acompañándola, arrepentido de sus palabras.

—¡Que tienes razón! —le gritó mientras se acercaba y le plantaba un sonoro beso en la boca.

Marcos se quedó descolocado por unos segundos. Pero cuando reaccionó, la agarró entre sus brazos y la besó de nuevo, mientras ella le recibía con avidez y enroscaba el brazo alrededor de su cuello. Lentamente, sus lenguas se enredaron y podría decirse sin exagerar demasiado que ya no se separaron en lo que quedaba de noche.

Capítulo 9

Sin ataduras

—¡No puedo contigo! ¡Cuando me cuentas las cosas así es que me pongo malo! ¡Y encima me dejas a medias!

—¡Pero qué bruto eres, Satur! ¡No pienso darte más detalles! —contestó Lucía con tono de falsa ofendida.

—Al menos dime cómo tenía el aguijón.

—Jolines, no se te puede contar nada.

—Eso es porque no era nada del otro mundo —hizo un gesto de desdén con la mano.

—Tiene un cimbrel como un castillo.

Satur se rio a la vez que aplaudía en plan infantil. Le encantaba por partida doble, porque había conseguido lo que quería y porque Lucía se había puesto roja como una granada.

—Más detalles —exigió.

—Grande y gordo —ella le miró desafiante—. Blanco, con el prepucio rosadito. Y con una mata de vello castaño rizado que es el marco perfecto para el palo que asoma diciendo «aquí estoy yo, nena, voy a darte lo que tú quieres». ¿Estás contento? —siguió Lucía, pese al calor en sus mejillas.

—¡La que tiene que estar contenta eres tú! —se carcajeó feliz su amigo, intensificando los aplausos.

—Siempre con el tema del tamaño —cabeceó ella. A Lucía lo que le encantaba era hacerse la agraviada, como una damita a la que su amigo hubiera insultado con solo preguntarlo.

—Pues claro. Como si no fuera lo primero en lo que te fijas tú cuando ves un tío desnudo. Le miras el ombligo, no te fastidia.

—Hay ombligos muy bonitos.

—Tú no tienes ni puta idea de cómo era el ombligo de Marcos.

—Es verdad —reconoció, y se echó a reír. No había quien pudiera con su amigo—. Pero ya vale de preguntitas guarras, ¿eh?

—Vaaaaaale. Aunque luego bien que te gusta que te dé yo todos los pormenores de mis hazañas —se burló él—. Bueno, y cuando amaneció y conseguisteis desenredar vuestras dos lenguas libidinosas, ¿qué pasó?

—Desayunamos juntos y le llevé hasta el aeropuerto.

—¿Y sus padres, hermanos, amigos…? ¿Se olvidó de todo el mundo por ti o qué?

—De su familia ya se había despedido hacía un par de días, viven en un pueblo a cien kilómetros. Y un amigo iba a acercarle al aeropuerto, pero le llamó para decirle que no hacía falta.

—Y allí os enzarzasteis otra vez, ¿no? ¿Hubo lágrimas, promesas, miradas de esas que se encuentran al volver la vista atrás?

—Pero, ¿cómo puedes ser tan melodramático? Te tengo dicho que no veas tanta peli de esas, te está acabando de estropear la cabeza.

—¿Entonces qué? —Ignoró su irónico consejo. Bien sabía él que a visionado de películas románticas no la ganaba.

–No hubo nada de eso. Nos deseamos mucha suerte en nuestras aventuras, y adiós muy buenas.

–¡Venga ya!

–Bueno, nos dimos un abrazo. Durante un buen rato –puntualizó.

–Buah. «Durante un buen rato» –la remedó, poniendo el tono de voz más cursi del que fue capaz, mientras ella le lanzaba una mirada asesina–. ¿Seguiréis en contacto, al menos?

–No lo hemos hablado. Pero supongo que es mejor así. Era eso lo que quería, ¿no? Irme sin ataduras.

–A mí no me lo preguntes. –Se encogió de hombros con gesto de indiferencia, mientras comenzaba a canturrear–. Maaaarco se ha marchado para no volveeer… el tren de la mañana llega ya sin éééééél…

Lucía le tiró un cojín de los muchos que atestaban su salón, que este esquivó limpiamente desternillándose de la risa. Ni en un millón de años le confesaría al bruto de su amigo que se había pasado todo el trayecto de vuelta desde el aeropuerto llorando a moco tendido.

Capítulo 10

La mejor familia del mundo

–¿Pero qué es lo que se te ha perdido a ti allí?

Era la tercera vez que su madre le hacía la misma pregunta. Su hermano le dedicó una sonrisa cómplice desde la otra punta de la mesa y eso apaciguó los ánimos de Lucía, que empezaba a perder la paciencia.

–Voy a aprender inglés –repitió con estoicismo mientras cuchareaba el cocido de su madre.

–Pues yo te pago un curso, pero aquí. Mira, el hijo de Encarna ha abierto una academia, y dicen que lo da muy bien. Además, es muy guapo. ¿Te acuerdas cómo te gustaba cuando eras pequeña? Y ahora que los dos estáis solteros…

–Mamá, ya vale. Sé escoger mis propios novios –aunque la verdad es que todos sabían que justo eso no lo hacía muy bien, y cruzó mentalmente los dedos para que su madre no lo hiciera notar.

–Ya, ya –se limitó ella a decir.

–Además, para aprender bien un idioma hay que hacer una inmersión –trató de zanjar el tema haciendo suyas las palabras de Marcos.

–¿Y eso qué significa? Ni que te fueras a bucear.

–Pues eso. Zambullirse en el idioma de lleno, para que no te quede otra que aprender. Es la forma más rápida y la mejor.

–No sé yo a qué viene tanta prisa. Las cosas a fuego lento siempre quedan mejor.

–Que no, que eso vale para los garbanzos, pero no para el inglés. Te digo que hay que irse a un país anglófono.

–Hija, ¿y no había un sitio más cerca?

–Déjala, María. Tu hija sabe cuidarse sola –echó un cable su padre, que hasta ahora se había limitado a mirar con fijeza el telediario–. Además, así os peleáis menos.

–Pero si yo no me peleo con ella. Es solo que no la entiendo –protestó la madre, resignándose–. Ponme un mensaje en cuanto pises suelo americano, ¿de acuerdo?

–Serán las cuatro de la mañana.

–La hora que sea. Y cuando llegues al hotel en el que te quedas, otro. ¿Me has apuntado ya la dirección?

–Sí –Lucía señaló una libreta en la mesita junto al teléfono fijo, aunque se preguntaba qué más le daban a su madre las señas de ese albergue. Como si fuera a escribirle una carta.

–Y ese hotel… estará bien, ¿no? ¿Cuántas estrellas tiene?

–Tiene cama y baño. Con eso me vale.

–Ay, hija, a ver si te vas a pillar unos hongos. O te vas a acostar en un colchón con chinches, no veas cómo pica eso.

Su hermano, que conocía la historia, se echó a reír mientras ella se mordía la lengua. Si supiera que se quedaba en la litera de un albergue compartiendo habitación con otras siete chicas más, la ataba a la pata de su cama de toda la vida y no la dejaba irse de allí.

–Por lo menos dúchate con las chanclas puestas –

suspiró su madre–. En fin, haz lo que quieras. ¿Estarás de vuelta para el cumpleaños de tu padre?

Lucía puso los ojos en blanco. Su padre cumplía años en dos semanas, y ella había dejado muy claro que no tenía fecha de regreso.

–A mí con que me traiga un buen bourbon me vale –intercedió de nuevo él, ganándose una mirada de agradecimiento de su hija. En el fondo estaba tan preocupado como su mujer, pero sabía que no conseguiría nada afeando su decisión y diciéndole lo que de verdad pensaba, que aquello era una idea disparatada y que no había necesidad de ponerse en riesgo yéndose sola a la aventura. Su hija se iba al día siguiente a diez mil kilómetros de distancia. No quería alejarla todavía más con unas palabras fuera de contexto.

–Te compraré el mejor bourbon del mundo –dijo Lucía con una sonrisa, y la sonrisa, que no el bourbon, le valió a su padre como el mejor de los regalos.

–¿Y a mí qué me comprarás? –saltó su hermano, viendo la ocasión perfecta.

–¿A ti?

–Claro, a mí. Al que se queda al cuidado de papá y mamá –le lanzó una mirada mitad burlona y mitad desafiante, que en realidad quería decir algo así como «si quieres que te controle el patio para que no te den mucho la lata, sobórname».

–¿Qué necesitas? –cedió.

–Un iPhone, que allí son mucho más baratos.

–Sí, claro. Sobre todo para ti, que no lo vas a pagar. ¿Y qué más?

–Pues ahora que lo dices…

–Te traeré unas Nike y vas que chutas.

–Que sean unas Air Jordan Retro.

Lucía miró al techo clamando por una explicación divina a una familia así.

–¿Y tú, mamá? ¿Qué quieres que te traiga?

–A mí no me hace falta nada. Me vale con que vuelvas entera.

–Si no le traes nada, date por muerta –bisbiseó su padre.

Todos se echaron a reír. Menos su madre, que le miró fingiendo enfado, pero no le salió del todo.

–Bueno, voy a por el postre –dijo levantándose y cargando varios platos para aprovechar el viaje.

–¿Sabes lo que le podías traer? Un marco digital de esos que van pasando las fotos automáticas –aprovechó la ausencia su hermano.

–Jolines con las nuevas tecnologías, nano. Te recuerdo que estoy en paro.

–Yo solo doy ideas –se encogió él de hombros.

En ese momento su madre regresó portando una inmensa tarta de galletas, su favorita. Sobre la base de chocolate estaba escrito con confeti *HAVE A NICE TRIP*. Perpleja, miró a su hermano, que hizo un gesto de autosuficiencia. Lo de las letras en inglés solo podía ser cosa suya. Con los ojos húmedos por la emoción, se levantó a besarlos a todos. Estaba convencida de que en su familia estaban locos de atar. Su madre era una sobreprotectora de libro, su padre frío y pragmático como pocos y su hermano un manipulador excelente. La sacaban de quicio a diario, pero les iba a echar mucho de menos. A su manera, era la mejor familia del mundo. Al darse cuenta, sintió una punzada de dolor y no pudo evitar que las lágrimas le resbalaran por las mejillas.

Segunda Parte

DIARIO DE VIAJE

Capítulo 1

¡Yuju! ¡Aquí estoy! Después de siete horas y media de vuelo, en la capital de los Estados Unidos de América. A unos pocos kilómetros está la Casa Blanca con su famoso despacho oval. Cuántas horas de tele me he tragado entre *House of Cards*, *El ala oeste* o con mi querida Carrie Mathison recorriendo esta ciudad. Me pregunto si alguno de ellos andará cerca. Al único que no quisiera encontrarme es al petardo de Trump, pero ese tendrá su propia flota de aeronaves. Incluso sus propios aeropuertos.

Sí, estoy emocionada. Voy a cumplir un sueño que hace unos meses habría creído imposible. Me quedan tres horas de espera y después me subiré al próximo avión. Mientras tanto, inspeccionaré el aeropuerto… sobre todo sus tiendas. En total, dentro de unas ocho horas estaré pisando suelo californiano. Ahora voy a comprobar si es verdad eso de que las marcas americanas son mucho más baratas aquí. Espera, estoy divisando algo interesante… ¡Tommy Hilfiger, allá voy!

***

Ya estoy subida al avión. La espera no se hizo tan larga. En realidad me faltó tiempo, estaba pagando la última falda cuando escuché un nombre conocido por megafonía. Ups. Era el mío. Quedaba solamente yo por embarcar. Estos americanos son un poco secos, no veas qué humos. Me hablaron fatal y eso que no entendí demasiado bien lo que me dijeron. Total, por esperar un par de minutos. Si hubieran visto el descuento que tenía la falda… Menos mal que mi equipaje estaba facturado (gracias, yanquis aprensivos que no os fiáis de una maleta sin dueña) y tuvieron que esperarme, si no aquí me quedo. En este paraíso de las compras. Terrible, ¿eh? Es que estaban de rebajas; casi se me para el corazón al ver los descuentos. Recopilación de inventario: dos faldas, una chaquetita de angora (no todos los días hará sol en Los Ángeles, ¿verdad? Hay que ir preparada) y una camisa *denim* en Lee que nunca pasa de moda. Todo taaan barato. Comparado con España, claro. Sonia tenía razón. Y mi hermano, aunque me he gastado el presupuesto de sus Nike. Tendré que comer hamburguesa más de un día.

Pero una tiene que saber cuidarse y regalarse algún capricho de vez en cuando, ¿verdad? Además, estas marcas me darán un aire menos turista. No puedo ir con todo de Zara, hay que integrarse. También cayó algo de Esprit y tuve que hacer un descanso en Starbucks porque estaba desfallecida. Un par de *muffins* y un tonel de cafeína que me insufló fuerzas para seguir rastreando en busca del chollo perfecto. Calculando… Aaargh. Doscientos treinta y siete dólares. Ahora me siento culpable, aunque no tanto como para fastidiarme la alegría. Voy a ver qué películas tienen en este avión y luego intentaré descansar un rato.

***

8 de febrero
Los Ángeles, California

Es día ocho pero yo aún no he dormido. Bueno, al menos en una cama. El tipo que tenía a mi derecha en el avión me pegó un par de codazos durante el viaje, así que debí quedarme traspuesta. Quizá incluso ronqué un poco. Cuánta intransigencia hay en el mundo y qué poca solidaridad. Y eso que yo no le dije nada cuando pasó por encima de mí para ir al baño en la escena final de *El diario de Noah*, mientras lloraba a moco tendido. Tan oportuno él.

En fin, solo quería decirte que... ¡ya estoy aquí! Después de perderme un par de veces por el aeropuerto arrastrando el maletón y el puñado de bolsas de mi nuevo vestuario, encontré el autobús que me trajo hasta Santa Mónica. Por suerte, el albergue estaba a diez minutos desde la parada. Hasta que no dieron las dos del mediodía no pude pasar a la habitación, así que dejé todo en un casillero y estuve vagando por los alrededores. La playa está cerquísima, pero cuando me despierte iré más tranquila porque esta mañana ya ni veía del cansancio. Ahora estoy subida a lo alto de mi litera, a mi alrededor otras siete camas, que por el momento están vacías, claro... pero a mí eso es lo que menos me importa, que estoy que me caigo. ¡Felices sueños!

9 de febrero

Estoy sentada en un café al sol en el muelle de Santa Mónica. Aquí es donde acaba la Ruta 66, ¡qué emocionante! Cuántos viajeros habrán llegado tras cumplir el sueño mítico de recorrerla de lado a lado atravesando todo el país.

Hasta ahora me he dado cuenta de dos cosas:

1. No hay vigilantes de la playa guaperas a la vista. En las tres horas que llevo lo único que he fichado es un coche de esos amarillos legendarios que patrullan la costa, pero el que conducía no era precisamente David Hasselhoff. En todo caso, podría ser el tío que se ha comido a David Hasselhoff.

2. Con el inglés ando más perdida que Peppa Pig en *Walking Dead*. Yo creía que me iba a defender mejor, pero es pronunciar la primera palabra y ya me están contestando en español. Ya, ya sé que tengo un acentaco *spanish-extremeñish* que no puedo con él, pero ¡es que no me dan oportunidad! Aunque las pocas veces que cogen carrerilla no me entero ni de la mitad. Menos mal que pronto empezaré las clases.

A veces me pregunto cómo le habrá ido a Marcos. Hace una semana que debió de llegar a Sídney. ¿Habrá surfeado ya? Seguro que sí. ¿Pensará en mí? Eso no lo tengo tan claro.

10 de febrero

Esta mañana he contratado un *tour* por las mansiones de los famosos. Salía desde el albergue, y hoy tenía un descuento, así que dije... ¡vale! ¡Eso tiene que ser una señal!

Sin embargo, te confieso que ha sido un poco cutre. Allá iba yo, cámara en mano, dispuesta a filmarlo todo, pero en verdad no había mucho que ver. Dos horas en un bus recorriendo carreterillas de curvas, y cada cinco o diez minutos «ahí pueden ver la casa de Ben Affleck» y al fondo, detrás de un montón de árboles, vislumbrabas el tejado. Que si Miley Cirus, que si Penélope Cruz... parece que aquí todo el que es alguien se construye una casa en Beverly Hills. Y cuanto más estrambótica y enorme sea, mejor. Para que todos sepan que forma parte de ese selecto club. Ahora, de los famosos, ni rastro. Estarían bien parapetados dentro de sus mansiones o quién sabe dónde filmando el próximo éxito de taquilla, pero yo todo lo más que he visto es una ardilla en lo alto de un árbol. A esa sí le he sacado una buena foto.

En la excursión estaba incluido ir a ver el famoso letrero de Hollywood que descansa en lo alto del monte Lee, y eso sí que era visita obligada. El autobús nos dejó en un mirador a kilómetros de las dichosas letras, y desde allí todos nos apiñábamos aumentando al máximo el zoom de nuestras cámaras. Me sentí un poco tonta haciéndome hueco entre la muchedumbre para conseguir una imagen borrosa de unas letras blancas, la verdad. Pero también es cierto que ya está colgada en mi Instagram y que tiene un montón de *likes*. No como la ardilla.

12 de febrero

Hoy he pisado el Paseo de la Fama. Más que pisarlo, lo he recorrido de arriba abajo, y de abajo arriba. He paseado entre las más de dos mil quinientas estrellas con los nombres de las *celebrities*, jugando a buscar a mis actores y cantantes favoritos como una *groupie*. Bueno, y como los cientos de turistas que fotografiaban el suelo sin parar. También me he enterado de que las estrellas se conceden por una contribución al *show business*, que hay cinco categorías según sea al cine, la tele, la radio, la música o el teatro, y que en realidad hay que pagar una pasta para «su manutención». Algo así como treinta mil dólares han soltado algunos para tener su nombre escrito en un trozo de suelo. Con eso me mantenía yo pero que muy bien, sin estrellita ni nada. Me daba para comer, para tener un techo y para estar todo el día rascándome la barriga. Va a ser verdad que la fama cuesta.

Además de los turistas y los superhéroes que les perseguían para ser fotografiados con ellos a cambio de algún dólar, se veía mucho ajetreo con los preparativos de la gala de los Oscar. Será el 29 de marzo y el ambiente previo ya puede respirarse. Ahí estaré yo, la primerita, dispuesta a no dejar escapar a mi Leo DiCaprio. Con ese sí que pagaba yo por hacerme una foto. Que los cuarenta ya no los cumple, pero ya podía haber más cuarentones como ese. Clones de Leo por doquier, eso sí que estaría bien. En cada esquina. O que te apareciera uno en el pub a las cuatro de la mañana cuando estás a punto de desistir o de conformarte con lo que sea…

Ay. Ojalá pudiera ver la gala desde dentro, eso sí que sería un sueño.

14 de febrero

San Valentín. Hace un año estaba cenando con Alberto en plan romántico en casa, parece que fuera en otra vida. En realidad yo quería ir a la Maison Rose, que tenían un programa especial para enamorados con menú degustación, champán y baile, pero el muy tacaño dijo que mejor lo preparábamos nosotros, que era más romántico en la intimidad. Ya.

La verdad es que estoy un poco triste, porque dondequiera que voy, el tal Valentín me persigue y todo el mundo parece estar enamorado y tener alguien con quien compartirlo. Hasta a una de las compañeras le han enviado rosas, ahí están, marchitándose encima de la cama. ¿Quién envía flores a un albergue?

Pero qué tontería deprimirse. Mi cuenta de pérdidas y ganancias está mucho más saneada sin hombres. Ganando en tranquilidad, en determinación, en libertad... Además, ahora que lo veo desde lejos, creo que nunca estuve enamorada de Alberto. Me dejé llevar por el plan trazado y me encariñé. Y me acostumbré. Porque la verdad es que no era a él a quien echaba de menos, sino su compañía. Contarle las anécdotas de la oficina (aunque no me prestara mucha atención), cocinar para dos, sentirle al otro lado de la cama...

Ahora vuelvo. Voy al Ben&Jerry's de la esquina a por una tarrina extragrande de Chocolate Fudge Brownie. Esa sí que no te defrauda nunca.

15 de febrero

Tengo que empezar a trazar un plan de vida. El dinero no es eterno, y aunque vivo en plan *low cost* desde mi entrada en el país por todo lo alto, cada noche en el albergue va menguando el presupuesto.

La uruguaya que duerme en la cama de abajo me ha hablado de una academia donde buscan profesores de español. Aquí quien no sabe español quiere aprenderlo, así que he decidido que mañana voy a acercarme a investigar.

Sigo pensando en Marcos. Es una sensación extraña, porque no tengo -ni quiero tener- nada con él, pero me descubro rememorando aquella tarde, y la noche que pasamos juntos. Sobre todo eso último. Cómo se mordía el labio inferior de esa forma tan sexy al mirarme, cómo nos fuimos desnudando mientras nos besábamos hambrientos tropezando con todo de camino a la cama, y cómo clavaba sus ojos en los míos entre empujón y empujón. Y todo lo demás. Los lametazos, las caricias, los muerdos… Mejor no sigo.

Pero no es solo que el sexo fuera bueno, era… no sé, diferente. Diferente al resto de tíos con los que he estado, e incluso diferente a aquella primera noche, en la que nos acabábamos de conocer y no sabíamos nada el uno del otro. Había una conexión de lado a lado que no había vivido nunca. Fue… fue especial. Ya está, ya lo he dicho.

Y luego está la forma en que nos entendíamos también fuera de la cama. Como me dio un montón de consejos para el viaje, ahora cada cosa que hago aquí me recuerda a él. ¿Por qué le dejaría que me hablara tanto de California? Si él ni siquiera ha estado aquí. Y yo sí. Yo estoy ahora. Y el presente es lo que cuenta. Así que voy a dejar de pensar en él y a centrarme en esto. Adiós, Marcos. Se acabó el pensar en ti.

16 de febrero

¡Marcos me ha escrito! Hoy coloqué en el móvil la tarjeta española y tenía un mensaje en el que me daba su nuevo número. En realidad era un mensaje de estos masivos que se mandan a todo el mundo, pero aun así me hizo ilusión. Le escribí con el número americano con la excusa de que lo tuviera él también y enseguida me contestó y chateamos durante un rato. Mira que era difícil porque hay nada menos que dieciocho horas de diferencia. Me quedé con ganas de preguntarle qué hacía despierto a las cuatro de la mañana, pero casi mejor no saber. Supongo que vendría de alguna fiesta playera. El caso es que dice que está bien, empezando a buscar trabajo, y que todavía no ha tenido tiempo de ir a ver al demonio de Tasmania. Qué tonto está. Me he despedido con caritas besuconas y él me ha devuelto un corazón gigante. Y a mí sí que se me ha quedado cara de tonta.

27 de febrero

Reconozco que tengo este diario un poco abandonado, porque han pasado muchas cosas. Muchísimas. Comparado con mi existencia anterior esto es vertiginoso, tengo la sensación de que vivo más aquí en un día que en mi ciudad en un mes.

He pasado de una rutina en la que sabía lo que pasaría desde que me levantaba hasta que me acostaba a la aventura donde todo está por escribir desde que abro los ojos. Es como si la vida cundiera mucho más.

Pero no me enrollo, que te quiero poner al día. Empiezo con lo malo: he cortado toda relación con Marcos. Fui una ingenua y una estúpida por empeñarme en mantener el contacto, y por aferrarme a aquella noche en mis recuerdos. El otro día no me pude contener. Ya sé que era una mala idea, pero aun así iba a escribirle, y a decirle que quizá podíamos hablar un día por Skype y contarnos cómo nos va. El caso es que me metí en WhatsApp y cuando ya iba a empezar a teclear veo que ha cambiado la foto de perfil... ¡y ha puesto una agarrado a una rubia despampanante! En bikini, para más detalles. Justo del tipo de las que me imagino que le rodean en las playas australianas cuando me entra el insomnio y me da por pensar en lo que no debo.

Me sentó fatal. Podía haberme dicho algo, en vez de mandarme corazones y después cambiar la foto para que supiera a qué atenerme. Ahí estaba él, en la arena, con su torso desnudo y con una pibona de ojos claros y supermoreno de playa. Los dos con sus tablas de surf.

Qué poco ha tardado en encontrarla. Uf, cómo le odié en ese momento. Le bloqueé y después borré su número, para evitar tentaciones. Que me conozco bien y sé que era capaz de soltarle alguna fresca. Ya han pasado unos días, y aunque me duele, sé que es mejor así. Él mismo me ha obligado a cerrar esa puerta y ahora puedo estar del todo aquí, porque antes una parte de mí estaba aún en España con él, o en Australia, o yo qué sé dónde. Ahora puedo concentrarme en lo que estoy viviendo «del todo».

En la escuela donde necesitaban profesores de español no me seleccionaron porque no tengo experiencia como docente, aunque me ofrecieron dar clases gratis «como aprendiz». Les dije que qué se creían. Que si quisiera ser explotada, me habría quedado en España.

El resto son buenas noticias: Por fin he empezado las clases de inglés. Llevo una semana yendo a la academia, y allí he conocido a mucha gente. Sobre todo coreanos y japoneses, parece que son los que tienen más dinero para estas cosas. Aunque yo no voy a estar tanto tiempo como ellos: ¡la mayoría contratan un curso de un año entero! De momento tengo un mes pagado por adelantado, y al principio no pillaba la mitad de las cosas. Aunque ya se me va haciendo el oído.

He hecho muchos amigos, porque después del curso comemos juntos y pasamos la tarde conociendo la ciudad. Así seguimos practicando. Y la verdad, me parece mucho más fácil entender a un japonés que a un californiano. Será que están más en mi nivel.

También en el albergue he conocido a muchísima gente, es lo bueno de estos sitios, que cada día frecuentas personas nuevas. La parte mala es que todas están de paso, y la mayoría por menos tiempo que yo. Casi todas las compañeras de habitación que he tenido han sido muy majas. Algunas con más ganas de compartir, otras más a lo suyo… pero todas respetuosas con la de al lado. Se nota que están acostumbradas a viajar de albergue en albergue, de experiencia en experiencia.

Así fue como me enteré de lo del bar Los Pintxos. Me lo dijo Susi, una colombiana muy risueña que paró tres noches en la litera de al lado.

«Si me quedara aquí ese puesto sería mío», afirmó muy segura de sí misma. Pero su novio la esperaba en Monterrey, donde llevaba ya un año trabajando, y ella iba a reunirse con él para empezar una nueva vida.

De modo que me planté en el bar y me ofrecí para el puesto. Fue todo muy fácil, casi demasiado. A Esteban, el mexicano que lo regenta, se le veía encantado de haber dado con una española «de verdad», y más interesado en que opinara sobre las tapas y raciones que en mis verdaderas dotes como camarera. Y está en el bulevar, a cinco minutos del albergue. Un chollo. Vale, sí, me pagan en negro y echo muchas horas, pero también practico inglés -no todos los que vienen hablan español-, y me da para mantenerme sin preocupaciones económicas.

4 de marzo

Estoy emocionadísima. Hoy es la primera noche que libro desde que empecé a trabajar, y he quedado con Maki para ir a una fiesta… ¡en Beverly Hills!

Todavía me cuesta creerlo. Hace poco estaba pagando por ver esas mansiones desde el otro lado de sus verjas de seguridad y en unas horas estaré dentro de una de ellas, codeándome con los ricos y famosos. Y todo gracias a Maki. La he conocido en la academia de inglés. Es una japonesa guapísima, con la piel muy blanca y el pelo oscuro, y muy delgada. Bueno, igual todo eso no aclara mucho siendo asiática, ¿verdad? Veamos, puedo hacerlo mejor: tiene unas facciones muy finas, y unos enormes ojos negros rasgados que siempre lleva bien repintados con sombras oscuras de forma que resalta aún más su exotismo, y su boca es pequeñita pero de labios gruesos, pintados con un carmín rosado; cuando los abre para reírse con sus carcajadas limpias, contagia a todo el mundo sin remedio. Me cayó bien desde el día que la conocí porque es una persona optimista, que siempre destaca el lado bueno de las cosas y nunca escatima una palabra amable, y te hace reír sin parar. Y además de todo eso, lo mejor de Maki es que está muy metida en el mundo del cine. Quiere ser actriz, por eso se ha venido desde Osaka hasta Los Ángeles. Para perfeccionar el idioma y conocer gente del mundillo que la lance en su carrera. Una chica con las cosas claras. Así que se pasa las noches de fiesta en fiesta conociendo a *celebrities*, porque dice que esa es la única manera de meter cabeza. ¡Y hoy me ha invitado a acompañarla! Voy a ponerme mis mejores galas, el vestido negro que tenía reservado para no desentonar cuando me acercara a los Oscar, y a maquillarme como si fuera a mi propia boda. Mañana mi Instagram estará lleno de fotos con famosos.

Capítulo 2

Un galán de cine

–*Oh my god*, ¡estás estupenda! –Maki sonrió al verla aparecer.

Lucía en cambio se sentía rarísima. Todos los mochileros que conversaban o se conectaban a la wifi en el vestíbulo del albergue la habían mirado como si fuera una extraterrestre al desfilar por delante de recepción con su estrecho vestido hasta los pies que la impedía andar salvo dando pequeños y supuestamente femeninos pasitos, en lo que le recordaba a un anuncio de muñecas que veía en la tele en su infancia, demasiados años atrás.

–No estoy yo muy convencida…

–Claro que sí, no seas tonta. Vas ideal.

Los comentarios de Maki la tranquilizaron. Lo cierto era que a ella también se la veía espectacular. Llevaba un vestido plateado a la altura de los muslos y, como pudo ver cuando dejó la chaqueta en el vestidor de la mansión donde se celebraba la fiesta, un atrevido corte trasero que dejaba al aire buena parte de la espalda hasta una altura casi comprometida. Bien pensado, su atuendo era bastante conservador en comparación al de la japonesa.

Ahora Lucía miraba a su alrededor, extasiada por todo cuanto abarcaban sus ojos. Un portero corpulento y con pinta de tipo duro había confirmado sus nombres en la lista y las había conducido a un amplio salón, donde los camareros se deslizaban con bandejas repletas de copas rebosantes de un espumoso dorado, y varias mesas dispuestas en cada esquina ofrecían todo tipo de manjares. Sin embargo, todo aquello parecía traer sin cuidado a los asistentes, más concentrados en reconocer a unos y otros y saludarse amigablemente.

–Vamos, te presentaré al anfitrión. Se llama Michael.

–¿Es actor? –preguntó emocionada.

–Mucho mejor. Es productor. Y de los importantes. Le conocí en la última fiesta, y fue él mismo quien me invitó –dijo Maki con expresión de felicidad, a la vez que se dirigía hacia él y se lanzaba a sus brazos como si fuera su amigo del alma.

–¡Mike, cómo me alegro de verte, estás fantástico!

–Tú sí que estás guapa –le contestó él mientras observaba con descaro la parte trasera de su minúsculo vestido–. Espero que te guste la fiesta.

–Por supuesto, es magnífica. ¡Y tu casa es fabulosa! –Maki se olvidó al segundo de su acompañante y se centró en camelarse a aquel ricachón entrado en años, que parecía más interesado en lo que dejaba ver su vestido que en lo que ella le estuviera contando, aunque asentía distraídamente a sus palabras.

Lucía resopló con disgusto. No podía creerse que su amiga la hubiera invitado a ir con ella para dejarla colgada por un rico y famoso al minuto de llegar. Esa Maki era increíble. Suspiró, consciente de que tendría que hacerse a la idea de haber ido sola a aquella fiesta. No estaba dispuesta a amargarse en un sitio como aquel; quién sabía si tendría oportunidad de volver a ver tan de cerca el ambiente de aquel distinguido y célebre barrio. Levantó la barbilla infundiéndose autoconfianza y miró en torno a ella. Agarró al vuelo una copa de champán de una bandeja que planeaba justo a su altura bajo la mano de un camarero y la bebió a pequeños sorbos, escudriñando al personal. Algunas caras le resultaban familiares, aunque no lograba identificar a nadie. Quizá no había tantos famosos, después de todo. «Te has flipado, Lucía», se dijo, aunque aun así no iba a dejar pasar la ocasión de retratar el momento.

Tres copas de champán después y tras probar, ya desinhibida, cada tentempié diferente que vio, trataba de sacarse un *selfie* en el que se apreciara su vestido y el lugar en el que se encontraba –además de salir medianamente digna–. Tras varios intentos infructuosos, pidió ayuda a un grupo de invitados y le entró la risa tonta al darse cuenta de que al final eran ellos quienes la fotografiaban a ella. Recogió su móvil de la mano de un estirado de esmoquin, quien le lanzó una mirada de soslayo que ella ignoró devolviéndole un lacónico *thank you* y concentrada ya en comprobar si había salido favorecida. «Cara de borrachina, pero tendrá que valer», masculló mientras la subía directamente a su muro, enganchada a la wifi de aquel casoplón. «La próxima vez me traigo el palo».

Con el objetivo cumplido y el estómago lleno, no se le ocurría nada más que hacer y comenzaba a pensar en marcharse. No sería la fiesta más divertida de su vida, pero al menos había comido hasta hartarse tartaletas, brochetas y canapés de todas las combinaciones imaginables con los ingredientes más exclusivos: caviar iraní, trufa blanca, carne de Kobe, *tataki* de atún rojo y quién sabe cuántas cosas más que ni siquiera había sido capaz de traducir, pero que estaban increíbles. Buscó a Maki sin resultado. Se había pasado la última hora hablando con el anfitrión, quien había desatendido al resto de sus invitados, pero ahora no les veía a ninguno de los dos. Mejor no pensar en qué se estarían entreteniendo. Desde luego, no sería ella quien se aventurara por las habitaciones en su busca.

¿Y ahora qué hacía? Habían llegado con el Corvette descapotable que Maki había alquilado para la ocasión, y no tenía otra forma de irse. Tendría que llamar a un taxi, que le cobraría más de lo que ganaba en una noche de trabajo en Los Pintxos. Fastidiada, trató de hacerse camino hacia la entrada a recoger su chal de organdí. Era una herencia de su abuela paterna, que su padre le entregó el día de su graduación. Solo lo utilizaba en las ocasiones más especiales.

—Hola, ¿no te lo estás pasando bien?

Dirigió la mirada con apatía hacia la voz que parecía hablarle a ella y se encontró de frente con unos intensos ojos azabache que la observaban burlones.

—He estado en fiestas mejores.

Los ojos azabache venían colocaditos en un rostro de proporciones perfectas al que le favorecía la sonrisa seductora que le estaba brindando. A aquel apuesto galán parecía divertirle su espontaneidad.

—Me alegro.

—¿De que me aburra?

—De encontrar a alguien sincero en esta ciudad. ¿Puedo ofrecerte algo de beber?

—Bueno, eso ya lo hacen ellos, ¿no? —Señaló a los camareros, que seguían serpenteando entre los comensales con una inusitada habilidad para no chocar con ninguno de ellos. Y eso que muchos se lo ponían bastante difícil con su más que avanzada cogorza.

—Bah, no me digas que no estás harta ya de tanto champán.

—La verdad es que sí —admitió, excitada ante la idea de compartir una copa con ese adonis surgido de la multitud.

–Ven, te prepararé el mejor dry martini que hayas probado nunca.

Dado que nunca había probado aquel brebaje, su predicción no parecía difícil de cumplirse. Le siguió sin dudarlo, feliz con el cambio de planes.

El guaperas, que se presentó como Adam, la condujo haciéndose sitio entre la aglomeración de trajes de chaqueta y vestidos de fiesta hasta una cocina espaciosa en la que se movía como pez en el agua.

–Veamos, veamos, por aquí debería haber algún que otro limón… –Rebuscaba en el frigorífico para el asombro de Lucía.

–Tienes mucho morro. Como te pillen, te la vas a cargar.

Él se dio la vuelta, sorprendido.

–¿Cuánto tiempo llevas por aquí?

–¿Por qué?

Se quedó pensativo un momento. Iba a decir algo y pareció cambiar de opinión.

–Por tu acento. Es muy marcado. Muy… español.

Encontró al fin lo que buscaba y mientras Lucía le hablaba de su vida y de cómo había llegado hasta Los Ángeles con su maltrecho inglés, él peló el limón, para retorcer ligeramente la corteza hasta que soltó unas diminutas gotas en cada una de las copas, y tiró el resto.

–¿Eso es lo que lleva? ¿Una gota de la corteza? –preguntó Lucía con aire socarrón. Si eso era ser chic, le parecía un poco cutre. Mejor hubiera sido echarle un chorro del propio limón, ¿no?

–Es lo que se llama un *twist*. La proporción exacta para darle el sabor apropiado a la ginebra y el vermú –explicó él con aire de entendido.

Finalizó los selectos cócteles ahogando una aceituna en cada uno de ellos y le tendió una de las copas, aguardando expectante su reacción.

—¿Y bien?

Lucía lo paladeó con gesto grave, concentrándose en la responsabilidad que recaía sobre ella. Aunque después de tanto champán cualquier cosa le habría parecido buena.

—Aprobado —convino.

Aquello pareció bastarle a Adam, que sonrió satisfecho mostrando una hilera de blanquísimos dientes. Pero blancos blancos, no como cuando el dentista te cobra un riñón por la limpieza y no eres capaz de notar la diferencia. Blancos como los de las estrellas de cine. Le observó con más detenimiento. Tenía un cutis perfecto. Una piel lisa, impecablemente rasurada donde debería haber alguna sombra de barba, y unas cejas pobladas y uniformes. El cabello negro estaba engominado hacia atrás, aunque un mechón rebelde le caía sobre la frente dándole un aire aún más seductor. Su hermoso rostro no tenía nada que envidiar al de Leo DiCaprio en sus mejores tiempos, solo que mucho más moreno.

—¿Trabajas en Hollywood? —le soltó sin muchos miramientos.

Adam asintió con la cabeza.

—¿Eres actor? —Sus pupilas se ensancharon con la emoción y volvió a escudriñarle, tratando de recordarle de alguna serie o película que hubiera visto.

—No, aunque podría.

Lucía arqueó las cejas en un gesto de desagrado ante su falta de modestia, que él tomó como simple curiosidad.

—La industria del cine en Los Ángeles es de unas proporciones monumentales. Lo abarca todo: solo la Century-Fox o la Warner agrupan a decenas de miles de personas trabajando en la producción y distribución de las películas. Y hace falta gente que pueda gestionar y velar para que sea rentable todo ese barullo. Que es más o menos lo que trato yo de hacer.

—¿Te encargas de las finanzas?

—Algo así. Vivo entre actores alocados y directores ególatras que solo piensan en la fama. Alguien tiene que echarles los números para que esto funcione.

—Anda, yo también soy economista —dijo ilusionada ante la idea de saber más de los entresijos del sector—. ¿Y qué haces exactamente…?

Pero Adam no tenía ganas de hablar sobre su trabajo. En su lugar, se le acercó y le pidió al oído de forma insinuante que le concediera el siguiente baile. Aquello sonaba como en las películas. Asintió, y comenzaron a bailar en la extensa cocina, mirándose a los ojos, ajenos a todo el barullo que se cocía a solo unos metros. Las manos de él rodeaban su cintura y se movían por su espalda, acariciándola hábil y sinuosamente, rozando el límite en que acababa pero sin llegar a rebasarlo, y Lucía experimentaba ese viejo conocido cosquilleo que le hacía desear que siguiera. Cuando, al final de la canción, Adam la apretó contra él y la besó, todo pareció de lo más natural.

—¿Dónde vives? —Adam le acarició la rodilla tras cambiar la música que sonaba en el interior del vehículo. Sería lo único que tenía que cambiar, porque ahí dentro todo parecía automático. Las marchas, las luces que se encendían y apagaban según necesidad, y hasta los frenos cuando se acercaba demasiado a algún otro vehículo. En su ergonómico asiento de cuero blanco se sentía lo más parecido a Cenicienta volviendo a casa de la madrastra.

—Déjame en el bulevar, en la esquina con la segunda. Vivo justo ahí —mintió, avergonzada ante la idea de que la viera entrar en aquel sencillo albergue, el más económico que había encontrado.

—¿Entonces no vas a invitarme a la última? —preguntó él con tono desencantado, sosteniéndole la mirada.

Lucía tragó saliva. Aquellos ojos oscuros y penetrantes eran como los de un ave rapaz que no está dispuesta a soltar su presa fácilmente. Y nada deseaba más que dejarse cazar, pero había decidido no sucumbir a la tentación.

—No, ya hemos bebido bastante, y tienes que conducir de vuelta.

—En realidad no era seguir bebiendo lo que tenía en mente.

—Es lo que has dicho.

—Es una forma de hablar. Pero si quieres puedo ser mucho más explícito. —Adam le lanzó una mirada lasciva. Acostumbrado a la visión de cuerpos escuálidos cubiertos por vestidos pomposos, era reconfortante ver a una mujer que lucía sus curvas naturales con un desparpajo y una sensualidad fuera de lo común—. Te ataría a la cama y te lamería entera… para empezar.

«Glup». Si no fuera porque aquello incluía a siete tías en sus correspondientes camas litera observando la escena, habría sucumbido sin dudarlo.

—Lo siento, pero hoy no puede ser. Quizá en otra ocasión.

—Está bien —él hizo un mohín de niño desilusionado.

Habían llegado. Adam aparcó el coche, y tomándola por la nuca con la mano derecha, la besó apasionadamente mientras los dedos de su otra mano se enredaban en sus rizos.

—Espero que no me hayas dado un teléfono falso —bromeó al separarse.

—Llámame y lo comprobarás. —Lucía le guiñó un ojo mientras se fundía de nuevo en sus labios carnosos.

Así permanecieron unos minutos más, hasta que la cosa se fue calentando y Lucía se dio cuenta de que tenía que despegarse o se verían abocados a buscar un lugar de emergencia donde acabar todo aquello.

—Me voy —se recolocó el vestido y le dio un beso casto en la mejilla.

—Lo he pasado muy bien esta noche —dijo él recomponiéndose, a la vez que le rodeaba la cara con sus fuertes y cuidadas manos en un gesto de ternura.

—Yo también —admitió radiante, ya saliendo del coche—. Ahora me alegro de que Maki se perdiera con ese carcamal.

—¿Maki?

—La amiga con la que fui a la fiesta. Una japonesa con un vestido minúsculo. ¿Sabes quién es?

—Creo que sí, desde hace unos meses la veo en todos los saraos. ¿Y con quién dices que se perdió?

—Con un vejestorio. El dueño de la casa, un tal Michael.

Adam se quedó blanco por un momento, desconcertado. Luego estalló en una carcajada.

—¿Qué pasa? —preguntó Lucía.

Parecía que le había dado un ataque y no podía parar, y hasta alguna lágrima le resbaló por las mejillas. Ella le miraba muy mosqueada sin comprender a qué venía aquello. ¿Qué se había perdido? Ese tío pasaba del calentón a descojonarse en su propia cara sin decirle ni por qué.

Cuando se le fue pasando, Adam se limpió el rostro con la manga de la chaqueta y arrancó el coche. Contestó a su pregunta justo antes de dar un acelerón digno de *Fast & Furious* y desaparecer en la avenida solitaria que comenzaba a iluminarse con los primeros atisbos de luz del nuevo día:

—El carcamal es mi padre.

Capítulo 3

5 de marzo

¡Estúpida! ¡Estúpida, estúpida, estúpida! No se puede ser más tonta. Pues sí, me he convertido en Cenicienta y el cuento se ha acabado, pero no por arte de las doce campanadas, sino de mi enorme bocaza.

Conozco al tío más bueno del universo, que además es simpático, divertido e inteligente y que está más forrado que el Tío Gilito, se fija en mí, y yo voy y lo estropeo llamando vejestorio y carcamal a su padre. No la he liado más gorda en mi vida.

El grupo de brasileñas que ocupa ahora casi todas las camas no para de entrar y salir, y entre eso y mi despedida triunfal no soy capaz de pegar ojo. Pero estoy agotada, y en unas horas tengo que entrar a currar. Trataré de dormir un poco y quizá luego pueda sacarle la parte positiva a todo esto.

7 de marzo

Estoy en mi rincón secreto en el café de la esquina de Santa Mónica Pier, desde el que se puede ver toda la playa, incluida a lo lejos Muscle Beach, llena de tíos cachas entrenando. Ya no se ejercitan aquí famosos como en la época en que Schwarzenegger la recorría a diario, pero para ver a uno como ese, mejor me quedo como estoy. Solamente hay chicos con ganas de modelar sus músculos y exhibirse un poco. Es un paisaje relajante, me ayuda a alejarme de los problemas y a pensar. Aunque a veces me distraiga cuando se me va la vista en alguno que otro, eso también me hace recordar que hay muchos peces en el mar.

No dejo de darle vueltas a la noche que viví con Adam, y cuanto más lo hago, más me parece todo una alucinación. Ni siquiera puedo contrastar si fue real, porque a Maki se la ha tragado la tierra y no la veo por la academia desde aquel día. Anoche soñé con él. Volvíamos a aquella mansión y bailábamos entre todos los famosos, que se apartaban para dejarnos en el centro de la sala, convertida en pista de baile. Éramos el centro de atención, pero no me importaba, estaba muy a gusto entre sus brazos. El carcamal nos miraba muy enfadado como si le sentara mal que su hijo bailara conmigo. Parecía dispuesto a abalanzarse sobre nosotros para separarnos, pero Maki le contenía agarrándole del brazo. Lo que no me quedaba claro era si lo hacía para ayudarme o para que no se le escapara su productor ricachón. Entonces, Adam me besaba y era un beso dulce y apasionado. Un beso maravilloso. Pero cuando al fin nos despegábamos y le miraba, no era a Adam a quien había besado. Era la cara de Marcos.

8 de marzo

Hoy estoy un poco nostálgica porque todos los 8 de marzo el grupo de los «viernes con nata» nos vamos a la mani por los derechos de las mujeres. Es una costumbre que empezamos cuando estábamos en la universidad y que hemos mantenido como una cita obligada, tan inmutable como las propias tortitas con nata que hacen que sigamos al tanto de las vidas de cada una. El 8 de marzo todas dejamos lo que tengamos que hacer y nos reunimos en la Plaza Mayor con nuestras ropas violetas, nuestras sartenes y cacerolas y nuestras ganas de gritar al mundo que queremos que nos traten como iguales. Sonia nos arrastró por primera vez y nos metió en la piel este clamor incondicional y gregario. Con sus pintas de *femme fatale* parece una comehombres, y en parte lo es, pero también es alguien que sabe muy bien lo que quiere y que no se deja pisar el terreno. Pero no siempre fue así. Cuando tenía quince años empezó a salir con un chico del último curso del instituto y se enamoró como una loca. Era el tipo más popular de la clase, y era también el típico chuleta por el que todas las quinceañeras perderían la cabeza. Se colgó tanto de él que se fue alejando de nosotras, y en unos pocos meses estaba irreconocible. Solo salía con él y sus amigos, cambió las faldas y las camisetas estrechas por ropa ancha y hasta dejó de pintarse los labios. Se volvió introvertida, y cada vez que intentábamos que se sumara a algún plan, lo rechazaba por sistema. Así que dejamos de insistir y poco a poco perdimos el contacto. De hecho, nos enfadamos con ella y la criticábamos muchísimo, porque no entendíamos que nos hubiera dejado tiradas por un tío. A nosotras, sus amigas desde el jardín de infancia. Estábamos muy indignadas, y no había conversación en la que no se colara su nombre para despellejarla por algo. A la vuelta del verano ya ni siquiera la saludábamos, ni ella a nosotras. Se sentaba en un rincón de la clase y en cuanto sonaba la campana se iba corriendo a morrearse con su novio, que para entonces había dejado el instituto y la esperaba siempre del otro lado del patio. Hasta que una semana Sonia no apareció. Al principio nadie le dio importancia, pensamos que estaría enferma, pero a medida que pasaban los días, empezaron a correr rumores. Fran, que así se llamaba aquel imbécil, la había dejado embarazada, y al enterarse se quitó de en medio. Ella tuvo que contárselo a sus padres, que la apoyaron en su decisión de no tener al crío. Después del aborto estuvo tres meses sin ir al instituto metida en una depresión tremenda y perdió el curso. Cuando lo supimos, nos sentimos culpables por criticarla con todo lo que habría tenido que pasar y decidimos ir a verla a su casa. Aunque al principio no quería ver a nadie, poco a poco fue saliendo de su caparazón y nos contó su historia. Cómo Fran la había ido aislando de nosotras montándole un pollo cada vez que nos veía, el control que había ejercido sobre ella, y cómo incluso llegó a pegarla alguna vez. La psicóloga a la que veía trabajó mucho con ella y la ayudó a sacarlo todo fuera, así que se confió a nosotras, aunque aún se moría de vergüenza por la forma en que se había dejado tratar. Hasta en el sexo le permitió hacer lo que quería y cuando quería, y de ahí aquel embarazo que la dejó marcada para siempre. Total, que Sonia acabó saliendo de aquello, y como suele pasar con las grandes adversidades, salió fortalecida. Se transformó en la chica independiente y fresca que es hoy. Quizá un poco cínica, pero divertida y buena gente. Eso me parece lo más difícil. Seguir siendo buena persona a pesar de que alguien te haya tratado con mezquindad. Y aferrarse a la alegría como flotador que te ayude a nadar, a veces contracorriente. A la alegría y a la defensa de sus derechos, claro. Porque a ella sí que nadie le dice lo que tiene que hacer con su cuerpo y con su vida. Ya no. Así que aquello no solo la marcó a ella, sino también a todas sus amigas. A mí, a Teresa, a Sara, a Marta, y después, también a Julia, que se unió encantada a las manifestaciones y a las meriendas. Formamos un clan poco convencional. Julia, la jefaza rubita con sus pendientes de perlas y su manicura perfecta. Sonia, la pelirroja exuberante y descarada. Sara, la de las camisetas anchas y pinta de no haber roto nunca un plato. Marta, la desconfiada por naturaleza. Teresa, la supermadre con sus dos niñas a cuestas, que en vez de dejarlas con Roberto les pinta las caras y las viste de violeta para que disfruten de ese día y lo perpetúen hasta que deje de hacer falta. Todas tan diferentes, y todas unidas, berreando consignas y pegando a las cacerolas. Y a mí me parece que eso es justo lo que lo hace mágico. Sentir que con todas nuestras diferencias hay algo especial que nos recorre, algo atávico que nos pertenece solo a nosotras. Por derecho, porque nos lo deben y porque la amistad entre mujeres es una de las cosas más maravillosas de la vida y ese día sirve, también, para celebrarlo.

Y aquí estoy yo, repasando una y otra vez las fotos que me entran en el grupo de Whatsapp con lágrimas en los ojos. Y lo único que puedo hacer es enviarles corazones violetas y decirles que las quiero mucho.

9 de marzo

Hoy la noche en Los Pintxos ha sido agotadora. Era el cumpleaños de Esteban, y para celebrarlo no se le ocurrió otra cosa que hacer una fiesta española por todo lo alto. Litros y litros de sangría y decenas de tortillas de patatas como aperitivo gratuito para todo el que se pidiera un vaso. Tuve que comenzar antes de lo habitual para ayudarle con las pruebas. Que si un poquito más de azúcar, que si un par de melocotones más, que si un chorrito extra de tequila... Lo del tequila ha sido cosa suya, marca de la casa, dice, que mucho bar de pintxos pero él es mexicano y no lo perdona aunque sea mezclado con vino y canela. Así que antes de abrir las puertas ya estábamos con la risa tonta. Para colmo yo cometí la imprudencia de comentarlo en el albergue, así que creo que el cupo completo que se aloja esta noche se ha pasado por allí. ¿Comida gratis para un mochilero? Cuándo y dónde. Como además estos guiris (ya sé que aquí la guiri soy yo, o bueno, somos todos, pero para mí los demás siguen siendo los guiris) no están acostumbrados al sabor dulzón que le da la fruta a nuestra bebida más famosa, bebían sin tasa y eso ha tenido consecuencias perjudiciales en más de uno, que se ha ido haciendo eses de vuelta al albergue y ha suministrado nutrientes a alguno de los árboles que hay en el camino.

Pero me lo he pasado muy bien. Hasta Paul, uno de los recepcionistas, se escapó un rato y estuve bailando con él. Yo traté de enseñarle a bailar unas sevillanas y él a cambio me hizo moverme al son del *reggae* de Bob Marley. Es lo bueno de trabajar allí. Solo tenía que decirle al DJ que había contratado Esteban la canción que quería y él la pinchaba encantado de la vida. «¡Lo que diga la española!», repetía todo el rato, aunque lo que pidiera fuera de origen jamaicano. Así da gusto currar. Aunque me duela tanto la espalda que casi no pueda ponerme en pie y aunque entre baile y baile haya puesto cientos de sangrías a todas las nacionalidades del mundo.

Por cierto, que también he ligado. Concretamente, con la chilena que duerme dos camas más allá. Se me puso cariñosa y antes de que me diera cuenta tuve que hacerle una cobra para que no me plantara un flete en pleno morro. Ahora entiendo por qué era tan simpática, aunque me da que está tan avergonzada que no va a volver a hablarme en lo que le queda de estancia. De momento no ha aparecido por la habitación. Ahora que lo pienso, igual ha pillado por otro lado. Y en lugar de avergonzada, lo que está es pasándoselo de muerte.

En fin. Yo a lo mío, a ver si duermo doce horas y me despierto con mejor cuerpo. Está claro que los hombres no son lo mío. Y las mujeres, desgraciadamente para mí hoy, tampoco.

Capítulo 4

Un buen amigo

–¡Maki! ¿Dónde te habías metido? –A pesar del plantón que le dio aquella noche, Lucía se alegró de ver a su amiga.

–Tengo millones de cosas que contarte. –La japonesa la agarró del brazo mientras la metía en el aula vacía y se la llevaba a un aparte para que nadie pudiera oírla–. Me han hecho un *casting* para la nueva película de los hermanos Rafelly.

–¿En serio?

Maki asentía eufórica.

–Pensaba que estaban de capa caída...

–Para nada, están preparando su próxima comedia, y va a ser un bombazo... dejará atrás a *Algo pasa con Ellie*, ya lo verás.

–¿Y qué tal ha ido?

–Esa es la buena noticia... ¡Lo he pasado! ¡He conseguido el papel!

–Qué bien suena eso, Maki, me alegro por ti. ¿A quién interpretarás? ¿Serás la protagonista? No me digas que te vas a convertir en la próxima Caroline García.

–Bueno, en realidad es un papel secundario, la camarera de un bar de *striptease* al que van los protagonistas... –confesó algo molesta–. ¿Pero tú sabes lo que puede suponer eso en mi currículum? ¿Te haces una idea de cuánto tiempo llevo esperando una oportunidad así?

Ante el tono de Maki, Lucía rectificó. Tenía razón, no tenía que ser nada fácil conseguir un papel en Hollywood. Cuánta gente no se pasaba la vida intentándolo sin tener nunca la oportunidad de demostrar su talento. Además, era emocionante pensar que vería en la pantalla grande a alguien que había conocido personalmente. Le dio la enhorabuena y la bella asiática se lo agradeció con una de sus sonrisas deslumbrantes.

–Tú tampoco has perdido el tiempo, por lo que he oído –cambió de tema guiñándole un ojo.

–¿Qué quieres decir?

–Vamos, no disimules, ya me he enterado de lo de Adam.

Lucía la miró boquiabierta. Pues sí que iba a ser cierto que los cotilleos corrían como la pólvora en Hollywood.

–Le tienes loco.

–Espera, para un momento. ¿Qué me estás diciendo? ¿Cómo te has enterado de eso? ¿Tú sabes quién es Adam?

Maki soltó una risita ante la reacción de Lucía.

–Pues claro. De hecho, es un buen amigo. –Ya se empezaba a dar cuenta de que para Maki todo aquel que tuviera que ver con la industria del cine era un buen amigo, así que la miró con recelo.

–¿Ah, sí?

–Sí. Fue él quien me lo contó, y me dijo cuánto le gustas. Eres muy afortunada, es guapísimo. –El aula se había ido llenando de gente y la clase acababa de comenzar.

–¿Y entonces por qué no me ha llamado?

–Perdió tu teléfono. La fiesta aún seguía cuando volvió a casa, se puso a hablar con unos y otros, y en todo el jaleo dice que no sabe qué fue de él. Pero cuando le aseguré que yo hablaría contigo se puso como loco de contento.

La profesora las mandó callar, molesta con aquellas dos chicas que no dejaban de cuchichear y distraían al resto de alumnos.

–De modo que le prometí que me acompañarías a la fiesta de esta noche. Por eso he venido –finalizó Maki antes de concentrarse en la lección, de la que su amiga no retuvo ni una sola palabra.

Capítulo 5

Chollos y coches de alquiler

Lucía se observaba con expresión ceñuda en el espejo de los baños compartidos, mientras varias chicas la miraban fascinadas.

—*You are going to a party?* —le preguntó una joven de piel oscura en un inglés más que defectuoso.

Ella asintió a la vez que decidía cargar un poco más las pestañas de rímel azul.

—*In Hollywood? With the stars?*

«Sí, con las estrellas», asintió de nuevo con la cabeza.

—*Wow*!

—*Cool!* —gritaron a la vez aquella joven y su compañera, de piel clara y ojos grises.

Se echó a reír ante las muestras de entusiasmo y aquello hizo que se relajara un poco. La tarde había sido de locura. Primero había tenido que convencer a Esteban para que le cambiara el día libre en Los Pintxos, y no había sido nada fácil. Al final logró camelársele con un cuento sobre una amiga en apuros y la promesa de que no volvería a suceder. Lo del vestido había sido otra odisea. No podía repetir traje y no se sentía con la suficiente confianza para pedirle uno a Maki. Además, no le extrañaba nada que se fuera de la lengua. Después de un par de copas todo podía suceder, y se la imaginaba soltándole a Adam un «¿a que le sienta bien a Lucía mi vestido?», lo cual tendría la funesta consecuencia de morir de vergüenza allí mismo. Tras patearse todas las tiendas de Santa Mónica, de precios desorbitados, había encontrado una donde vendían ropa de fiesta de segunda mano, que había puesto patas arriba hasta dar con su nueva adquisición: un Escada azul cobalto que le sentaba como un guante. Era un vestido de cóctel sencillo, corto y con un sugerente escote ovalado. Parecía algo de lo más simple y había estado a punto de no probárselo, pero al hacerlo y verse en el espejo del probador ya no fue capaz de renunciar a él. Pagó los doscientos dólares que marcaba la etiqueta, tan consciente de que era un chollo como de que le estaba costando los gastos de toda una semana, y salió emocionada con su compra.

Repitió la operación de un par de semanas atrás y recorrió el vestíbulo del albergue ante las miradas de los residentes, que ahora le parecieron menos socarronas y más de admiración. Pisó la calle con paso firme subida a sus tacones favoritos, unos elegantes salones negros de doce centímetros que había limpiado hasta sacar brillo, y esperó a su amiga. Y esperó, y esperó, y esperó, hasta que cerca de media hora después apareció tras el volante, esta vez de un Chrysler Crossfire biplaza de un amarillo chillón.

—Vaya modelito —silbó su amiga nada más verla.

—Es precioso, ¿verdad? Aunque me he fundido la tarjeta para no repetir vestido.

—Ten cuidado de no mancharlo. Mañana lo devuelves y ya está.

Lucía la miró con cara de asombro, y la japonesa soltó una de sus carcajadas frescas.

–No me digas que no lo habías pensado. Aquí todo
el mundo lo hace.

Lucía se acomodó en el cochazo mientras lo valo-
raba. Se moriría de vergüenza, pero si le salía bien la
jugada tendría para pagarse unas cuantas clases más de
inglés. Que no le vendrían nada mal.

–¿Y qué hay del deportivo? ¿No crees que Mike se
dará cuenta de que tus coches son de alquiler si llevas
uno cada vez?

–Cariño, este coche me lo ha prestado él.

Lucía se quedó sin palabras. O el tal Michael era
todavía más rico de lo que su flamante mansión aparentaba, o se había pillado de verdad de aquella asiática
alocada.

–Le dije que tenía el Corvette en el taller y se com-
padeció de mí –reveló con una sonrisa triunfal.

Capítulo 6

Pequeños contratiempos

Esta vez la fiesta no era en casa del padre de Adam, sino en un lujoso hotel en pleno corazón del barrio de Hollywood. Se celebraba el estreno de una película en la que Michael había invertido junto a otros socios. El visionado del film había concluido hacía un buen rato y la mayoría de los invitados ya se encontraba en el hotel. Lucía estaba impaciente, pues por culpa de Maki se habían retrasado mucho. Después de la media hora de espera, había caído en la cuenta de que el depósito del coche estaba a cero y tuvieron que buscar una gasolinera en la que repostar. «Mucho coche, pero la gasolina la pagas tú», se había mofado ante la mueca de disgusto de Maki, que había echado lo mínimo imprescindible.

Lucía saludó a Michael a la vez que miraba a uno y otro lado, pero no localizaba a Adam.

−¿Qué tal ha ido? −preguntaba Maki a un cariñoso Mike que la rodeó por los hombros en cuanto la vio.

−El recibimiento ha sido algo tibio −admitió él−. Pero espero al menos recuperar el dinero que destiné a este proyecto. Cuenta con actores consagrados en el cartel, y la directora es una joven promesa. Ven, te la presentaré.

Ahí fue cuando Lucía se dio cuenta de que volvía a perder a Maki. La japonesa no iba a dejar pasar la oportunidad de mostrar todos sus encantos a la directora del momento. Buscó a su alrededor pero seguía sin ver a Adam. Tiró del brazo de su amiga en un desesperado intento por reclamar su atención, pero estaba centrada ya en su interlocutora.

–Dime, Lucía –masculló impaciente ante su insistencia.

–Me dijiste que Adam estaría aquí.

–Sí.

–No le veo.

–Ya llegará.

–¿Pero no habías quedado con él a las diez? Ya son más de las once.

Maki se encogió de hombros.

–Me aseguró que vendría. Aparecerá, no se va a quedar sin verte.

Y con esa convicción, que no tranquilizó demasiado a Lucía, se dio media vuelta y siguió charlando con la directora de la película.

Imbuida de una desagradable sensación de *déjà vu*, Lucía se fijó en un camarero que se acercaba y esperó hasta cazar al vuelo la primera copa de champán. Se dirigió a la zona de canapés, e iba haciéndose paso cuando alguien la empujó, vertiéndole todo el contenido de la copa en el escote.

–¡No! –gritó espantada al ver el estropicio en su nuevo vestido. Ahora sí que no podría devolverlo. Debió de ser tal su expresión de desamparo que la mujer que había tropezado causando el derrame trató de consolarla.

–Tranquila, esas manchas salen bien en la tintorería. Tengo experiencia, créeme.

Iba a vociferarle lo que pensaba sobre su experiencia cuando la miró a la cara y casi se cae para atrás.

–¿Charlize Fox?

La mujer sonrió con amabilidad.

–¿Nos conocemos?

–No, quiero decir, sí, quiero decir yo a ti sí, claro…

–No podía creerlo. ¡Había llorado y reído tanto con sus películas a lo largo de los años!

La mujer la comprendió al instante.

–Pues encantada…

Lucía se quedó mirándola como una boba hasta que se dio cuenta de lo que una de sus actrices favoritas estaba esperando de ella.

–Lu-cía. Lucía Pérez –balbució estrechándole la mano.

–Bien, Lucía, vamos a ver cómo podemos arreglar este pequeño contratiempo –dijo cogiéndola de la mano y arrastrándola hasta los servicios.

Para cuando Adam apareció en la fiesta, ya no le esperaba aquella chica ansiosa por verle que había llegado hacía varias horas. En su lugar se encontraba una extrovertida y animada Lucía, centro de atención de un corro de gente que reía ante los clichés de la imagen que se tenía de ellos en España. La veterana actriz le había presentado al reparto de la película, y a todas luces se los había metido en el bolsillo con su espontaneidad y su inglés torpe de acento español. Aquello picó la curiosidad de Adam, que se acercó silenciosamente al grupo y se quedó rondando para escucharla sin saltar a la vista.

En algún momento Lucía le descubrió, y aunque le temblaron las piernas de los nervios, se mantuvo dignamente erguida y siguió contando chascarrillos para delicia de sus acompañantes, aunque eso sí, con un ojo puesto con disimulo en los movimientos de Adam.

Un buen rato después, cuando algunos de sus conter-
tulios se fueron dispersando en busca de copas o contactos, él se acercó como si acabara de verla.

–Parece que hoy te lo estás pasando mejor.

–No está mal.

–Me alegro.

–¿De que me lo pase bien o de mi sinceridad?

Adam soltó una carcajada ante el recuerdo del malentendido con el que se conocieron.

–De las dos cosas –aseguró mientras la conducía a
una de las terrazas de aquel salón, donde, a la luz de la
luna, Lucía se dejó besar por su galán de cine.

Capítulo 7

Terribles malentendidos

—¡Que sí, Satur, que sí, que no te estoy tomando el pelo! —Lucía chillaba en la zona común del albergue, aislada por sus cascos del resto de usuarios de la wifi. Los más veteranos ya empezaban a acostumbrarse a aquella española extravagante y no le prestaban mucha atención.

—¿Y quién más dices que estaba? A ver, a ver, repíte-melos todos, sí, creo que sí, creo que sé quién es...

Lucía sonreía exultante. Le encantaba hablar con Satur. Se había mantenido como su mejor amigo desde el último año de instituto, cuando era aún un chico dulce y tierno, o como él mismo se definía con buen sentido del humor «el típico confidente enrollado que solo tenía amigas y al que envidiaban el resto de tíos creyendo que me las calzaba, mientras yo en lo que pensaba era en calzármelos a ellos». Ella, a diferencia de algunas de sus amigas, que se habían colgado por él en un momento u otro, siempre había estado segura de lo de su homosexualidad, pero él había tardado en abrirse al exterior y salir del armario. Eso sí, una vez que lo hizo, aquello fue un no parar. Había trocado toda la timidez y la introversión de su adolescencia por el descaro en su máxima expresión. Junto con su amiga Sonia, Satur era la persona más desinhibida que conocía, y él se jactaba de ello: nada le gustaba más que escandalizar con sus comentarios desvergonzados. Pero también seguía siendo el amigo comprensivo, que decía lo que una tenía que oír, y que la entendía mejor que nadie.

—¿Qué fue lo que pasó entonces con el tal Adam? ¿No decías que pasaba de ti?

—No, no, todo fue un terrible malentendido. Perdió mi teléfono, por eso no pudo llamarme. Pero ya está aclarado.

—Un terrible malentendido... —se burló él—. Hija, qué redicha eres. Bueno, a lo importante: ¿ha habido tema?

—Satur, no seas cotilla.

—¿Cotilla, yo? A ver si ahora te vas a volver tú una mojigata. Bien que me haces contarte a mí todos los detalles de mis *affaires*... —pronunció con un ridículo y exagerado acento francés.

—Y bien que te gusta a ti contarlos.

—Eso es verdad. Pero venga, por lo menos dime si mojó el bizcocho.

—Pues... sí —confesó al fin, sin poder evitar reírse—. Pasamos la noche en una suite del hotel donde se celebraba el estreno.

—¡Yupi! Me das una envidia malsana y sucia, muy sucia, que lo sepas. ¿Y qué tal se menea el adonis?

—¡Venga, ya está bien! No pienso contarte nada más. Y menos en esta sala, que nunca sabes quién habla español y se está enterando de todo.

—Al menos dime cómo va servido. Te hablaré en clave. ¿Qué tal quedó el calabacín en la receta nueva?

—Ya estamos. Esta vez sí que no.

—Eso es que esta vez sí que es pequeño. De huerto ecológico, vaya.

—Satur, tengo los cascos, a ti no pueden oírte.

—Razón de más para que me digas que no, que de huerto ecológico nada, que a este le han metido fertilizantes químicos a mansalva.

Lucía permanecía callada, frunciendo los labios en una línea infantil.

—Vale, vale. Yo tampoco me habría hecho de rogar con un macizorro así, aunque la tenga pequeñita. Pequeñita pero matona, espero.

—Satur...

—En fin, dile que al menos te coma bien la almeja.

—¡Satur!

—De verdad, que estirada te pones. En fin, que seas muy feliz, nena. Espero que no te deje colgada ahora.

—¿Y por qué iba a hacer eso? ¿Porque nos hemos acostado? Mira que eres antiguo a veces...

—Tienes razón, más antiguo que mi abuela, perdona. ¿Y cuándo dices que será la próxima fiesta?

—No lo sé, no puedo ir a fiestas todos los días o me echarán del curro, pero mañana hemos quedado para tomar café —reveló ella entusiasmada.

—Me alegro mucho por ti, corazón. Te mereces eso y más —estuvo apunto de añadir «por lo menos cinco centímetros más», pero logró contenerse.

—Gracias, *love*. Yo también te quiero —contestó una emocionada Lucía.

—Ay, mi niña, ya lo sé. Qué ganas tengo de darte un abrazo. Oye, ¿entonces del australiano ya nada de nada?

Lucía suspiró. Satur tenía la virtud de poner el dedo en la llaga con una puntería pasmosa.

—¿Quién quiere a ese listillo en la otra punta del mundo cuando tengo aquí a un guapo de cine?

Las carcajadas de Satur llegaron a través de las ondas, pero Lucía no pudo dejar de sentir un regusto amargo.

Capítulo 8

15 de marzo

He quedado con Adam en mi lugar secreto, que quiero compartir con él. Me llamó para pasar la tarde juntos y le dije que le esperaría junto a la noria del embarcadero, que veo desde mi rinconcito en la cafetería. Es uno de mis escenarios de película favoritos. La escena donde Forrest Gump llega en su carrera hasta el fin del muelle, o en la que Robert Downey Jr. lo sobrevuela como Iron Man, o George Clooney y Brad Pitt en Ocean's Eleven. Todos han pasado por aquí, y me los imagino como si estuviera viéndolos en directo desde mi sitio VIP. Ahí veré llegar a mi galán y me acercaré hasta él para besarnos al pie de la montaña rusa. Eso sí que será de cine.

Adam lleva más de un cuarto de hora de retraso. No queda bien que un galán de cine se retrase, ¿a que no? Queda de pena. Es más, estropea la película. Vaya un petardo. Ya que he perdido la clase de inglés para pasar con él su tarde libre, al menos podía tener el detalle de llegar puntual. Digo yo.

* * *

Sigue sin aparecer y estoy empezando a mosquearme. Vale, sí, estoy cabreada como una mona. Si iba a venir tarde podía haber avisado. Hace casi una hora que estoy aquí. Comienza a atardecer y la panorámica es preciosa, pero verla sola no era precisamente el plan. Voy a esperar un poco más. Si no ha venido cuando se ponga el sol y enciendan las luces de la noria, yo me largo.

Estoy de vuelta en el albergue. Adam llamó cuando ya me iba a ir, cansada de que la camarera me preguntara si quería tomar algo más. Me dijo que le había surgido algo y que lo sentía mucho, y yo le mandé a la mierda y le dije que era un impresentable. No sé cómo se dice impresentable en inglés, pero yo creo que la esencia la entendió bastante bien. Aunque fuera por los gritos que le pegué al teléfono.

He recibido un montón de mensajes en los que me pide perdón de mil maneras diferentes. Los primeros los he borrado, aún cabreada, pero después me ha prometido que me compensará de una forma muy especial, y ahí he cedido. Hemos quedado mañana por la mañana, aunque no me ha dicho para qué. Solo que es una sorpresa y que tengo que estar en *Long Beach*. Me gustan las sorpresas, así que espero que se lo curre. Pero por si acaso, esta vez seré yo la que llegue tarde. Este no sabe con quién ha ido a dar.

Capítulo 9

El cielo es esto

–Vamos, nos están esperando –Adam sonrió al verla llegar. Ya empezaba a temer que esa española de armas tomar le devolviera el plantón.

–¿Quién nos espera?

–Ahora lo verás. –Le dio un beso y la tomó por el brazo, no sin antes hacerle un buen escáner visual. Era la primera vez que la veía con una vestimenta que no fuera un traje de fiesta, pero no pudo dejar de reconocer que unos vaqueros ajustados marcando sus curvas y una simple blusa de cuello algo desbocado también le sentaban francamente bien. De buena gana se saltaría todo el plan y la llevaría a su apartamento a comérsela entera. Pero no, había que hacer las cosas en condiciones. Bien agarrada, la llevó a buen ritmo ante la cara expectante de Lucía.

–Todo preparado, Adam. Cuando queráis.

–Pues vámonos.

Lucía no había dicho una sola palabra desde que entraron en el aeródromo. Miraba fascinada los helicópteros, y ahora a la mujer ataviada con un uniforme verde oscuro que sonreía a Adam y les invitaba a encaramarse a aquel aparato.

–No me lo puedo creer... –articuló una vez que estuvo acomodada junto a Adam en el asiento y las aspas comenzaron a moverse.

–Voy a enseñarte Los Ángeles de una forma que no olvidarás –aseguró al tiempo que descorchaba una botella de champán que aguardaba en un cubo repleto de hielo.

–Adam, ¡no es mediodía aún! –fingió escandalizarse mientras él llenaba las copas.

–La ocasión lo merece.

Sonrió y brindó con él. Eso no podía rebatírselo.

Para Lucía, aquel día fue maravilloso de principio a fin. Comenzaron sobrevolando la ciudad. Primero los rascacielos de Long Beach y las playas cercanas, luego los acantilados de Palos Verdes, el recorrido por la costa hasta Santa Mónica, donde Lucía contemplaba desde lo alto su querida noria en una visión que sabía que no se repetiría, olvidando en ese instante todo rastro de decepción de la tarde anterior. Después avanzaron hasta Beverly Hills para ver, ahora desde arriba, las suntuosas mansiones de los famosos. Ni vio famosos ni vio ardillas, pero la perspectiva era espectacular. A continuación el helicóptero se dirigió al monte Lee y pasó casi rozando las enormes letras blancas de catorce metros cada una, ante la mirada extasiada de Lucía y las risas de Adam.

–¿No querías verlas bien? –le preguntó divertido.

–Podías haberme avisado para que me trajera la cámara –se quejó mientras trataba de fotografiarlas con el teléfono.

–No quería que te pasaras el día haciendo fotos, sino que lo disfrutaras.

Aquella frase fue recibida con un apasionado beso de Lucía.

–Me siento como si estuviera en el cielo –bromeó.

–El cielo es esto, nena. Estar juntos tú y yo.

El paseo romántico en helicóptero, aderezado con constantes arrumacos y con la botella de la que escurrieron hasta la última gota, fue seguido por una comida en el Providence, un restaurante soberbio en Melrose Avenue en el que Adam no escatimó en gastos: comenzaron con una deliciosa combinación de entrantes que fue seguida con una serie de platos de diseño entre los que no faltó la langosta, una espectacular lubina rayada salvaje o un filete de Wagyu, cuya carne era considerada la más tierna del mundo. Todo ello aderezado con una cuidada selección de vinos que el sumiller iba ofreciendo según el plato que abordaban. Y, para concluir, una ración del pastel de chocolate negro más jugoso y exquisito que había probado jamás.

–Con esto ya no necesito sexo por una temporada –bromeó Lucía tras limpiar el plato.

Pero esa no parecía ser precisamente la idea que tenía Adam en la cabeza.

–Después de esta comilona hay que echarse la siesta, ¿no, española?

Ella asintió, y se dejó llevar hasta su *loft*. Donde, por supuesto, hicieron de todo menos dormir.

Aquella tarde tampoco hubo clase de inglés.

–Yo seré tu profesor –le aseguró Adam, aunque lo cierto es que no hablaron demasiado.

Era más interesante hacer otras cosas, pensaba Lucía enredada entre las sábanas de algodón egipcio mientras se deleitaba acariciando su perfecto vientre curtido de gimnasio. Así que eso eran los abdominales. No eran una leyenda urbana, ni un mito fantástico o un producto del Photoshop. Suspiró embelesada mirándolos y se abrazó a él.

Eran las ocho de la tarde pasadas cuando le dio por mirar el reloj situado frente a la cama *king size*. El tiempo había volado durante todo el día, y se quedó horrorizada al comprobar la hora.

—¡Tengo que irme!

—Creía que no ibas a ir a tus clases.

—No, las clases acabaron hace rato. Tengo que trabajar —explicó mientras se embutía en los pantalones y buscaba su camisa entre el lío de sábanas.

—¿Trabajar? ¿Y en qué trabajas?

Lucía se le quedó mirando, dándose cuenta de que en realidad no sabían casi nada el uno del otro. Había llegado el momento de sincerarse.

—Trabajo en un bar. Un bar español, en Santa Mónica.

Él la miró con cara de sorpresa.

—¿Eres la relaciones públicas o algo así?

—Algo así —contestó con sarcasmo—. Una relaciones públicas que pone copas.

Adam se quedó callado un momento, observándola mientras se calzaba y se recogía el pelo enmarañado en una coleta.

Ella volvió a mirar el reloj y comprobó que no llegaría a tiempo. De hecho, ni siquiera sabía dónde estaban ni qué línea del caótico transporte público de Los Ángeles tendría que tomar para llegar hasta Santa Mónica.

—Oye, ¿puedes acercarme? Llegaré tardísimo y le prometí a Esteban que no volvería a fallarle.

—Mira, nena, no tienes por qué trabajar ahí. Si es por el dinero, yo tengo de sobra. Vuelve a la cama, que se está mucho mejor —le dijo, zalamero.

Lucía contempló su torso desnudo y se sintió tentada a hacerlo.

–No –respondió apesadumbrada–. No puede ser. He tenido mucha suerte con Los Pintxos. Están al lado del albergue y me garantizan poder pagarlo cada semana sin fundirme los ahorros.

–¿Vives en un albergue? –Adam no cabía en sí de la sorpresa.

Lucía se sentó en la cama y asintió. Lo de ocultárselo había sido una chiquillada. No tenía de qué avergonzarse, al contrario.

Ahora Adam la miró con gesto grave y le tomó la cara entre sus manos fuertes y enormes.

–Lucía, te lo digo muy en serio. No tienes por qué dormir en un albergue ni trabajar en un bar de copas. Este apartamento tiene espacio de sobra, puedes quedarte el tiempo que quieras. Sé que no nos conocemos demasiado aún, pero puedes confiar en mí.

Ante la perplejidad de Lucía, Adam continuó:

–Te propongo una cosa. Prueba unos días. Si no te gusta, siempre puedes volver a ese albergue.

–Lo pensaré –contestó ella al fin–. Pero no voy a dejar plantado a Esteban. Aunque llegue tarde y me eche la bronca del siglo, hoy voy a ir a trabajar. Vamos, ponte la ropa y llévame.

Con gran resignación, Adam salió de la cama y comenzó a vestirse. No había quien pudiera con la española.

Capítulo 10

18 de marzo

Adam lleva dos días llamándome y yo no acabo de decidirme. Él insiste en que recoja mis cosas aquí y me mude cuanto antes. Dice que es absurdo que tenga que pasar penurias y gastarme mis ahorros cuando allí hay sitio de sobra, y cuando, además, resulta que allí está él… Y en eso tiene razón, porque me muero por repetir lo del otro día y pasarme las horas en esa cama gigante sin otra cosa que hacer más que revolcarnos y abrazarnos.

Hablé con Satur para ver si me ayudaba a aclararme, pero me dijo lo que en el fondo sabía que me diría: que estoy loca de remate si no agarro la maleta y me planto en su casa pero yaaaaa. Que una oportunidad así no se tiene dos veces en la vida. Y en eso tiene razón, dudo mucho que me viera en otra de estas.

Sin embargo hay algo que hace que me resista a verlo tan fácil. Tenía encauzada mi vida aquí. Pero, ¿qué vida? Dormir en un albergue junto a un montón de desconocidas que cambian cada día y poner copas por las noches no es que sea un proyecto de futuro muy serio. Y tampoco tenía otros planes cuando vine. Dije que me iba a dejar llevar, ¿no? ¿Y qué mejor me podía haber pasado?

Y entre tanto, me meto en el Facebook y veo que tengo una nueva solicitud de amistad: Marcos Guerrero Santos. Tardo unos segundos en caer, sobre todo porque en la foto de perfil lo que me encuentro es un animal feísimo que mira a cámara como si le gustara que le inmortalicen, aunque sea de todo menos fotogénico. Parece una rata negra y enorme. Entonces caigo en la cuenta. Lo googleo para confirmar. Sí, ese bicho increíblemente feo es el demonio de Tasmania. Prometió que lo encontraría y lo ha hecho. Me entró un ataque de risa, lo reconozco. Pero después, ya picada por la curiosidad, seguí pasando fotos y ahí estaba: la rubia tía buena agarrada a la tabla de surf junto a él. La misma foto por la que le bloqueé el Whatsapp. Sentí cómo un cabreo absurdo me invadía y le di a «eliminar solicitud» sin pensármelo. Como si yo no estuviera andando mi propio camino, como si no hubiera encontrado un hombre maravilloso en Los Ángeles que me está ofreciendo una vida increíble y que no se parece en nada a él.

Sí, Adam me gusta, está buenísimo, y en la cama lo pasamos muy bien. Bueno en la cama, en el jacuzzi y en todas partes. Porque ¡qué casa tiene! Es una pasada. Un *loft* de soltero de estilo industrial y con todo de diseño, como los de las revistas. Y cómo no iba a serlo, si seguro que se lo ha decorado algún diseñador de moda. Con una terraza espectacular en la parte superior y todo tipo de lujos. Eso sí, mucho *loft* de soltero pero tiene más metros que la casa de mis padres. Y en el corazón de L.A. La verdad es que solo pensar que podría vivir ahí me da vértigo. Y con él. Eso también me da vértigo. Quizá es eso; que no me acabo de creer que haya tenido tanta suerte y que me merezca algo así. Pues ¿sabes qué te digo? Que me merezco eso y mucho más. A otros les toca la lotería, y a mí me ha tocado Adam. Decidido: la próxima vez que me lo diga, acepto.

22 de marzo

Adam no llamaba, así que después de darle otro millón de vueltas más, le llamé yo. Se pasó los dos primeros días casi suplicándome que me mudara, pero luego fue como si se lo hubiera tragado la tierra. Pensé que quizá no quería presionarme más, o que se había sentido rechazado con todas mis dudas que él no podía entender. Quizá creyó que en el fondo él no me gustaba lo suficiente, o quién sabe qué tontería más.

Total, la decisión ya estaba tomada, ¿no? Pues entonces qué más daba quién diera el siguiente paso. Creo que le pilló por sorpresa, aunque sé que se puso muy contento. Después tuve que esperar un día más porque ayer tenía unos compromisos o no se qué, pero quedó en recogerme hoy, y tengo que decir en su favor que incluso fue puntual.

Allí estaba yo con mi maleta en la puerta del albergue, y cuando paró el deportivo rojo todos se quedaron mirando mientras yo disfrutaba de lo lindo. Me despedí de los chicos de recepción, Paul y Julio, con quienes he hecho muy buenas migas, y me desearon toda la suerte del mundo. Pude leer en sus ojos que lo hacían de corazón y confieso que me emocioné. No es fácil encontrar gente noble, y ellos lo son. También me dijeron que nadie había dado tanto que hablar como «la española», y eso me hizo reír. Desde luego, entre mis conversaciones a gritos en la sala de wifi, mis paseos en plan modelo con vestidos de gala y las recogidas en deportivos rojos o biplazas amarillos, todos los mochileros que han coincidido conmigo han tenido tema de conversación. Eso por no hablar de la fiesta de la sangría. Julio dice que pasará a la historia como la mayor bacanal del albergue. Sí, parece que ese día fui yo la única que no mojó.

Les presenté a Adam antes de irme, y tanto Paul como Julio fueron muy agradables con él, aunque me pareció que no se cayeron demasiado bien. Eso me lo confirmó Adam con un comentario que hizo sobre Paul y que me fastidió mucho. Creer que solo porque alguien lleve rastas se pasa el día fumando porros y acusarle poco menos que de parásito social no es tener la mente muy abierta, precisamente de lo que alardean tanto los del mundo del cine. En cambio, Paul me ha enseñado que ser rastafari implica valores muy importantes, como el pacifismo o la defensa de los derechos humanos. Así que no me corté y le dije a Adam que era un bocazas, y que ya podía aprender algo de respeto de los rastas. Me miró con cara de alucinado y no habló en todo el trayecto hasta su casa.

Por un momento temí que me hubiera pasado de borde y estuviera molesto conmigo, pero cuando llegamos volvió a sonreír y, como un perfecto anfitrión, me fue enseñando cada recoveco de la casa para que pudiera sentirla mía. Y besándome en cada uno de ellos. Después, en el sofá de piel de búfalo, la estrenamos oficialmente.

Hace un par de horas se fue a una cena de negocios, me ha dicho que no sabe lo que durará porque a veces los acuerdos se pueden demorar horas, que pida algo de cenar y no le espere despierta. Me ha pillado por sorpresa, ya que no pensaba quedarme sola tan pronto. En mi cabeza latía la idea de una cena romántica y una noche apasionada, dormirnos abrazados y despertar juntos por la mañana, y volver a celebrar el comienzo de esta aventura juntos.

Pero ahora te confieso que en parte me alivia que se

haya ido, porque me da tiempo para asimilar todos estos cambios. Y también para cotillear un poco. Al fin y al cabo ahora es también mi casa, ¿no? Así que después de revisarlo todo bien, coloqué mis cosas como mejor me pareció y aquí estoy, en el *living*, repanchingada viendo *Pretty Woman* y emocionándome cada vez que reconozco algún escenario que ya he pisado con mis propios pies.

Capítulo 11

Una estrella más

Los días siguientes fueron muy felices para Lucía. Aquello era como vivir de vacaciones, pero no unas vacaciones cualquiera, sino las vacaciones perfectas que nunca se habría imaginado.

Adam y ella hacían el amor nada más despertar y después solían dormir un poco más y holgazaneaban hasta que el hambre les sacaba de la cama. Desayunaban en la cocina, donde una asistenta les tenía el café preparado junto a zumo de naranja natural recién exprimido y algunas viandas ya dispuestas, y después Adam se despedía con arrumacos y besuqueos y se iba a trabajar. Entonces ella se arreglaba con parsimonia y salía a pasear por la ciudad. Iba de tiendas o recorría algún parque o museo, y volvía a última hora de la tarde para reencontrarse con él.

Al principio le sorprendieron sus horarios. En su cabeza, un hombre de negocios como él debía trabajar mucho más. Pero cuando se lo comentó, él se rio y le dijo que la jornada de sol a sol era para los neoyorquinos. En California las cosas funcionaban de forma diferente, y más en el ámbito donde él se movía. De modo que su agenda giraba en torno a las comidas de negocios y los eventos nocturnos, que se prolongaban a menudo hasta altas horas de la madrugada. Ella no acostumbraba a acompañarle, pues Adam aseguraba que se aburriría escuchándole hablar de cifras toda la noche, y tampoco le importaba lo más mínimo. Prefería quedarse leyendo un buen libro, o visionando en inglés alguna de sus películas favoritas. Le encantaba conocer por fin la voz real de sus actores predilectos y ser capaz de seguir la versión original que contribuía a su mejora del idioma.

Pero el momento más increíble estaba por llegar. Ocurrió la mañana en que, desayunando, Adam le recordó algo que casi había olvidado, sumida en su nueva y apasionante vida.

—La semana que viene es la gala de los Oscar.

—¡Es verdad! ¿Crees que podremos acercarnos a ver llegar a las estrellas a la alfombra roja?

—¿Estás de broma? Sería el primer año que no asisto a la gala. Y tú vendrás conmigo. Si te apetece, claro.

—¿Que si me apetece?

El grito de Lucía sobrepasó las gruesas paredes del *loft*. Se puso en pie de un salto y se lanzó a sus brazos, loca de contenta. Adam la alzó, girando sobre sí mismo mientras reía con ganas.

—Me lo tomaré como un sí. Pisarás esa alfombra roja como una estrella más.

La euforia dio paso a una ligera inquietud cuando Lucía cayó en la cuenta de que no tenía qué ponerse. No es que quisiera hacerle sombra a la elegante Naomi Watts o a la siempre deslumbrante Halle Berry, pero tampoco podía ir de cualquier manera. Pero para eso Adam también tenía solución.

—Tengo una amiga personal *shopper*. Le pediré que quede contigo para ir de tiendas. Ella te guiará por los lugares más indicados y te asesorará sobre tu estilo.

–Pero a ver dónde me lleva... que yo no tengo la cuenta corriente de Jennifer Aniston.

–No digas tonterías. Eres mi acompañante, eso corre de mi cuenta. Además, con cualquier cosa brillarás más que todas esas estrellitas.

Capítulo 12

Un estilo propio

–¿Lucía?

Se acercó al oír pronunciar su nombre. Sin saber por qué, había esperado encontrarse con una señora mayor ataviada con un traje de corte serio y un formal recogido en la nuca. Nada más opuesto a lo que vieron sus ojos.

–Encantada, mi nombre es Ellen. Soy la amiga de Adam.

–Entonces, ¿tú eres la personal *shopper*? –preguntó, incrédula.

La chica que tenía delante parecía no saber asesorarse ni a ella misma. No tendría más de veintidós o veintitrés años, e iba vestida de una forma un tanto estrafalaria. Llevaba una camisa negra de transparencias y una falda estrecha con estampado de flores, mucho más corta de un lado que del otro, en el que una punta de tela casi le llegaba a la altura del suelo. Los calcetines grises caídos asomaban por debajo de la falda, y calzaba unos zapatos negros masculinos que a ella le parecieron horrorosos. Remataba el conjunto un sombrero oscuro de ala ancha. En resumen, su atuendo parecía una extraña combinación de gótico con muchacha recién escapada de pueblo chico. La palabra que mejor la calificaba era asimetría. O, simplemente, rareza. Sin embargo, todo ello no lograba esconder su atractivo. Era muy guapa, y desde ese mismo momento se dio cuenta de que emanaba atracción a su alrededor.

«Si cree que va a vestirme a mí así, las lleva claras», se dijo sin poder dejar de mirarla.

Ellen pareció leerle el pensamiento.

–Oh, no te asustes por mi estilo, no pretendo que nadie se adapte a él, entonces tendría que buscarme uno diferente –dijo soltando una carcajada.

Lucía sonrió, aún escéptica, y Ellen, tras plantarle dos besos bien sonoros, la agarró del brazo como si la conociera de toda la vida y comenzó a caminar a su lado.

–Vamos. Encontraremos el tuyo propio.

Lucía tuvo que reconocer que los convencionalismos la habían hecho errar el juicio.

Tras toda una tarde de tiendas, estaba encantada con Ellen. Dominaba a la perfección las nuevas colecciones de cada marca, estaba al día de todas las tendencias y conocía a los empleados de cada una de las tiendas donde pisaban, a quienes llamaba por su nombre y preguntaba incluso por sus familias. Sin duda aquel era su espacio de trabajo. Y gracias a ella, en tan solo unas horas había descubierto más sobre lo que le favorecía y lo que no a su cuerpo que en toda una vida experimentando en los probadores. Y también que lo que pensaba que eran cartucheras y unas tetas algo más gordas de la cuenta, ahora resultaba que era «forma de reloj de arena» y que según Ellen estaba codiciada entre muchas famosas, que se morían por un cuerpo sinuoso como el suyo y hasta se operaban para rellenarse con lo que ella creía que le sobraba. Quién se lo iba a decir.

Sin embargo, con el vestido no acababa de decidirse. Aunque Ellen había descartado las tiendas más caras a petición de Lucía (vale, Adam era quien pagaba, pero no quería excederse), algunos de los trajes que se había probado le seguían pareciendo escandalosamente caros, y no estaba dispuesta a dejar lo que en su vida anterior era la nómina de dos o tres meses en una prenda para una noche.

Comenzaba a sentirse embotada de tanto glamur cuando de repente lo vio. Un Roberto Cavalli de un color violeta muy pálido con dos broches dorados embelleciendo los hombros y una espalda recortada y parcialmente al aire. Los tirantes se cruzaban en un extraño y seductor juego y era largo hasta los pies, con algo de vuelo al final. Cuando se lo señaló a la dependienta Ellen asintió con la cabeza, complacida. Y emitió un escueto «este es» cuando la vio emerger del vestuario. Ella se emocionó al mirarse y soltó una risa nerviosa. Adam tenía razón. No tendría nada que envidiarles al resto de asistentes al auditorio.

Capítulo 13

Esto acaba de empezar

—Estás increíble. –Adam silbó con expresión embelesada al verla aparecer.

El vestido le sentaba como un guante, resaltando su curvada figura y cayendo suavemente hasta los pies. Llevaba el cabello en un recogido con aire informal que dejaba caer algunos tirabuzones sueltos. Unos clásicos Jimmy Choo y un pequeño bolso, lo suficiente para guardar en él su cámara de fotos, completaban el conjunto. Ninguna de las prendas era fuera de serie, y sin embargo la imagen completa sí lo era. Lucía era de esas personas que portaban consigo una elegancia natural que aumentaba la de cualquier vestido.

Giró sobre sí misma con una sonrisa de satisfacción, dejándose admirar al tiempo que le escaneaba ella a él. También estaba impecable con su ajustado esmoquin gris marengo con solapas negras y pajarita a juego. Le dio un beso con cuidado de no malograr el maquillaje y le tomó por el brazo. Se sentía como en una nube. Iba a vivir una experiencia única y pensaba disfrutarla al máximo.

Todo alrededor de la gala le pareció espectacular.

Actores y actrices emergiendo de sus limusinas mientras una avalancha de *flashes* se cernía sobre ellos, las poses de las actrices exhibiendo sus modelitos en la alfombra roja en una competición implícita por ser mencionada como la más original, refinada, atrevida o deslumbrante por las revistas que al día siguiente atestarían los quioscos, el paseo hasta entrar en el teatro Dolby, construido expresamente para alojar la gala y a sus más de tres mil cuatrocientos invitados, que se revolvían inquietos en sus asientos. Vivió con intensidad cada momento de las cuatro horas que duró la gala, riendo con los chistes de los presentadores y emocionándose con los discursos de los premiados.

Al concluir la ceremonia con la última de las actuaciones estelares, Lucía se frotó los ojos, cansada y emocionada a partes iguales, y Adam, que había observado cada una de sus muestras de entusiasmo, la miró con sus impenetrables ojos negros:

–¿Te ha gustado?

–Me ha encantado. Ha sido fascinante.

–Me alegro, porque esto acaba de empezar.

Tomándola de la mano mientras salían del teatro, Adam fue explicándole que las fiestas *post* Oscar eran lo mejor de la gala. Allí se reunían vencedores y vencidos dejando a un lado la tensión acumulada, listos para divertirse. Eso sí, algunas no sin antes sustituir su glamuroso vestido por otro más apto para la juerga que se avecinaba y posar nuevamente en el obligado *photocall* de la entrada. Le puso al día de sus emplazamientos favoritos, pues eran numerosos los organizadores, desde la famosa fiesta del gobernador a la de la revista *Vanity Fair* o la de Madonna o Elton John.

En una de ellas acabaron Lucía y Adam, este más

concentrado en saludar y felicitar a unos y otros, ella en fotografiarse con cada actor famoso que reconocía, ante la mirada censora de su acompañante, quien trataba de que comprendiera que proyectaba una imagen poco distinguida con esa actitud. Lo cual a Lucía le importaba tres pimientos: para una vez que tenía la oportunidad no pensaba desaprovecharla. ¡Y lo bien que iban a quedar aquellas fotografías en sus redes sociales! Las chicas iban a flipar en colores. Disfrutaba solo con pensar en la cara de la escéptica de Marta al verlas.

Ya bien entrada la madrugada, estaba en su salsa comentándole la opinión que había generado en España su última película a un conocido director que la escuchaba con interés, cuando alguien le tocó en un hombro. Se dio la vuelta para encontrarse de frente a una imponente Maki.

—La gente pregunta quién es ese bellezón exuberante que ha acompañado a Adam a la gala.

Lucía se sonrojó, tanto por los generosos halagos de la japonesa como por lo que suponía aquella afirmación: a veces olvidaba que aquel mundillo era peor que un patio de vecinas.

—¡Maki, que alegría! Da gusto que lo que en España se llaman kilos de más, aquí se transformen en exuberancia y voluptuosidad —se burló.

—Kilos de más, pero qué tontería. Ya quisiera yo ese culazo respingón para levantar pasiones.

Logró volver a ruborizarla, así que Lucía cambió de tema; nunca las había tenido todas consigo sobre esa idea de su culo.

—¿Has venido con Michael?

—Sí —admitió Maki orgullosa—. Nos va muy bien, ¿sabes? Anda, ven a saludarle.

Aunque la hubiese dejado plantada con relativa frecuencia, en el fondo apreciaba mucho a la atolondrada japonesa que la introdujo en ese mundo. La acompañó, contenta con el reencuentro, y se sumó al grupo en el que Michael conversaba, quien también pareció alegrarse de verla. No sabía en qué momento había perdido de vista a Adam, pero no le importó. Se lo estaba pasando realmente bien.

Observó con discreción a aquella pareja tan singular. Se llevaban más de treinta años y sin embargo, allí, en aquel ambiente, parecía de lo más natural. Aunque seguía convencida de que Maki se había acercado a él por su condición de productor acaudalado, tuvo que reconocer que encajaban. Saltaba a la vista que él solo tenía ojos para ella, y en los de la joven se reflejaba la admiración, si no devoción, que sentía.

Una tarde en que estaban holgazaneando en el sofá del apartamento, Adam le había reprobado su actitud. «¿Te sigue pareciendo un vejestorio mi padre?». Y ella, avergonzándose al recordar su metedura de pata, no se amilanó. «No me digas que es normal que un hombre de cincuenta años salga con una chica de veintidós. ¡Si solo hace un año que puede beber alcohol según vuestras leyes!», había fingido escandalizarse. «Cincuenta y nueve. Y ni que aquí hiciéramos algún caso a nuestras leyes» se había mofado él con una mueca burlona.

Y para tener cincuenta y nueve lo cierto era que no se conservaba nada mal. De joven debía haber sido tan apuesto como Adam, y de hecho todavía conservaba el porte de su hijo por el que ella tanto suspiraba.

Empezaba a impacientarse por su ausencia cuando al fin apareció con una sonrisa de oreja a oreja.

—Así que estamos en familia —exclamó Adam dando un abrazo afectuoso a su padre y un beso en la mejilla a la feliz Maki.

—Guau, Maki, qué guapa estás.

Ella sonrió. Muy a tono con el estilo provocador que la caracterizaba, había escogido un vestido rojo con un

vertiginoso escote drapeado en forma de V que le llegaba casi hasta la altura del ombligo, dejando entrever de
forma muy sensual parte de sus pequeños pero firmes y
bien colocados pechos.

Lucía nunca se hubiera atrevido con algo así. Su
frase exacta habría sido «se me saldrían las tetas a la
primera de cambio», pero aquella noche todo valía. Las
transparencias y los vestidos que, aun llegando hasta el
suelo, enseñaban más que escondían, eran habituales de
la gala, y una podía entretenerse tan solo con observar
cómo sus portadoras trataban de que un descuido o un
giro inesperado no mostrara más de lo que debiera.

Capítulo 14

Tienes todo lo que quieres

Habían transcurrido varias semanas desde la gala, y tras el subidón inicial y la ulterior resaca *post* Oscar, la vida de Lucía había ido entrando poco a poco en una apacible rutina. ¿Apacible? Quizá no fuera la palabra adecuada. Más bien aburrida rutina. Se pasaba el día sola sin nada que hacer en aquel apartamento inmenso, del que ya conocía cada rincón, y sin embargo no lograba sentirlo como un hogar. Era frío e impersonal. Ni una sola foto decoraba las paredes o los muebles, ni un solo rastro que identificara quién vivía allí. Se notaba la mano extraña de un diseñador ajeno a la persona que la habitaba y Adam tampoco se había preocupado de personalizarlo. Con demasiado tiempo para pensar, comenzó a sentirse desconcertada ante la idea de que no sabía casi nada de la persona con la que vivía, lo que le llevó a rebuscar en los cajones, en los altillos de los muebles, debajo de las alfombras… cualquier cosa que pudiera darle una idea de quién era Adam, de su pasado: la foto de una antigua novia, las notas de la universidad o un recuerdo de la infancia del que no hubiera sido capaz de desprenderse. Pero no encontró nada. Absolutamente nada.

Por otro lado, la rutina también parecía haberse instalado entre ellos. Adam llegaba tardísimo de las cenas a las que acudía con regularidad y se despertaba cerca del mediodía. Ya no hacían el amor a diario. Una mañana en la que se sentía juguetona había tratado de despabilarle y él la había apartado somnoliento, aduciendo que estaba cansado y necesitaba dormir. Fastidiada, se había aburrido de esperarle y se había levantado. Desde aquel día casi nunca desayunaban juntos, y ese momento, que había constituido uno de los más felices del día, se había convertido en un monótono acto más.

Se descubrió recordando con añoranza los ratos en Los Pintxos, las clases de inglés, e incluso las idas y venidas de nuevas compañeras de habitación, cada una con una vida diferente a cuestas, y no pudo evitar preguntarse si de verdad había ganado con el cambio.

Eligió una noche en la que habían cenado juntos para compartir sus sentimientos con Adam.

–¿Cómo puedes pensar así? ¡Tienes todo lo que quieres! –se quejó él.

–No estoy segura de eso. Me siento muy sola, quizá no fuera tan buena idea venirme a vivir aquí.

–No digas eso, nena. Buscaremos una solución –aseguró mientras la estrechaba entre sus enormes brazos y ella se dejaba acurrucar.

–Te diré lo que haremos –prosiguió Adam–. Ahora tengo que salir, pero mañana me desenredaré de un compromiso y quedaremos para comer con Maki y mi padre. Los cuatro juntos. ¿Qué te parece?

Lucía asintió, reconfortada y contenta ante la idea de tener algo que hacer. Sí, eso sería divertido.

Capítulo 15

Una vida anterior

Al despertar comprobó que Adam no estaba en la cama. Extrañada, le llamó por toda la casa. Eran las diez de la mañana y para él eso era un horario más que intempestivo.

Al fin encontró una nota sobre la mesa de la cocina.

Princesa, he ido a trabajar y así poder estar libre para el almuerzo. Te recogeré a las doce y media. Te quiero, Adam.

Sonrió. Estaba de buen humor. Tenía ganas de ver otras caras, y escuchar las andanzas de Maki siempre resultaba entretenido. Desayunó un plato de huevos revueltos acompañado de zumo de naranja recién exprimido y se dispuso a arreglarse para la comida. Conectó el hilo musical y encendió el hidromasaje, seleccionando un programa de larga duración. Tras pensárselo un momento, puso en marcha las luces de la cromoterapia y leyó en voz alta los colores en la leyenda anexa. «Azul añil = positividad; violeta = inspiración; rojo = energía; amarillo = luminosidad…». Seleccionó uno al azar dispuesta a gozar de los placeres que aquel aparato estaba diseñado para proporcionar.

Cuando terminó de arreglarse eran más de las doce. Llevaba un vestido muy primaveral con estampado de margaritas que acompañó de una chaqueta beige de punto fino, y se había maquillado de forma natural. Un poco de rímel, un toque de colorete rosado en las mejillas y un pintalabios rosa mate de larga duración. Se miró al espejo complacida ante el resultado y ya iba a sentarse a esperar cuando vio parpadear la luz del teléfono. Adam había dejado un mensaje:

Nena, ¿dónde te has metido? Te he llamado para decirte que se me han complicado las cosas y no voy a poder pasar a recogerte. Te dejo la dirección y nos encontramos allí, ¿de acuerdo, cielo?

Se quedó mirando el teléfono con cara de boba. La sorpresa dio paso al enfado, y después a la resignación. Podía quedarse allí disgustada o buscar la forma de llegar. Y después de todo, aquello no lo hacía por él, sino por ella misma. Le apetecía ver a Maki. Tomó las llaves del apartamento y salió pisando fuerte subida a sus sandalias de tacón.

Lucía entró apurada en el restaurante, pues odiaba llegar tarde. Tras esperar un autobús que no acababa de aparecer, había decidido tomar un taxi que pagó con la tarjeta que Adam le había dejado para sus gastos. Ella siempre se negaba a utilizarla, insistiendo en que podía costearse lo que necesitara. Ahora en cambio, la pasó con placer. Si la había dejado tirada, que apechugase. Miró a su alrededor hasta que vio una mano alzándose al fondo. Avanzó hacia allí.

—¡Hola, cariño! —Maki exhibía su habitual y seductora sonrisa—. ¿Y Adam, no viene contigo?

—¿No ha llegado? Pero si me dijo que nos encontraríamos aquí.

—Ah, no importa, le esperaremos picando algo. Pide un martini, los hacen espléndidos —le guiñó un ojo.

Maki le puso al día de sus últimas aventuras cinematográficas. No le estaba yendo nada mal: en aquellas semanas había hecho varias veces de extra, e incluso la habían seleccionado para un pequeño papel en una película de acción de una conocida saga.

—Será una agente secreta que seduce a Aaron Smith en una misión especial en Vietnam —relató Michael, tan orgulloso de los avances de Maki como ella misma.

—¿No es fantástico? —gritó ella.

Claro que lo era, ratificó Lucía, y brindaron por ello.

—Perdón, perdón, perdón —llevaban ya un buen rato conversando cuando Adam apareció deshaciéndose en excusas. Saludó a Maki y a su padre, y después besó cariñosamente a Lucía. En la mejilla, que fue el único sitio libre que le dejó ella al girar la cara con gesto altanero.

—Bueno, tú serás el único culpable de nuestra borrachera. —Rio divertida Maki, que iba ya por el tercer Martini y ni siquiera notó el malestar de su amiga.

La comida transcurrió de forma amena. Michael les contó anécdotas sobre las últimas películas que había producido, y Maki siguió con sus insólitas experiencias. Lucía se lo estaba pasando bien, y había decidido aparcar el disgusto por la tardanza de Adam. Después de todo, estaba trabajando, ¿no? Y ella no tenía otra cosa que hacer salvo divertirse. Se obligó a ser más indulgente con su chico. Sin embargo, no dejó de notar que él estaba bastante ausente.

Tras finalizar el postre, Michael se puso en pie.

–Voy a pedir que me preparen un cóctel. Adam, acompáñame.

–Papá, puedes pedirlo aquí –se quejó.

–Vamos, hijo, yo no te he enseñado a ser tan comodón.

Adam se levantó refunfuñando y le acompañó mientras Maki les miraba con expresión divertida.

–Y así es como ocurre en realidad.

–¿El qué? –preguntó Lucía despistada.

–¿No te has dado cuenta? Míralos. ¿No ves qué forma tan poco disimulada de cotillear? Pero luego cuando escriben guiones para las películas nos hacen decir cosas como «vamos al baño a retocarnos el maquillaje». ¡Y eso es lo que queda!

Lucía se echó a reír. Tenía razón. Michael había arrastrado a su hijo con esa excusa, y ahora los dos estaban enfrascados en una conversación donde lo que menos importaba era reclamar la atención del camarero que estaba tras la barra.

–¿No echas de menos tu vida anterior? –Lucía se puso seria de repente.

–¿Mi vida anterior? ¿Tú crees en la reencarnación? Pensaba que en España erais católicos.

–No, idiota –se le escapó una carcajada–. Me refiero a lo que hacías antes de conocer a Michael. Las clases de inglés, tus compañeras de piso… la vida que tenías hasta hace unos meses.

–¿Estás loca? Atravesé el Pacífico para esto. Dejé allí todo lo que tenía para perseguir un sueño, incluidos mi familia y mi chico.

Lucía la observó con sorpresa. Nunca le había hablado de él.

–¿Tenías novio en Japón?

–Desde los dieciséis años.

–¿Y qué pasó?

La mirada de Maki se había tornado nostálgica.

–Si tuviera que echar algo de menos, sería aquello. Pero me di cuenta de que allí nunca conseguiría lo que deseaba, y de que, aunque quería a Yoshiro, buscábamos cosas muy diferentes y nunca lograríamos hacernos felices el uno al otro. Así que empaqueté mis trastos y dije adiós. Al principio fue muy duro, pero me obligué a no dejarme vencer por las dificultades, y poco a poco fui conociendo a personas que compartían mi pasión por el cine. Ya sabes cómo, de fiesta en fiesta, de bolo en bolo. Ahora que por fin empiezo a cosechar frutos no puedo quejarme de nada. Y además he recibido un regalo inesperado: he encontrado a Michael. Me hace feliz, ¿sabes? Se preocupa por mí, es atento y generoso, y lo pasamos muy bien juntos. Y cree en mi talento. En este camino tan duro es importante sentir que no estás sola, que hay alguien más que cree en ti los días en que la inseguridad te devora.

–¿A ti te pasa eso?

–Pocas veces, eso es verdad –dijo en tono de guasa, y Lucía se echó a reír.

La contempló con afecto. Maki no era la chica superficial que creía: con sus veintidós años había demostrado tener mucho coraje y determinación. Hacía falta para lanzarse de esa manera a conquistar un sueño. Ojalá ella tuviera tan claro qué era lo que quería.

–¿Y tus padres? ¿Cómo se lo tomaron? –preguntó acordándose de los suyos. Si ya habían puesto el grito en el cielo porque se fuera una temporada a aprender inglés, no quería ni pensar que les hubiera soltado algo así. «Me voy a empezar una nueva vida como actriz en Hollywood». Ahí sí que la habrían atado a la pata de la cama hasta que se le quitara la idea.

–No me hablan. No sé si con el tiempo cambiarán de idea, pero de momento no han podido perdonármelo.

Lucía asintió en silencio y le apretó la mano a Maki. Ella giró la cabeza hacia el ventanal y se quedó mirando el mar, dejándose hacer. Así permanecieron durante un par de minutos en los que Lucía no se atrevió a hablar. Sabía que su amiga trataba de contener la emoción.

Poco después, la japonesa se repuso y cambió de tema como si nada. La conversación fue una vez más por los derroteros de las últimas películas que se habían estrenado, pero de alguna forma se había creado una nueva conexión entre ellas. Lucía ahora podía ver a la chica real que había tras todo aquel entusiasmo, y la admiró todavía más.

Miró hacia la barra. Padre e hijo seguían allí concentrados, aunque le sorprendieron sus gestos. Adam tenía el ceño fruncido, y Michael le decía algo con expresión grave. Parecían estar discutiendo.

Pero Lucía se había quedado abstraída tras aquellas confidencias, y como si le hubiera leído el pensamiento, Maki le lanzó la pregunta:

—Bueno, ¿y cuál es tu sueño?

—Mi sueño era venir aquí –dijo encogiéndose de hombros y sintiéndose algo tonta después de conocer la historia de su amiga.

—¿Aquí? ¿Para qué?

—La verdad es que no lo sé. Me sentía perdida. Lo dejé con mi novio, me echaron del trabajo, y mi vida giraba en torno a las fiestas y a conocer a unos y otros, sin implicarme en nada. Así que quise dar un cambio de rumbo y decidí venir a ver más de cerca el sueño americano –acabó, con un tono algo más sarcástico de lo que había pretendido.

—Bueno, si lo que querías era cambiar las cosas fuiste un poco desencaminada. Aquí lo que más hay son fiestas. Y además has dado con el tío al que más le gustan de la ciudad –bromeó.

Lucía le devolvió una mirada inquieta.

—Pero entonces ese es tu objetivo —continuó Maki, poniéndose seria de nuevo.

—¿Cuál? ¿Vivir siempre de fiesta? —ironizó.

Maki negó con la cabeza en un gesto rotundo.

—Encontrarte a ti misma. Viniste para encontrarte.

Aún se hallaba Lucía tratando de digerir la respuesta cuando Michael y Adam regresaron. Ambos parecían de mal humor.

—Vamos, tenemos que irnos.

—¿Ya? —exclamó Lucía—. ¿Pero no ibais a pedir unos cócteles…?

—Se nos ha hecho tarde —gruñó Adam, ya encaminándose hacia la puerta.

—Está bien, está bien —lanzó un apresurado beso a la pareja y salió tras él—. ¡Hablamos pronto! —les gritó ya desde la entrada del restaurante, apenada por no poder siquiera despedirse en condiciones.

Adam no dijo una sola palabra en el trayecto de vuelta. Cuando llegaron al apartamento, Lucía no aguantó más.

—¿Se puede saber qué te pasa?

La miró desganado.

—Nada.

—Se supone que hacías esto por mí, ¿no? Pues no se ha notado mucho. Primero me dejas plantada, después llegas tarde y ahora nos largamos de repente sin una sola explicación. ¡Creo que merezco al menos que me digas qué ha pasado!

—Eres muy caprichosa, no todo gira en torno a ti, ¿sabes? Como la niña se aburre hay que hacer lo que ella diga, ¿no? Pues las cosas no funcionan así. He tenido un mal día y no me apetecía estar de fiesta.

–¿De fiesta? ¡De fiesta es lo que haces tú todas las noches!

–Pues es lo que hay. Es mi trabajo, yo vivo de esto. Y tú también ahora –dijo irritado.

Lucía no podía creer lo que estaba oyendo. No estaba dispuesta a que Adam le echara en cara lo que tanto le había pedido que hiciera.

–¿Con que esas tenemos? De modo que así es como lo ves en realidad. Pues, ¿sabes lo que te digo? ¡Que ahí te quedas! ¡Con tus fiestas y con tus cambios de humor!

–Y dando un portazo, salió de allí.

En vano esperó en el portal a que Adam recapacitara y corriera tras ella para disculparse y pedirle que regresara. Cuando se dio cuenta de que eso no ocurriría, aún más enfadada, echó a andar en la única dirección que se le ocurrió.

Capítulo 16

7 de mayo

Aún me siento furiosa. Pero ya no sé si es con Adam o conmigo misma. Quizá me pasé un poco, estaba nervioso y todo lo que supe hacer fue ahondar en la herida. Estoy segura de que su padre le dijo algo que le disgustó. Quizá debí haberle dejado en paz hasta que se le pasara, o hasta que él mismo decidiera contármelo. Pero no, tuvo que salir mi genio e irme dando aquel portazo como una diva descompuesta. Y ahora que lo pienso, puede que lo que Maki me dijo provocara todo aquello. Me dejó confusa, y en mi cabeza rondaba la idea de que no sabía lo que quería, que seguía igual de perdida, porque fue él quien me pidió que me fuera a vivir con él. Una vez más, tomaron la decisión por mí. Creo que era lo que me daba vueltas en la cabeza. Pero Adam no tiene la culpa, él nunca me ha obligado a nada, ha sido muy generoso compartiéndolo todo conmigo y tratando de tenerme contenta. De que sea feliz. Quizá el problema soy yo, que no sé lo que quiero y mareo a quienes me rodean. Pero sí sé que he tenido suerte al encontrar a Adam. Y he vuelto a fastidiarla.

Ayer dormí en el albergue. Llegué llorando como

una magdalena y sin blanca, porque con el cabreo ni
siquiera cogí el monedero, pero tuve la suerte de que
Paul estaba en recepción y me asignó una cama libre.
Es curioso, había echado esto de menos, pero hoy tampoco me encontraba cómoda. Salvo por Paul y Julio,
no vi ninguna cara conocida. Las personas con quienes
empezaba a familiarizarme ya se han vuelto a sus casas
o han continuado el viaje hacia otros destinos. De modo
que tras desayunar me vine a recorrer la playa. Salí
de Santa Mónica y continué por el bulevar de Venice
Beach, deambulando entre puestos callejeros y actuaciones malabares hasta que me pudo el hambre y paré a
comer en uno de los chiringuitos de comida mexicana.
Después volví a mi rincón secreto en el embarcadero.
Eso sí que lo había echado de menos. Y aquí estoy. Ob-
servo cómo el sol comienza a bajar y me pregunto qué
hacer ahora. Ojalá pudiera llamar a Satur, pero allí son
las cuatro de la madrugada y dudo mucho que esté despierto. Y si lo está, estará haciendo cosas bastante más
entretenidas que escuchar mis penas. ¿Qué me diría?
Seguramente que me tragara mi orgullo. No es justo lo
que le he hecho, y me he ido sin llevarme siquiera el
teléfono, no tiene medio de localizarme.

Capítulo 17

Demasiado ocupados

—Princesa, pero ¿dónde te habías metido? Me tenías preocupado.

Adam sonrió al verla regresar, y Lucía suspiró aliviada. No las tenía todas consigo, así que se alegró de que no estuviera enfadado con ella.

—Necesitaba pensar. Lo siento, siento no haber avisado, y también la discusión de ayer. Creo que me pasé un poco.

—Sí, tienes razón —convino él.

Lucía se tuvo que contener para no replicar. «¿Tienes razón? ¿Qué tal un yo también lo siento?». A duras penas mantuvo la boca cerrada, contó hasta diez y esperó a que fuera él quien hablara. Sin embargo, Adam no parecía dispuesto a asumir su parte de culpa. Para él aquello era un asunto zanjado. La besó en la frente como si nada hubiera pasado y le pidió que le ajustara la corbata.

—Pero, ¿te vas a ir? —Ni siquiera le había preguntado qué había hecho en esas veinticuatro horas desaparecida. ¿Es que le daba igual? Quiso decírselo, pero temió iniciar otra discusión. Además, había sido su primera pelea, y esperaba algo más. Una reconciliación romántica, quizá. O desenfrenada.

–Claro, nena –dijo con naturalidad–. Es el sesenta cumpleaños de uno de mis principales clientes.

Ante la cara de Lucía, pareció pensárselo un momento y añadió:

–Si quieres, puedes acompañarme.

Dudó sobre si era eso lo que le apetecía, pero al final se dijo «¿por qué no?». Había sido un día demasiado emocional. No le iría mal echarse unas risas.

Ya en la fiesta, Lucía se sintió más animada. Los círculos en los que Adam se movía no eran tan grandes, y comenzaba a conocer a alguna gente. Saludó aquí y allá, y él le presentó a algunos de sus clientes y compañeros de trabajo, incluido el homenajeado, un tal Tom que, siguiendo la tónica de Hollywood, no aparentaba más de cuarenta y cinco. Su expresión jovial y su cutis terso revelaban que había sabido hacer un buen trato con la vida. O con el cirujano plástico, claro.

–Me alegro de conocerte al fin. Te vi ayer con Adam, pero estabais demasiado ocupados y no quise molestaros –bromeó Tom con una sonrisa de complicidad.

–No, no creo. Ayer no salí –contestó ella extrañada.

Tom dejó de sonreír.

–Eeeeh… Bueno, seguro que me equivoqué. Me pareció veros de lejos, y como este chico tiene un porte tan común, en fin… le confundiría con otro. Uno ya va para mayor, aunque por fuera no se note –guiñó un ojo.

Lucía iba a replicarle, pero Adam comenzó a contar una de sus historias atrayendo la atención de todos sobre él, para manifiesto alivio de Tom. Una sensación extraña y desagradable se le aferró al estómago y estaba rumiándola cuando alguien la llamó por su nombre y la sacó de su ensimismamiento.

—¿Qué tal fue la gala?

—¡Ellen!

Era la chica que la ayudó a comprarse su vestido para la ceremonia de los Oscar. Se la quedó mirando más tiempo de la cuenta, para deleite de la chica, a quien le encantaban las reacciones que provocaba con su vestimenta. Y esta vez tampoco era para menos. Llevaba el cabello negro azulado en un recogido altísimo, que coronaba con un pequeño sombrero de copa ladeado del cual salía un oscuro velo que le cubría parcialmente el rostro. La parte que se dejaba ver iba maquillada de forma que le otorgaba a su rostro angelical una palidez extrema, contrastada con sombras grises en los párpados enmarcados en unas larguísimas pestañas bien recargadas de rímel y los labios pintados de un negro brillante que los resaltaba. Un vestido negro muy ceñido con escote cuadrado realzando generosamente su pecho, aportaba el toque necesario a un impecable efecto de viuda negra, que hacía que ni hombres ni mujeres pudieran dejar de posar sus ojos en ella.

—Qué alegría verte, ¿qué haces por aquí? ¿Conoces a Tom? —le preguntó Lucía tras sobreponerse del asombro inicial.

—¿Hablas en serio? Claro que le conozco. Casi podría decirse que me ha criado él —bromeó Ellen—. Llevo trabajando para su equipo desde que era una chiquilla. De hecho, fue así como conocí a Adam —añadió, dirigiéndole una mirada afectuosa que él devolvió con su lisonjera sonrisa.

A partir de entonces, la velada transcurrió de forma tranquila. Adam, mucho más solícito que de costumbre, siguió atento a sus movimientos, pendiente de con quién hablaba y preguntándole con frecuencia si se encontraba bien.

Capítulo 18

Que no se enfríe el postre

Lucía llegó exhausta de la fiesta y se quedó dormida al instante. Pero cuando amaneció la mañana siguiente y trató de retomar la vida que había llevado en los últimos meses, no tardó en darse cuenta de que no iba a ser tan fácil como se suponía. Aun así, lo intentó: disfrutar de los placeres que nunca antes habían estado ahí para ella, como los fastuosos desayunos recién preparados, las delicias de disponer de un jacuzzi último modelo en su propia casa o de no tener que inquietarse por nada en absoluto. Pero no lo conseguía. Ni disfrutar plenamente, ni dejar a un lado el mal hábito de preocuparse. Lo que antes empezaba a sentir como un aburrimiento llevadero, ahora se le hacía el tedio más insoportable. Esperar a que el día pasara solo para saborear unos momentos con Adam constituía una carga cada vez más pesada. Sus únicos alicientes eran Maki y Ellen, con quien había trabado una relativa amistad. Al menos los días en que alguna de ellas tenía un hueco libre en sus vidas y quedaban para tomar un café o dar una vuelta por las tiendas, se le hacían más digeribles.

De otro lado, había algo que le hacía más difíciles esos momentos de soledad. Un enemigo que se había

instalado sigilosamente en su vida y cada vez la ase-
diaba con menor compasión: los celos. Unos celos que
aparecieron la noche en que el comentario accidental
de Tom la hizo ponerse en guardia, y que, infundado o
no, había sido el germen regado y abonado en su mente
merced a otros comentarios, miradas y todo tipo de in-
dicios que la torturaban. Últimamente salía menos con
él, más por una decisión propia que de Adam, quien de
vez en cuando le ofrecía acompañarle a algún que otro
evento. Pero a lo que antes no daba ninguna importancia, segura del amor que él la profesaba, ahora era motivo de irritación y angustia. Los halagos a otras mujeres,
las sonrisas y las miradas cómplices la ponían enferma.
Le sucedía incluso con sus propias amigas. Comprobar
cómo a Adam se le iba la vista ante un vertiginoso escote de Maki o la forma en que se quedaba mirando a la
bonita y excéntrica Ellen era una dosis de amargura que
prefería evitarse.

Y había otra razón. La reserva con la que Adam
manejaba todo lo que rodeaba su vida. La ausencia de
cualquier registro del pasado en su apartamento, pero
también su secretismo con los mejores testigos de esa
vida: su ordenador, su tablet y su teléfono móvil. Todos
ellos parapetados tras claves de seguridad que frustra-
ban a Lucía al aumentar su convencimiento de que el
enigmático Adam tenía algo que esconder.

El único espectador de todo aquel desasosiego era
su inseparable diario, que se volvió por aquella época
bastante monotemático. En él trataba de dilucidar si
sus pensamientos estaban motivados o eran simples
especulaciones infundadas, sin llegar nunca a una conclusión definitiva. Si un día estaba convencida de que
Adam no le era fiel, al siguiente se autoinculpaba por
no ser capaz de confiar en él. Pero tan insegura se sentía
que ni siquiera con su amigo Satur había compartido

aquello, de modo que mucho menos dispuesta estaba a hacerlo con Maki o Ellen.

Quiso el azar, o el despiste, que una tarde Adam se metiera en el jacuzzi sin arrastrar con él a su preciado iPhone. Siempre lo llevaba consigo, incluso cuando se encerraba en el baño, lo cual era aún más motivo de aprensión para Lucía. De modo que cuando el sonido característico llamó su atención e identificó el dispositivo cargándose sobre la mesita de noche, no dudó en abalanzarse sobre él, y pudo así ver el mensaje recibido antes de que la pantalla se oscureciera y la clave de seguridad le vetara su lectura para siempre:

Te espero a las diez. No llegues tarde o se enfriará el postre.

El mensaje estaba enviado desde el contacto Lollipop.

Una avalancha de emociones la invadió. Furia, humillación, angustia, desprecio, pero también cierta paz al saber que sus dudas tenían fundamento, que no era una histérica. Todas al mismo tiempo. Y una predominando sobre el resto. Tristeza por confirmar lo que tanto temía.

El primer arrebato fue el de ir hasta el jacuzzi y arremeter contra él, pero supo contenerse. ¿De qué iba a servirle?

«Cerdo mentiroso, quién te habrás creído que eres», masculló. Pues bien, ahora sí iba a saberlo. Le mandaría donde se merecía, pero antes se enteraría de quién era Adam Collins y de todo lo que le había estado ocultando.

Para cuando salió del baño, Lucía le estaba esperando con una sonrisa.

—Cariño, he pensado que podía acompañarte hoy, me apetece salir un rato —soltó, dispuesta a jugar con su presa.

—Hoy no es el mejor día, princesa. Será una cena de negocios, y solo hablaremos de cosas aburridas. Contratos, cifras, plazos…

«Este imbécil se ha olvidado de que soy economista y sé un poquito de qué va la cosa», pensó, más molesta que nunca porque la tratara como a una tonta. Pero no era momento para ese tipo de reproches, así que siguió con su tono zalamero:

—Al menos saldré un rato de casa y podré estrenar el vestido que me he comprado esta mañana —mintió descaradamente, poniéndole cara de mimosa.

—Lo siento, nena, de verdad que no es buena idea. Además, nadie irá con acompañante. Pero te prometo que mañana haremos algo especial —aseguró Adam, dándole un beso en los labios que ella le devolvió con esfuerzo manteniendo las apariencias.

—Está bien —fingió acceder con gesto de conformismo—. Hoy me quedaré viendo una película, pero mañana estreno mi vestido sin falta.

Para cuando Adam salió del apartamento, todo estaba dispuesto. Saltó del sofá, se calzó unas deportivas y bajó por las escaleras al tiempo que él lo hacía por el ascensor. Salió a la calle y se metió en el taxi que ya se había cuidado de llamar sin que Adam se enterase. Se reclinó en la parte de atrás hasta hacerse casi invisible y justo en ese momento vio la puerta del garaje abrirse y el flamante vehículo de Adam emerger tras ella.

—Siga a ese coche —pronunció con una extraña sensación, y a pesar de las circunstancias no pudo evitar una sonrisa. Ahora sí que parecía estar dentro de una película.

El taxista hizo lo que le pidió sin cuestionárselo. En aquella ciudad eran inmunes a cualquier tipo de excentricidad.

Unos minutos después llegaban a una zona de Los Ángeles desconocida para ella. El taxista, impecable en el papel que le había sido encomendado, aparcó a una distancia prudente para no ser visto. Adam se dirigió a un vetusto edificio, pulsó un timbre y esperó hasta que alguien le abrió la puerta. Solo cuando se cercioró de que se hubo adentrado, Lucía pagó la cuenta del taxi, le preguntó la dirección exacta en la que se encontraban y bajó ella también.

Había oído hablar del distrito de Echo Park, pero nunca había puesto un pie en él. Se conocía por ser un barrio menos opulento que Beverly Hills o Bel-Air, pero especialmente por el carácter bohemio de sus habitantes. Así como Montmartre en París o el SoHo en Nueva York, salvando las distancias de riqueza histórica y toques de leyenda, Echo Park era el barrio elegido por muchos de los artistas que querían alejarse del ritmo frenético de Hollywood o simplemente les iba un estilo mucho más despreocupado y libre. Era la solución perfecta. A medio camino entre Hollywood y el Downtown, podían vivir en las cercanías del idílico lago que regía todo el barrio sin renunciar a hallarse en el corazón de L.A. Además, Echo Park tenía otra peculiaridad que Lucía conocía gracias a haber memorizado cada una de las guías de la ciudad que habían caído en sus manos: acogió los primeros estudios de cine mudo, habiendo contado entre sus huéspedes con personajes tan ilustres como el mismísimo Charles Chaplin.

Pero nada de todo aquello le importaba ahora. Observó el edificio que tenía ante ella. Era un inmueble de varios pisos, de los pocos que parecían poblar aquella zona de casitas bajas ajardinadas.

Sopesó sus posibilidades. No parecía haber un portero vigilando la entrada y sin embargo le sería muy difícil colarse en el interior. Tendría que franquear varias puertas y la posibilidad de llamar a cualquier timbre quedaba descartada por las cámaras que llevaban incorporadas. Con aquel sistema no valía el truco de hacerse pasar por alguien que llevara publicidad comercial o una pizza a domicilio. De modo que se quedó allí esperando, tratando de contener su frustración y pensando en un plan a seguir.

Tras cerca de una hora se dio cuenta de que probablemente el único que iba a salir de allí era Adam, para volver a su apartamento y tumbarse en la cama junto a ella como si nada. Con una mueca de disgusto, hubo de admitir que no tenía otra opción que regresar si no quería ser descubierta antes de averiguar lo que se proponía, así que llamó a otro taxi y una vez de vuelta, se acostó y se limitó a esperar, sabedora de que aquella noche el sueño no tenía ninguna intención de acompañarla, hasta que a las dos de la madrugada sintió las llaves abriendo la puerta y fingió estar dormida.

Capítulo 19

20 de junio

Los últimos días están siendo una pesadilla. Ya, ya sé que no te he escrito desde hace tiempo, pero total, ¿para qué? Para tener que rememorar todo lo que me produce tanto asco. Bueno, sí, y dolor también. Para que las lágrimas vuelvan a derramárseme como ahora.

El caso es que no he sacado nada en claro. He vuelto varias veces a aquel maldito edificio, sustituyendo la rutina de mis paseos por Rodeo Drive y las tiendas de lujo, para apostarme durante horas esperando ver algo, o mejor dicho, a alguien. Pero todo lo que ha salido de allí han sido señoronas paseando a sus yorkshires y algún que otro artista callejero empuñando sus trastes camino de Venice Beach a montar el espectáculo diario. Ninguna modelo impresionante subida a unos tacones de vértigo que pudiera haber seducido a mi galán.

Lo que más me fastidia es que sigue tan cariñoso como siempre, y a veces me cuesta contenerme para no gritarle lo que pienso de él. Y otras, en cambio, me cuesta recordar lo que me está haciendo, porque me dan ganas de echarme en sus brazos y olvidar las mentiras, y simplemente disfrutar el momento. Pero no hago ni una cosa ni la otra. Cuido las apariencias, aunque sé que me nota más fría, lo veo en su mirada, una mirada que parece querer saber sin atreverse a preguntar.

Pero me he dado cuenta de que no puedo seguir así y he tomado una decisión: voy a contárselo a Ellen. Sé que ella conoce a Adam desde hace mucho, pero ahora también es mi amiga, y quizá pueda ayudarme a saber qué hacer. He quedado con ella en nuestro punto de encuentro en Rodeo Drive. Descarté hacerlo con Satur, que es demasiado *drama-queen* para estas cosas y me montaría un pollo tremendo, y también con las chicas. Las quiero mucho, pero sé que me marearían más. Cada una pretendería que hiciera lo contrario de la otra, y para eso ya tengo a mi cabeza cambiando de idea a cada minuto. Además, prefiero mantenerlas al margen. Lo único que saben es que estoy viviendo en L.A. rodeada de glamur junto a mi adonis. ¿Para qué entristecerlas con la realidad? Mejor preservar su ilusión del sueño americano. Pensar en ellas relatándose unas a otras lo que les he contado durante la merienda semanal me hace sonreír. Sonia intentará escandalizar a las demás hablando de cómo será un yanqui en la cama, Teresa se morirá de envidia, Marta sostendrá que me lo estoy inventando todo, Sara me defenderá a muerte y Julia intentará aplacar los ánimos y pedirá otra ronda de tortitas. Y en eso estarán todas de acuerdo.

Me pregunto qué tal le irá a Julia con su Helmut. Ese alemán pedante… más le vale que la trate bien. Y si no, que ella les pase un informe negativo a los de Frankfurt y le echen a él también. Eso sí que sería un final perfecto. Y Teresa, ¿estará más calmada ya? Lo último que sé es que como con su Roberto no había manera de encontrar el momento, las demás le regalaron un vibrador enorme para su cumpleaños. En lugar de enfadarse por la broma se abrazó a él y dijo que pensaba probarlo en cuanto llegara a casa. Y cogió y se largó sin más, dejándolas a todas con la boca abierta. Habría pagado por verlo. Y Sonia, Sara, Marta. ¿Qué andarán haciendo? Me entra una nostalgia terrible. ¡Ojalá pudiera teletransportarme aunque fuera solo los viernes por la tarde! Bueno, ya de paso también los sábados, para comer con mamá y papá su paella de mariscos y dejarme mimar. Aunque mamá me diera la brasa con lo de volver pronto y papá le pidiera que me dejara en paz y se pusieran a discutir entre ellos. Hasta eso echo de menos.

Capítulo 20

Mi oasis particular

Ellen se dio cuenta de que algo no marchaba bien nada más ver aparecer a su amiga. No se había tomado la molestia de arreglarse como solía y presentaba un aspecto demacrado y apático. Suspiró, pues entre sus virtudes no se encontraba la de la paciencia. El rol de amiga escuchapenas no encajaba con ella, pero le dio la sensación de que esta vez le resultaría difícil librarse.

—¿Algún problema? —La miró a los ojos nada más plantarle los dos besos de rigor y casi lamentó haberlo hecho. Solo eso bastó para que la española se echara a llorar como una plañidera.

—Vamos, vamos. Nada que no se pueda solucionar con una buena sesión de belleza.

Sin pensárselo, la agarró de la mano y la condujo hasta un salón de estética del que era clienta habitual. Pero a pesar de las buenas intenciones, el paso por allí fue un verdadero desastre. Lucía, que una vez que encontró a su amiga soltó el torrencial de lágrimas que venía aguantando, ya no podía frenar la tristeza, y la maquilladora desistió tras algún intento infructuoso de hacer nada en aquel rostro que se empeñaba en mojarse una y otra vez. Con la manicura pasó algo parecido, pues al tener que tirar de pañuelo para sonarse, estropeó las uñas que tan minuciosamente la chica había decorado. Al final, Ellen cortó por la tangente y cambió de plan.

–¿Qué tal una ruta guiada por la nueva colección de Armani? –tanteó.

Pero la mirada de Lucía tampoco dio señales de iluminarse con aquello.

–Necesito contarte algo –le confesó.

De modo que no iba a librarse, suspiró Ellen de nuevo; no todos los días podían salir redondos.

–Está bien. Tengo una idea: te llevaré a mi rincón secreto, allí podremos hablar tranquilas.

Lucía sonrió por primera vez.

–¿Tú también tienes un rincón secreto?

–Sí, es mi refugio cuando necesito paz y tranquilidad.

–El mío está en Santa Mónica, en el café junto a la noria al final de la Ruta 66 –reveló Lucía.

–Bueno, el mío es algo más… discreto –dijo Ellen, divertida ahora. ¿Qué clase de rincón secreto era uno por el que pasaban miles de personas al día? Y era a ella a quien tachaban de rara–. Es un apartamento al que solo voy cuando no quiero que me molesten. Casi nadie sabe que existe.

Salieron paseando del centro comercial. Lucía parecía algo más animada.

–Gracias, Ellen –le dijo con emoción–. No estoy pasándolo bien últimamente, y la verdad es que aquí no tengo a quien contárselo. Gracias por escucharme.

–Prepararemos café y dulces y nos encerraremos allí a pasar la tarde. Bueno, los dulces los compraremos, claro. Y el café lo hará la Nespresso –organizó Ellen, que se había enternecido ante la gratitud de Lucía–. ¿Alguna preferencia?

—¡Tortitas con nata!

Ellen se echó a reír al ver que por primera vez se le iluminaba el rostro.

—No sé dónde demonios vamos a encontrar eso, pero lo intentaremos. Bueno, no, espera. Conozco una pastelería en la que tienen de todo... pero está algo lejos. Ya sé. Iremos en un taxi, nos bajamos un momento a comprarlas, y que nos lleve de ahí al apartamento.

Así lo hicieron. Atravesaron en taxi toda la ciudad de Los Ángeles, pero encontraron las tan preciadas tortitas. Ya con la bandeja en las manos, Ellen regresó al vehículo donde Lucía la esperaba.

—Es esto, ¿no?

La sonrisa de Lucía contestó por ella. Después, sin dudarlo, introdujo el dedo índice y rebañó la nata sobresaliente de una de ellas.

Ellen soltó una carcajada y la imitó.

—La verdad es que están de muerte —convino.

Mientras Lucía trataba de meterle mano de nuevo a los dulces y ella alejaba la bandeja haciendo equilibrios para que no lo consiguiera, el taxista carraspeó impaciente.

—A la calle Kent número dos mil cien —le indicó Ellen, para después dirigirse a Lucía—. ¡Aguanta un poco o no quedará nada para cuando lleguemos! Y es un superplan, ya verás. Tomaremos la merienda en la terraza, hay unas vistas espectaculares del skyline. El lago rodeado de árboles con los rascacielos al fondo. Ni en el Central Park de Manhattan encuentras una panorámica tan extraordinaria. Y las plantas ahora están preciosas. Las elegí yo misma, como el resto de la decoración. Fue mi primer proyecto tras acabar el máster de interiorismo. ¿Te he hablado de eso? Algún día montaré un negocio de diseño de interiores, es uno de mis proyectos de futuro. Y esa primera intervención me quedó de maravilla. Mi oasis particular.

Siguió relatándole las mil maravillas de aquella terraza decorada estilo *chill out*, pero Lucía llevaba tiempo sin escucharla. Se había quedado paralizada desde que Ellen pronunció la dirección del apartamento. Sintió cómo las piezas del rompecabezas que tanto le había quitado el sueño encajaban en un instante. Y es que aquella calle y aquel número estaban grabados a fuego en su mente. Tardó aún unos segundos en reaccionar, pero cuando lo hizo su rostro desencajado no auguraba nada bueno:

—¡Tú! ¡Eras tú! ¡Zorra asquerosa!

En vano trató Ellen de calmar los ánimos. El taxista había detenido el coche ante aquel espectáculo repentino y Lucía había salido furiosa. Ellen la siguió, aún con la bandeja de pasteles en las manos.

—Lucía, dime qué sucede, por favor.

—¿Cómo que qué sucede? ¡Falsa, más que falsa! ¡Así que tu rincón secreto! ¡Tu oasis particular! ¿Ahí llevas a tus amantes, no? ¡Incluidos los novios de tus amigas!

El rostro de Ellen se demudó.

—Hablemos, Lucía, te lo explicaré. No es lo que parece… —No supo cómo seguir tras aquella frase tan manida, y tampoco le hizo falta, porque Lucía le arrebató la bandeja de las manos y se la estampó en toda la cara.

—¡Vete a la mierda! ¡Tú, tu falsedad y tus malditos dulces!

Ellen se quedó boquiabierta viéndola marchar, mientras por su rostro resbalaba la blanca nata como en el espectáculo circense del pastelazo. Una vez que se le fue el susto inicial, no pudo evitar pasarse la lengua alrededor de los labios.

—Coño, pero qué bueno está esto —exclamó ante la mirada indiferente del taxista, que esperaba dentro del coche a que le confirmara si había algún cambio de destino.

Capítulo 21

Nada de qué preocuparte

Lucía llegó al apartamento hecha un manojo de nervios. Por suerte Adam no había regresado de sus supuestas reuniones, pues estaba claro que no era el mejor momento para encontrarse. Además, ya ni siquiera quería verle, ya no quería aclaraciones, ni entender nada más. Tenía suficiente con lo que había comprendido aquella tarde. Recuperó la maleta que había guardado en un altillo, metió a toda prisa la ropa que halló a tiro y salió apresuradamente para evitar toparse con él.

Taconeando sin mirar atrás, se dirigió a la parada de autobús más cercana y repasó las líneas que transitaban por allí. Sin pensarlo mucho tomó el destino que le parecía más natural, dirección Santa Mónica, con una extraña sensación: volvía al punto de inicio.

Aquella noche se acostó temprano, sin ganas de confraternizar con sus nuevas compañeras. Creía que pasaría una nueva noche de insomnio y sin embargo sucedió todo lo contrario. Estaba tan agotada de aquella montaña rusa emocional que durmió durante más de doce horas. Sin embargo, no fue un sueño reparador: las imágenes de su vida en Los Ángeles se entremezclaban y distorsionaban sin ningún sentido. Maki liándose con el abuelo de Adam; ella sirviendo sangría en Los Pintxos a toda una legión de famosos; la profesora de inglés que la reñía por dejar de ir a clase y le decía que no había aprendido nada de nada; Paul el rastafari apagándole un porro a Adam en toda la cara; el helicóptero que perdía el control y se acercaba peligrosamente a las letras blancas del monte Lee…

Se despertó a causa de unos movimientos extraños. Al abrir los ojos se dio cuenta de que no estaba en la litera, sino en el *loft* de Adam, en su cama *king size*, que se bamboleaba como un colchón de agua. Se dio la vuelta preguntándose cómo había vuelto a acabar allí, y se topó de bruces con una imagen que le repugnó: Ellen estaba a su lado con su disfraz de viuda negra levantado, moviéndose rítmicamente encima de Adam. Un velo negro le tapaba el rostro, pero sabía que era ella. Quiso gritar y comprobó con frustración y terror que la voz no le salía de dentro. Entonces Ellen giró su cabeza lentamente retirándose el velo de la cara. Estaba muy pálida, pero no por el efecto del maquillaje, sino por la nata de las tortitas, que aún llevaba untada. Se acercó un dedo de largas uñas negras y se retiró un grumo de nata de la mejilla, introduciéndoselo en la boca para chuparlo en un gesto obsceno mientras la miraba de una forma que le puso los pelos de punta: tenía los ojos inyectados en sangre y una sonrisa escalofriante fue tomando forma en su cara. Entonces la oyó susurrar:

—Ya no tienes nada de qué preocuparte.

Lucía se levantó de un salto y pudo ver que Adam tenía el cuello volteado de una forma imposible y la piel azulada. Gritó aterrorizada. Ahora la voz sí le salió de la garganta, en un aullido lleno de angustia, y se despertó entre sudores fríos.

La mujer corpulenta que estaba haciendo la cama inferior de la litera la agarró por el brazo, asustada ante el berrido que aquella chica dormilona acababa de pegar.

—¿Te encuentras bien?

Lucía la miró confundida hasta que fue capaz de comprender que todo había sido una pesadilla. En fin, no todo. Solo la parte de la viuda negra y alguna cosa más. El resto seguía siendo real.

Le respondió que no se preocupase y consultó el reloj. Era casi la hora del mediodía. Ignorando a la limpiadora, quien siguió con sus tareas sin preguntar nada más, continuó refugiada en lo alto de su litera con el regusto amargo de la pesadilla reciente. Cuando las tripas comenzaron a rugirle cayó en la cuenta de que no comía desde el mediodía anterior, de modo que hizo acopio de voluntad y se puso en marcha. Caminó hacia la playa, donde compró un bocadillo frío y se sentó en la arena a masticarlo sin entusiasmo.

Ya con el estómago lleno se sintió algo mejor. Echó mano al bolso y encendió el móvil, comprobando que tenía más de diez llamadas perdidas de Adam, y también de Ellen, pero lo que más le sorprendió fue ver otras tantas de Maki. ¿Qué pasaba en esa ciudad? ¿Ya sabía todo el mundo su historia o qué? Apagó el teléfono y se quedó recostada viendo a la gente pasar.

Tras cansarse puso rumbo al albergue y casi había llegado cuando un descapotable que conocía muy bien le hizo sentir un nudo en el estómago. ¡Adam había ido a buscarla! Cruzó la acera y se quedó parapetada tras un árbol, pero no veía movimiento. Debía haber preguntado por ella y le habrían dicho que estaba allí alojada. Se encogió de hombros y se alejó. Horas después, tras vagar por los alrededores sin saber qué hacer, volvió para comprobar que el coche seguía en el mismo lugar. No quería verle, aunque sintió una pequeña satisfacción interior. Al menos el imbécil de Adam no se iría de fiesta hoy, ni tampoco a follar con esa zorra. Entonces vio salir a Paul a la puerta a echarse un cigarro y le chisteó hasta que se dio cuenta de que era ella.

–¡Mi española favorita! Alguien lleva todo el día esperándote…

–Ya lo sé –le atajó–. Y no pienso verle.

A continuación le contó su historia, y a pesar del activismo pacifista de Paul, a Lucía no le pasó desapercibido un destello de furia que pasó por sus ojos. Se quedó pensativo por un rato.

–Hay una puerta trasera que da a la cocina. Entraremos por ahí y no te verá. Que se canse de esperar ese idiota.

Lucía sonrió por primera vez en aquel día.

–No eres tan piadoso, después de todo. –Le pegó un codazo amistoso.

Paul alzó los hombros en una mueca de indiferencia.

–Tan solo le damos una oportunidad para pensar en lo que ha hecho. Según lo mires, le estamos ayudando.

Eso la hizo reír abiertamente.

–¿Estás seguro de que sigues el rastafarismo y no el maquiavelismo?

Ahora fue él quien soltó una carcajada.

–El escarmiento no es algo tan malvado. Hace entender mejor los errores, y eso siempre es sano –sentenció.

Capítulo 22

Afectado de verdad

–Buenos días –saludó un cariñoso Julio a Lucía.

–Mmm –gruñó ella sorbiendo con desgana su café.

Julio se sentó a su lado en el enorme y a esas horas bullicioso comedor del albergue. La gente hacía cola en la tostadora y tras el termo de café, pero por el momento había reservas de sobra y podía permitirse un momento de asueto.

–Ya me he enterado de lo de ese tío.

Continuó ante el mutismo de Lucía:

–Solo quería que supieras que relevé a Paul de madrugada, y el tipo siguió esperando en el coche hasta las cinco de la mañana. Un par de veces entró para preguntar cómo es que no aparecías si estabas alojada aquí.

Julio hizo una pausa. Ahora ya le miraba más interesada.

–¿Y? –preguntó ella al fin.

–Le dije que no era el padre de nadie. Que el albergue está abierto las veinticuatro horas y mientras uno pague puede entrar y salir cuando le dé la gana.

Lucía asintió, cabizbaja.

–Bien dicho.

–Pues claro. Que pringue ese capullo. Aunque la verdad es que me acabó dando pena. La primera vez que preguntó venía con muchos aires, pero cuando al fin se fue parecía afectado de verdad.

Capítulo 23

25 de junio

Adam ha seguido viniendo al albergue. Planta su coche enfrente y espera. Yo le evito, pero sé que no puedo seguir con esta situación eternamente. Algún día me verá, y a mí tampoco me da la gana de estar escondiéndome. Solo faltaba.

No le respondo al teléfono, pero me manda mensajes diciéndome que me echa de menos y que siente no haber sido sincero. Que lo de Ellen no fue lo que yo creo. A veces no entenderé bien el idioma, pero de ahí a tomarme por gilipollas hay un trecho. Ahora es él quien no se entera.

He discutido con Paul, porque está muy pesado con que debo darle la oportunidad de explicarse: piensa que con las horas que lleva echadas en la puerta ya se ha ganado ese derecho. A estas alturas todo el mundo en el albergue sabe que ese guapo ricachón está apostado ahí por mí y no entienden cómo puedo pasar de él.

También he terminado contándoselo a las chicas. El otro día hicimos un Skype: ellas desde el bar con sus tortitas, y yo en el *hall* con una caja de donuts que acabé zampándome entera. Tal como imaginaba, no se ponen de acuerdo. Sonia lo tiene clarísimo: que le den. Marta y Teresa piensan igual que Paul, que debería escucharle, aunque sea solo para que me pida perdón. Sara no se pronuncia y Julia sostiene que lo que yo haga, bien hecho estará. En resumen, me quedé como estaba. Bueno, como estaba no. Con un subidón de azúcar y algún que otro kilo de más. Después me sentí culpable y me fui a pasear por el bulevar. Siete mil pasos, o eso dice el móvil. Yo lo único que sé es que para cuando llegué tenía hambre otra vez.

Y por si no tuviera bastante con todo este follón, Marcos ha vuelto a solicitarme amistad. ¿Es que no lo pilla? Ha cambiado la foto de perfil, ahora sí es él, y aparece con un bebé koala monísimo abrazado al cuello. Está mucho más moreno. Tiene el guapo subido el muy puñetero, se le notan las horas de surf. Qué harta estoy de los hombres.

28 de junio

Hace un par de días que no veo a Adam. Creo que ya ha desistido. Después de todo, tampoco le importaba tanto, ¿no? Habrá pensado que es mucho más divertido revolcarse con Ellen. Gilipollas.

En fin, mejor así. Ahora tengo que centrarme en mí. ¿Qué hago? He pensado en volverme a España, pero lo descarté casi de inmediato. Sé que se me pegaría al cuerpo una sensación fea de fracaso si lo hiciera ahora. Y yo no vine aquí por Adam, así que no me voy a ir porque él haya resultado ser un *fake*.

Quizá retome las clases de inglés. Creo que ya puedo examinarme del nivel avanzado y hacerme con el título. En cuanto a Los Pintxos, no creo que pudiera regresar. A Esteban le afectó mucho que dejara el bar de un día para otro. Ahora que pienso en ello, sé que no me porté demasiado bien. Estaba cegada y le dejé colgado, a él, que siempre se portó tan bien conmigo. Me avergüenza pero no hay nada que pueda hacer ya.

Maki me ha vuelto a llamar hoy y esta vez sí le he cogido el teléfono. Quería saber qué tal estaba, y me ha pedido que tomemos un café y charlemos tranquilamente. No me apetece un carajo que me hable de Adam ni que interceda por él. Sin embargo, no puedo seguir huyendo como una cobarde. Es hora de afrontar las cosas. Después de todo, no he sido yo quien se ha portado mal.

Capítulo 24

Parejas de verdad

–Hola, Lucía, ¿cómo estás?

Maki le dio un abrazo. La veía desmejorada, con unas ojeras que le llegaban hasta los pies y una expresión de indolencia. Y lo más grave, ni siquiera había tratado de arreglarse. Iba con unos tejanos desgastados, zapatillas de deporte y una camiseta ancha. Sus preciosos rizos los llevaba recogidos en una coleta alta desgreñada sin ganas siquiera para arreglárselos.

–Estoy bien –contestó ella poco convencida–. Pero háblame de ti, seguro que tienes novedades más interesantes.

Maki asintió, contenta de poder entretenerla, y le relató sus últimos acontecimientos. Varios casting más, la grabación de una publicidad sobre champú para cabello liso y la preselección para un papel secundario en una serie de mafiosos ambientada en los años treinta. Y entre medias, cada noche un evento al que acudir.

Lucía sonrió. Estaba claro que su amiga se tomaba en serio su objetivo. No daba tregua.

–¿Cómo aguantas ese ritmo?

–A veces yo misma me lo pregunto. Nunca he tenido tanta energía, pero descubrí que cuando estás persiguiendo lo que quieres, nada te pesa. Estoy tan inmersa en lo que estoy haciendo que ni siquiera me paro a pensar. Solo sigo adelante, aprovechando cada oportunidad.

Después agravó el gesto.

—Pero yo quiero hablarte de otra cosa.

Lucía hizo una mueca de disgusto; ya se imaginaba que no iba a esquivar el tema tan fácilmente.

—Maki, no me apetece hablar de ello. No ha sido fácil.

—Pero es que no te pido que me hables. Te pido que me escuches a mí: hay cosas que no sabes. Adam es muy orgulloso y nunca te las contaría.

—No necesito saber nada. Ni quiero —replicó ella muy digna, aunque en el fondo sentía curiosidad. A pesar de haber convivido durante un tiempo, seguía desconociéndolo casi todo de él.

—Tú escúchame. Y luego, si sigues pensando igual, te prometo que no volveré a mencionarle nunca más.

Aún se hizo de rogar un poco más antes de ceder.

—Está bien.

—Mike está preocupado por sus problemas económicos —Maki se lanzó sin más preámbulos—. Adam ha sido un irresponsable invirtiendo con productores noveles y sin las suficientes garantías. Se ha dejado llevar por sus gustos en lugar de por lo que dictaba el mercado, y ahora está en una situación muy complicada. Hipotecado hasta las cejas.

Lucía la escuchaba incrédula. Al final resultaba que ella iba a tener la cuenta del banco más saneada que Adam. Lo que eran las apariencias, pensó. Las apariencias y el postureo.

—Y a mí qué me cuentas —le soltó, cortante—. Ese es su problema, no el mío. Allá él.

—Bueno, no es así como se comportan las parejas de verdad —le recriminó su amiga.

—¿Parejas de verdad? —Lucía alzó la voz, llena de indignación—. ¿Te parece que una «pareja de verdad» me dejaría en casa todas las noches para ir a enrollarse con otra? Con otra que para colmo me ha hecho creer que era mi amiga.

—Te refieres a Ellen.

Asintió.

—Pero tú sabes quién es Ellen, ¿verdad?

—Una zorra.

—Ya, vale. Pero, ¿en serio no sabes por qué Adam se arrima tanto a ella?

La mueca de asco de Lucía le indicó que se lo imaginaba muy bien.

—No es eso, cariño, no es eso. Ellen es la hija única de Richard Olsen.

Se hizo el silencio durante unos segundos. La cara de Lucía pasó de una expresión de indiferencia a fruncir el entrecejo pensativa, y poco después, a la perplejidad.

—¿Olsen? ¿El de la cadena de hoteles?

—El mismo. Y propietario de una cadena de televisión, y productor de cine…

—Sé quién es —asintió Lucía, para quien todo empezaba a cuadrar. Una chica tan joven con tanto dinero, tan bien relacionada, con tanta seguridad en sí misma. Estaba claro que no procedía de un barrio pobre de Los Ángeles.

—Bueno, ¿y qué?

—¿Cómo que y qué? Pues que Adam estaba tratando de que le ayudara con sus contactos para poder saldar las deudas pendientes. Consiguió que organizara varias cenas en su casa con promotores a quienes trataba de seducir con un nuevo proyecto.

—¿Intentas decirme que Ellen y él no estaban enrollados? ¿Que solo le ayudaba a conseguir pasta?

—Eso es lo que nos contó Adam a Mike y a mí.

–Ya. En su rincón secreto. «Ven pronto o se enfriará el postre». ¿De verdad quieres que me crea que se refería a unas natillas?

–Mira, yo no sé si se lio con Ellen o no, lo que sí sé es que le gustas mucho, que quiere arreglarlo y que está en problemas. Ahora eres tú la que tienes que decidir si le apoyas o no.

Capítulo 25

3 de julio

Estos últimos días han sido horribles. Si ya era una mierda saber que Adam me había traicionado, ahora tengo también el sentimiento de culpa y el remordimiento de no haber hecho las cosas bien. Me he torturado una y otra vez rumiando que igual metí la pata y he perdido al hombre de mi vida, que no he sabido comprenderle. Pero cuando pensaba en llamarle mi orgullo me frenaba. Me acordaba de la otra parte, de que me ha estado mintiendo todo este tiempo. En una pareja no debería haber secretos, y él los ha tenido desde el principio, y los ha alimentado con una mentira tras otra. ¿Hasta dónde llegan esas mentiras? No puedo saberlo. Solo sé que es imaginarle con Ellen y sentir cómo algo me corroe las entrañas.

Esa vorágine de emociones me ha ido consumiendo la energía, y últimamente se me había metido la tristeza en el cuerpo y no hacía nada más que dejar que las horas y los días pasaran. Navegando por Internet en el albergue, o caminando desganada por la playa. Hasta perdí el apetito, y eso en mí ya es cosa grave. Pero entonces ocurrió algo: ayer por la tarde estaba sentada en el café, con la noria a mis espaldas y el sol a media altura, y de repente Adam apareció detrás de un ramo de rosas rojas. ¡Como en una película romántica!

Yo pensaba que ya me había dado por perdida, pero él sabía que acudía allí para pensar y fue en mi busca. Me dejé llevar y fui hacia él, que me estrechó con fuerza. Ahí me di cuenta de cuánto había necesitado un abrazo. A veces la soledad puede ser muy puñetera.

Después nos fuimos a cenar y se sinceró conmigo: me explicó que no estaba acostumbrado a una relación seria, que hasta ahora únicamente había tenido ligues esporádicos y por eso no sabía cómo hacer algunas cosas. Que estaba habituado a llevar su vida privada con mucho celo para esquivar los cotilleos hollywoodienses. Y a tener muchas amigas. No sé si llegó a acostarse o no con Ellen, y aunque me enfermo cuando lo pienso, en el fondo prefiero no saberlo. Ni él me lo dijo claro ni yo me atreví a preguntar. Solo sé que me ha prometido no mentirme nunca más. Y como dice Paul, todo el mundo merece una segunda oportunidad.

También me ha contado que ha conseguido un contrato espectacular con Filmando, una de las mayores productoras, así que ese tema parece que se ha arreglado. Me alegro por él. Por él y por mí, porque... ¡nos vamos a Las Vegas para celebrarlo!

Las cosas se van encauzando y estoy contenta de volver a acurrucarme junto a él. Hemos hecho el amor con la pasión del principio, cuando solo importábamos él y yo. Hemos espantado a los celos, a las deudas y a las sospechas. Los hemos echado del colchón para fundirnos el uno en el otro, sin que quepa nadie más. Ahora duerme a mi lado mientras yo escribo. Aspiro su olor, que lo envuelve todo, y le acaricio el cabello revuelto. Y él, sonriendo, se ha dado media vuelta entre sueños.

Capítulo 26

¡Sí, estoy en Las Vegas!

Esto es una pasada: caminar por la avenida, recorrer los casinos del hotel Excalibur, ese castillo de cuento ambientado en Camelot, pasear al lado de la reproducción de la estatua de la libertad, de la torre Eiffel o la Fontana de Trevi. Podría permanecer horas hipnotizada contemplando la danza de las fuentes del estanque del Bellagio al ritmo de Frank Sinatra. Creo que es una de las cosas más maravillosas que he visto.

La única pega es que Adam tiene que trabajar y apenas saca tiempo para acompañarme. El primer día lo pasamos juntos, pero después recibió una llamada importante y tuvo que aprovechar que está aquí para hacer negocios.

Pero hay muchísimo que ver y todo es increíble. Además, como dicen por aquí *never look a gift horse in the mouth*. O lo que es lo mismo, «a caballo regalado no le mires el diente». Y yo prefiero mirar las boutiques y los hoteles.

***

7 de julio

Este lugar es toda una demostración de cómo se puede conseguir casi cualquier cosa con dinero. En lo que hace apenas un siglo no era más que un desierto, hoy puedes tener un trocito de París, de Nueva York, de Roma o de Venecia, junto a todos los lujos que te puedas imaginar. Pero también tiene sus sombras, unas sombras que no nos cuentan porque los yanquis saben venderse como nadie, y a medida que paso tiempo recorriéndolo voy reparando en las contradicciones de este país, mucho más expuestas aquí que en ningún otro sitio.

Como la de la prostitución. La mano de las mafias que la controlan está por todas partes. Solo en media hora puedes llenarte los bolsillos de tarjetas que te dan por la calle con fotografías de mujeres de todos los tipos y el contacto para comprar sus cuerpos por un rato. Ayer, cansada ya del reparto constante, le grité a uno que si no veía que era una tía. El muy fresco me lanzó una mirada guarra y me contestó que si no me iba el rollo, ahí estaba él para lo que se me ofreciera. Y después se fue riéndose a carcajadas.

O como el tema del juego. Hay casinos muy glamurosos y luego otros más cutres, donde puedes ver de todo. Gente enganchada de verdad. Quienes más pena me dan son las viejecitas que echan monedas sin parar en las tragaperras, seducidas por la probabilidad remota de trocar unas cuantas monedas por una fortuna. Algunas hasta se quitan los zapatos y se acomodan, dispuestas a pasar allí las horas. Y yo me pregunto, ¿no tendrán familia? Nietos a quienes hacer un bonito regalo en lugar de fundirse los ahorros de una forma tan triste. Pero supongo que no pueden remediarlo, y así seguirán mientras les queden dólares que gastar.

En cuanto te sales un poco de «la franja», el lujo es sustituido por el deterioro y la suciedad, tanto en los edificios como en las personas; los vagabundos trastornados y las mujeres desaliñadas que se prostituyen contrastan tanto con la opulencia de unos metros más allá que no entiendo cómo puede dejar indiferente. Y sin embargo así es, porque nadie parece hacer nada para remediarlo. Al menos los gobernantes, y tampoco los dueños de los hoteles y casinos que se alzan majestuosos sobre estas pobres gentes.

A Adam sigo sin verle el pelo, se pasa el día entre casinos y restaurantes. Ayer me quedé dormida a las tres y aún no había aparecido. Esta mañana me despertó roncando en la otra punta de la cama. Me cansé de esperarle y me vine a ver bailar las fuentes del Bellagio. Y aquí estoy, igual de sola que en Los Ángeles, solo que en la ciudad del pecado.

Capítulo 27

La tentación cerca

Lucía estaba sentada en una de las escaleras de The Venetian, el gigantesco y lujoso hotel con temática veneciana. Había dedicado parte de la tarde a recorrer el museo de cera y el centro de tiendas del Gran Canal, y ahora hacía un descanso mientras contemplaba el lago artificial y observaba a los gondoleros remar a la vez que cantaban para delicia de las parejas acarameladas y acaudaladas que iban en sus embarcaciones. Nunca había estado en Venecia, pero no se la imaginaba muy diferente. Allí habían recreado todos los iconos que los turistas no dejaban de fotografiar en su paso por la ciudad italiana: el puente Rialto, la plaza de San Marcos con su palacio Ducal, la célebre torre del Campanile y las columnas del patrón de Venecia pisando un dragón y de San Marcos coronada por el león alado. Y cómo no, el lago con sus góndolas y sus apuestos gondoleros. Estaba deslumbrada por la recreación de esa ciudad italiana, aunque no podía evitar un regusto extraño, la sensación de saber que todo aquello era falso. Pensó que los estadounidenses fabricaban a golpe de talonario la historia que les faltaba. Ni siquiera hacía falta imaginación, tan solo estar forrado y contratar a los mejores imitadores.

Tan ensimismada estaba que pegó un respingo al oír el tono del móvil. Lo buscó con prisas en el bolso, esperando que Adam hubiera sacado tiempo para estar juntos. Quizá pudieran cenar en uno de esos restaurantes italianos. Serían artificiales, pero apostaba a que la comida era espectacular.

Al fin lo encontró y lo descolgó sin siquiera mirar la pantalla.

—¿Adam?

—O sea que sigues viva. No es mala señal, para comenzar.

En parte se sintió defraudada, pero también se alegró de escuchar al otro lado de la línea a Maki. Pasaba muchas horas sola al cabo del día, y era agradable reconocer una voz amiga.

—Maki, qué alegría oírte.

—Pues si tanto te alegras haber llamado tú. —La japonesa no se cortó un pelo.

—Estos días han sido tan locos que…

—Bueno, basta de excusas. Ya sé por Mike que Adam y tú habéis hecho las paces, y no sabes cuánto me alegro.

—Tenías razón, estaba tan obcecada que ni siquiera le di una oportunidad para explicarse —reconoció con humildad ante su amiga—. Fui una tonta.

—Tampoco te martirices, cualquiera en tu lugar habría pensado lo mismo. La verdad es que todo ese rollo de Ellen sonaba muy feo… —al otro lado de la línea se hizo el silencio y Maki se dio cuenta de que no había sido buena idea meter el dedo en la herida, así que cambió rápidamente de tema—. En fin, yo creo que Adam es buena persona, aunque tenga defectillos, pero en eso consisten las relaciones, ¿no? En sobrellevarlos y ayudarse. Y las reconciliaciones son lo mejor. Seguro que estáis follando como locos y por eso has estado demasiado ocupada para llamarme.

«Sí, sobre todo eso», pensó Lucía. Era difícil encontrar el momento cuando apenas se veían. Trató de ser positiva, como Maki siempre hacía.

—Pues no sabes lo mejor.

—¿Mejor que follar a todas horas? —bromeó.

—Estamos en Las Vegas.

Ahora fue Maki la que se quedó sin palabras. Lucía, extrañada, siguió contándole.

—Nos hemos escapado unos días, para celebrar que hemos vuelto y acabar de perdonarle.

—¿De quién ha sido la idea? —el tono de su amiga sonó muy frío.

—¿La idea? ¿Qué idea?

—Elegir Las Vegas.

—Pues de Adam, claro. Yo nunca había estado aquí, y es todo tan espectacular… Al menos una vez en la vida hay que venir, ¿no crees?

Maki permanecía callada.

—Oye, ¿sigues ahí?

Pasaron unos segundos hasta que contestó. Se la notaba insegura, quizá por primera vez desde que la conocía.

—A ver cómo te digo esto. Adam… Adam tuvo algunos problemas con el juego en el pasado.

—¿Algunos problemas? ¿Qué quieres decir?

—Quiero decir que no deberíais estar allí. Tráetelo de vuelta cuanto antes —ahora su voz sonó contundente.

A Lucía aquella respuesta le sentó muy mal. Al parecer su amiga Maki seguía sabiendo más de su novio que ella, y además estaba tomando la fastidiosa costumbre de decirle lo que tenía que hacer. Peor aún, ordenarle. ¿Pero qué se había creído? Los papelitos en el cine se le estaban subiendo a la cabeza.

–Para tu información, Adam no ha venido aquí a jugar. Está haciendo negocios.

–Pero acabas de decir que era una escapada para celebrar vuestra reconciliación.

–Se pueden hacer las dos cosas –contestó Lucía, cada vez más molesta.

–¿Está ahí contigo?

–Ahora mismo, no –gruñó. No le gustaba nada la sensación que tenía en ese momento–. Mira, fuiste tú la que dijiste que tenía que confiar en él, ¿verdad? Pues eso estoy haciendo, así que no me llenes la cabeza con rollos raros.

–Yo… quizá tienes razón. Lo siento, Lucía. Quizá me estoy preocupando demasiado. Adam es mayorcito y tú también. Es solo que pensé que si has estado enganchado a algo y te pones la tentación tan cerca… bah, no me hagas caso.

–Está bien.

–Ya sabes que estoy aquí para lo que necesites, ¿vale?

–Vale, Maki. Ahora tengo que dejarte, hay muchas cosas que hacer aquí y quiero aprovechar.

–Claro. Cuídate, Lucía. Te quiero mucho.

Lucía cortó la comunicación. Había sido muy brusca, y la dulzura con la que la japonesa se despidió no hizo sino acrecentar su enfado. Se le quitaron las ganas de seguir recorriendo la ciudad y volvió al hotel para meterse en la cama a rumiar todo aquello. Sentía rabia porque Maki se metiera en su vida, por hacer resurgir de nuevo la desconfianza hacia Adam y por tener un nuevo motivo de preocupación. Culpaba a su amiga de todo eso, pero al mismo tiempo se sentía mal por haberla hablado de esa forma, por enfadarse con su única amiga en aquel país.

Horas después, por fin tuvo noticias de Adam. La aplicación de chat sonó con el tono exclusivo dedicado a su chico, y ella se abalanzó de cabeza a por el móvil. Para su frustración, lo único que decía aquel mensaje era que no le esperara despierta.

Desvelada y harta de estar sola, tomó una decisión. Salió de la cama dispuesta a conocer la noche en la ciudad del pecado. «Si no puedo hacerlo con Adam, lo haré yo sola», se dijo. Tras darse una ducha y secarse el pelo, se embutió en uno de sus trajes de fiesta. No uno de los tantos que le había regalado Adam, sino que sin saber muy bien por qué, eligió aquel vestido de gala negro que se trajo desde España soñando con una oportunidad de lucirlo algún día entre las estrellas del cine americano. Una sonrisa amarga le afloró a los labios. Nunca hubiera creído que las cosas se iban a desarrollar así, que ahora tendría una colección de trajes de noche que hacían vulgar a su otrora preciado vestido, y sin embargo eso no la había hecho más feliz. Tuvo momentos pletóricos, pero en el fondo de ella misma sentía un vacío profundo. Lo apartó a un lado y sacó el neceser de maquillaje.

«Voy a arrasar esta ciudad», le dijo desafiante al espejo, pinturas de guerra en mano.

Media hora después daba el visto bueno al resultado. Parecía una de aquellas mujeres glamurosas que salían en las películas jugándolo todo al número siete. Agarró el bolso y salió de allí con un sentimiento de satisfacción.

Dos horas después estaba en su salsa. Un señor muy amable le había explicado las reglas básicas del *blackjack* y la ayudaba a manejarse con las cartas. Las manos del crupier parecían estar de su parte: había ganado un par de veces y empezaba a cogerle el gustillo. También ayudaba que las camareras ofrecieran constantemente algo de beber. Era una de las reglas de oro en Las Vegas. Si juegas, no pagas la bebida. Y ella se dejaba invitar mientras reía divertida y todas las preocupaciones se disipaban como por arte de magia.

Cuando la suerte del principiante pareció retirarse de su lado, cambió de juego y de casino. En el Luxor, el hotel casino con forma de pirámide, se pasó a la ruleta. Hasta entonces nunca había jugado ni a las quinielas, pero nada de aquello parecía entrañar mucha dificultad. Estaba diseñado para que cualquiera pudiera iniciarse y dejarse seducir con rapidez. Aquí también surgieron de la nada hombres dispuestos a asesorarla: en unos minutos estaba rodeada. Escogía sus números y colocaba las fichas en el tapete, que el crupier retiraba casi invariablemente, pero volvía a intentarlo mientras se dejaba agasajar por sus contrincantes y observaba hipnotizada cómo los números y los colores –rojo, negro, blanco, verde– se confundían en la velocidad para ir deteniéndose poco a poco hasta recalar en la casilla ganadora. Cuando menos lo esperaba, la bola se paró en el número que había elegido. Saltó de alegría y amasó con mirada codiciosa las fichas del resto de jugadores. Enturbiada por el alcohol y el subidón de sentirse ganadora, estuvo tentada de continuar, pero un momentáneo arrebato de sensatez la decidió a retirarse. Canjeó sus fichas por dólares antes de que la tentación o alguno de sus nuevos amigos la hicieran cambiar de idea y se dispuso a volver a su flamante cama XXL, satisfecha con lo que el azar le había deparado.

Pero el destino, jugador caprichoso donde los haya, no había acabado con ella por esa noche. Recorrió aquel megaresort de vuelta a su hotel admirando los detalles del antiguo Egipto en cada rincón, hasta que se dijo que no aguantaba más el dolor de pies. Llevaba horas subida a esos zapatos nuevos y la cosa comenzaba a resultar intolerable.

Avistó unos sofás en un espacio retirado donde la luz se hacía mucho más tenue, y se acercó para descalzarse y descansar un rato. Estaba a punto de llegar cuando sintió que el suelo se le derrumbaba bajo los pies. Ya no sentía dolor en ellos, sino en el estómago, una punzada que la atravesaba como si le hubieran clavado un puñal de lado a lado. Que era precisamente lo que había ocurrido. Porque en uno de aquellos sofás estaba Adam, su Adam, muy bien acompañado por dos tipas espectaculares. Una de ellas estaba sentada en sus piernas y la otra pegada a su lado, acariciándole el pelo. Los tres reían divertidos con alguna ocurrencia, copas de champán en mano.

Se encontraba en penumbra, a unos metros de ellos, que tenían pinta de estar pasándoselo demasiado bien para reparar en su presencia. Observó cómo una de ellas acercaba sus labios inyectados de bótox a los de Adam, y cómo él abría la boca respondiendo. Se enredaron como dos cobras mientras la otra acariciaba su pecho mimosamente reclamando atención.

Cuando comprendió que no había confusión posible, echó a correr olvidando cualquier dolor. Necesitaba poner tierra de por medio, toda la que fuera capaz. Salió del casino y siguió corriendo y corriendo sin parar, tan rápido como los tacones le permitían, trastabillando aquí y allá. Ella, que siempre se burlaba de los *runners* por ir a toda leche sin que nadie les persiguiera. Pero no tenía su forma física, de modo que a los pocos minutos el acaloramiento y la extenuación la obligaron a ralentizar el paso, y con él también los pensamientos. Recordó todo lo que sabía de Adam, todo lo que no había querido ver para aferrarse a su relación de ensueño. De fantasía.

−¿Problemas de juego, dijo Maki? ¡Ese imbécil lo que tiene es un puto problema con su pequeña, fea y retorcida picha!

Esa era una de las estrategias de Sonia. Cuando un tío hacía daño a cualquiera de ellas, se metía con su pene de todas las formas posibles. Y conseguía que su amiga acabara riéndose. Pero a ella no le funcionó, no hacía que se sintiera mejor.

Siguió deambulando por las calles hasta que la furia y la humillación se fueron aplacando, permitiendo asomar a la tristeza y con ella, a unos lagrimones que no parecían tener fin. Miró a su alrededor. No sabía dónde estaba, pero aquella calle oscura en nada se parecía a la flamante «franja» que había dejado atrás, cuyas luces de todos los colores aún se adivinaban a sus espaldas.

Capítulo 28

La ruleta del destino

–No deberías andar por aquí vestida de esa forma – escuchó una voz. Al girarse, vio a una chica de su edad. Llevaba un pañuelo verde a modo de cintillo que dejaba ver un cabello rubio y ondulado hasta la cintura. Un ancho pantalón color violeta, una camiseta amarilla de tirantes cruzados con el símbolo de la paz y unas sandalias de cuero completaban su sencillo atuendo.

–¿Ah, no? –Lucía la miró desafiante mientras se limpiaba el sudor de la cara con el dorso de la mano. No estaba para consejitos.

–Cualquiera estaría encantado de atracarte. O algo peor.

Como para reforzar sus palabras un vagabundo que pasaba arrastrando los pies se la quedó mirando con lascivia. Se paró por un momento, pero al ver que la otra chica le observaba fijamente, reanudó su camino.

–Supongo que tienes razón –asintió, apoyándose en la pared y dejándose caer a su lado.

–Te estropearás el vestido.

Lucía se encogió de hombros mientras se descalzaba y asentaba los machacados pies en el suelo frío y sucio.

—A ver si acierto… Lo has perdido todo en un casino
—aventuró la chica.

—Algo así.

—Pues te equivocas. Mientras conserves tu dignidad,
no todo está perdido —filosofó mientras se liaba un cigarrillo con mucha calma.

—Mi dignidad, ¿dices?

—Exacto. Aunque para eso tendrás que lavarte la
cara, porque con esos churretones de maquillaje y ese
rímel corrido pareces una zombi borracha recién sacada
de alguna fiesta de Halloween.

Lucía levantó la comisura del labio en una sonrisa
triste.

—Además, ya sabes la máxima —continuó la desconocida—. Lo que pasa en Las Vegas, queda en Las Vegas.

—Una mierda va a quedar en Las Vegas. Lo que puede quedarse aquí para siempre es ese maldito gilipollas.

La chica alzó una ceja. Luego, sin inmutarse, le pasó
a Lucía el cigarrillo que acababa de prepararse, se lo
encendió y comenzó a liarse otro para ella.

Y Lucía, sin saber cómo ni por qué, aspiró hondo el
humo, tosió, volvió a aspirar, y le contó toda su historia
con Adam. De principio a fin. Ignorando que, al hacerlo, ponía en funcionamiento la ruleta que estaba a punto
de cambiar de nuevo su destino.

Capítulo 29

Una vagamunda

–Tú decides, yo salgo en un rato.

Comenzaba a amanecer cuando Jane pronunció estas palabras. Habían pasado las últimas horas de la noche hablando, primero en aquel callejón lóbrego y más tarde en un bar tomando café. Litros y litros de café.

–Pero tendría que recoger mis cosas… La maleta que tengo aquí, y todo lo que está en el apartamento de Adam.

–Bah, no te preocupes. Yo puedo dejarte algo. Apuesto a que tu equipaje no es el más adecuado para ir de ruta. Unos cuantos vestidos de fiesta, otros tantos tacones de infarto y potingues de todo tipo. –Sonrió al ver por la expresión de Lucía que había dado en el clavo–. No te hará falta nada de eso. En cuanto a lo que hayas dejado en Los Ángeles, si de verdad ves que lo necesitas, puedes recogerlo más adelante. Lo que importa eres tú; la mochila cuanto más vacía vaya, mejor.

–De acuerdo. Voy contigo –dijo en un arrebato, y al instante sintió un alivio enorme.

Las dos chicas recorrieron varias calles hasta que llegaron a un destartalado edificio de más de diez pisos.

–¿No hay ascensor? –gimió Lucía, ya desde hacía rato con los tacones en la mano.

–Tranquila, solo es el quinto.

La miró de reojo para ver si bromeaba, pero ella ya había comenzado a subir. Resignada, la siguió.

A los pocos minutos llegaron a un apartamento. Jane tan fresca y ella jadeando como una perra.

–¿Diego? ¿Diego, estás en casa?

Un chico moreno y robusto apareció tras la puerta de la única habitación.

–Hola, Jane. –Al ver a Lucía alzó las cejas en gesto de sorpresa.

–Mira, ella es Lucía. Se viene conmigo a Death Valley. El Valle de la Muerte –dijo con entusiasmo en la mirada.

–Vaya, me alegro. La compañía nunca viene mal en un sitio así –bromeó él.

Diego era guatemalteco y trabajaba como portaequipajes en uno de los hoteles casino. Llevaba tres años viviendo en Las Vegas tras un periplo por varias ciudades del sur estadounidense. Mientras Jane se duchaba le ofreció un sándwich a Lucía y le contó su historia. Su peregrinaje desde que subió a una balsa construida con neumáticos de tractor en una ciudad fronteriza de su país natal, el camino a pie para evitar los controles a la entrada de México, las horas transcurridas en el techo de la Bestia, el peligroso tren de carga que atravesaba México y que miles de emigrantes esperanzados utilizaban en ese afán por alcanzar el sueño americano, el enfrentamiento con un «coyote» que trató de engañarle ya a las puertas de la frontera estadounidense y por fin el paso a través de uno de los túneles hasta lograr pisar el suelo de Arizona.

A esas alturas a Lucía se le habían puesto los pelos de punta varias veces.

–Nunca imaginé que pudiera ser tan duro –confesó, algo avergonzada al recordar cómo se había quejado por la avalancha de trámites burocráticos que tuvo que hacer para poder entrar en Estados Unidos.

–Cuando consigues cruzar te sientes eufórico –reconoció Diego–. Sientes que has hecho realidad tu sueño y que todos los suplicios han valido la pena. Y piensas que a partir de entonces todo será diferente, que un mundo de posibilidades se abre ante ti. Pero lo que viene después tampoco es fácil. Eres un ilegal y si te pillan te deportarán y volverás a la casilla de inicio. Solamente de pensar en enfrentar de nuevo todo eso, se me metió un miedo en el cuerpo que me caló hasta el tuétano. Vivía aterrorizado. Hay quien vuelve a intentarlo, pero yo no sé si tendría la fuerza suficiente.

Al ver la expresión de Lucía, Diego se frenó en su desahogo.

–Pero qué tonto soy. No has venido aquí para que te angustie con mis historias. Lo importante es que lo conseguí, y ahora tengo un trabajo que me permite enviar dinero a mi familia todos los meses.

Lucía sonrió, sin saber qué más decir.

–Sé que soy muy afortunado –continuó él–. Muchos se quedan en el camino, y yo he logrado lo que quería. Quizá no sea tan bonito como nos lo pintaban las mafias o las pelis de Hollywood, pero soy libre, me mantengo a mí mismo y ayudo a los míos. Gracias a este dinero, mi hermana pequeña está estudiando Derecho. Es muy lista y estoy seguro de que será una abogada brillante. Ganará pasta por un tubo y nadie más en mi familia tendrá que enfrentarse a la miseria que yo he visto en el camino. –En sus ojos había un brillo especial que la conmovió.

–Estoy segura de que es una chica estupenda.

–Lo es –afirmó Diego con expresión de nostalgia, y Lucía notó cómo se esforzaba por contener las lágrimas.

–¿Y cómo conociste a Jane? –Cambió de tema.

–¿A Jane? Cuando llegó a casa, la semana pasada –dijo Diego con naturalidad, reponiéndose.

Lucía le miró perpleja.

–¿Cómo?

–¿Es que no te lo ha contado? ¿Pero se puede saber de qué os conocéis vosotras?

–La verdad es que no la había visto nunca hasta hoy. Y prácticamente solo he hablado yo, así que no sé mucho de ella… –dijo ruborizándose. Cayó en la cuenta de que en realidad no sabía nada. Nada de nada. ¿Estaba a punto de cometer otra de sus locuras? ¿Y si era una delincuente, una psicópata, o quién sabe qué otra cosa?

La voz grave de Diego interrumpió la deriva de sus pensamientos.

–Entonces los dos la acabamos de conocer.

–¿En serio? ¿Y la has metido en tu casa?

–Bueno, tú te vas de viaje con ella, ¿no? No sé qué es peor –dijo Diego.

Lucía le miró con un rictus de preocupación, pero se dio cuenta de que él sonreía en un gesto de burla y de repente le entró la risa floja. Sería el cansancio o lo absurdo de las circunstancias, o quizá que toda la tensión acumulada necesitaba una puerta de salida. Pero esa risa fresca y tontorrona se apoderó de ella y acabó contagiando a Diego. Sin saber muy bien cómo, los dos estallaron en unas carcajadas que no podían parar.

Cuando el ataque de risa fue remitiendo, él se limpió una lágrima con el dorso de la mano.

–Lo mío tiene explicación –dijo, aún con una sonrisa de oreja a oreja–. A veces acojo a gente que está viajando. Las Vegas es un destino que todo el mundo quiere conocer. Hace un tiempo me sentía muy solo y se me ocurrió crear un perfil de *Couchsurfing* para tener compañía de vez en cuando.

—¿*Couch* qué?

—Es una especie de red social. Algo así como navegar de sofá en sofá. Para viajeros de alma libre. Dejas dormir a alguien en tu casa durante unos días, y luego sigue su camino.

—Vaya, me habría ahorrado mucho de haberlo conocido antes.

—No es una cuestión de dinero. Al menos no es esa la filosofía. Se trata de conocer el lugar de la mano de alguien que viva allí, y a la vez la persona que se hospeda le da algo al que le acoge.

—Ya decía yo. No hay nada gratis.

—Digamos que es un intercambio. A veces el que llega prepara una comida tradicional de su tierra de origen, o se invita a algo, o simplemente te cuenta su historia personal. Solo eso enriquece mucho más que unos cuántos dólares, te lo aseguro.

Lucía asintió, comprendiendo al fin.

—Como tú acabas de hacer conmigo.

—Algo así —sonrió Diego.

—¿Y has recibido a mucha gente?

—Al principio, sí. Nada más crear el perfil empezaron a llegarme peticiones de hospedaje por decenas. Pero después vi que era imposible acogerlos a todos y yo tampoco tengo demasiado tiempo. Los turnos de trabajo en el hotel son agotadores. Así que fui seleccionando a las personas con las que me sentía más identificado.

—Y Jane fue una de las elegidas.

—Cuando alguien me llama la atención acepto que se quede en mi casa por unos días. Leí su perfil y me gustó lo que contaba. Tiene la mente muy abierta, le encanta conocer gente y absorber todo lo que pueda sobre otras culturas y lugares. Lo que yo llamo una vagamunda. – Sonrió–. Y aunque es vegana y con un rollo un tanto peculiar, respeta a todo el mundo siempre que la respeten a ella también. Eso es lo mejor de compartir casa por unos días, que las dos personas aprendemos con lo que la otra nos da. Incluso me ha enseñado a cocinar algún plato vegano, y están mejor de lo que pensaba.

Le observó con atención, cada vez más admirada. Diego era un tipo de su edad, puede que incluso más joven, pero ya se había cruzado un continente sin más medios que sus propios pies, había pasado por todo tipo de padecimientos y le había visto la cara a la muerte. Y en lugar de achantarse, seguía adelante aprovechando lo que la vida le daba y ofreciendo él lo poco de lo que disponía. Sin borrar la sonrisa.

En ese momento Jane salió del baño con el pelo mojado.

–Eh, yo también quiero un bocata de esos –dijo mientras se sentaba a la mesa junto a ellos y sacaba un par de rebanadas de la bolsa–. Lucía, busca en mi mochila y coge lo que quieras. Nos ponemos en ruta ya mismo, y con ese vestido no llegarás muy lejos.

Tercera Parte

UNA RUTA Y UN DESTINO

Capítulo 1

Alguien a quien cuidar

Lucía se llenaba los pulmones con la brisa que entraba por la ventanilla de la destartalada Chevrolet *pick up*. El paisaje desértico se sucedía ante sus ojos a ambos lados de una asfaltada recta infinita. De fondo, en un viejo casete sonaba la banda sonora de una película del Oeste que contribuía a generar un clima casi mágico. Cerró los ojos y recordó al aventurero Marcos. «Estas cosas son las que valen la pena», le habría dicho, «los pedacitos de la leyenda personal que hacen el camino interesante, que hay que agarrar al vuelo cuando se presentan y aspirarlos todo lo fuerte que se pueda».

Se dijo que con Adam no había llegado a ser realmente feliz. Sí, había vivido cosas que no se habría atrevido ni a soñar y que de alguna forma la habían embriagado. Pero la serenidad que colmaba ahora su ser nunca la había alcanzado en el enloquecido Hollywood. Lo que sentía era algo casi físico. Inspirando profundamente, se sintió agradecida por todas las oportunidades que se le habían ido presentando en el camino y se propuso disfrutar de las que estuvieran por venir.

***

En poco más de dos horas se encontraban a las puertas del parque nacional de Death Valley. La temperatura agradable de primera hora había dado paso a un calor sofocante y el aire tórrido que penetraba por las ventanas no ayudaba precisamente a paliarlo.

—Hay que repostar —anunció Jane al vislumbrar una gasolinera a lo lejos—. Podemos tomar un café y así nos despejamos.

—Que sea con hielo —dijo Lucía mientras se pasaba el dorso de la mano por la frente perlada de sudor.

—¿Así estamos? Pues no te queda nada. —Sonrió divertida su nueva compañera de viaje, tan fresca como una lechuga.

El restaurante anexo a la gasolinera era enorme, como casi todo en aquel país. Estaba preparado para acoger a cientos de personas en ruta hacia el célebre parque, aunque un día laborable y a aquellas horas, se presentaba prácticamente vacío.

—Me encanta tu coche —le confesó Lucía, ya con el vaso gigante de café en la mano— me recuerda a los de las películas antiguas.

—Siempre había querido tener una *pick up*, aunque la verdad es que se cae a cachos. La compré en Chicago por un precio ridículo. Con un poco de suerte aguantará hasta el final del viaje y podré venderla sin perder pasta.

—¿Vives en Chicago?

—En realidad soy de Tallahassee.

—¿Dónde está eso?

—Es la capital de Florida —precisó Jane con gesto ofendido. «¿Cómo puede alguien no conocer Tallahassee?», pensó para sus adentros.

—Vaya, no tenía ni idea. Suena a pueblo pequeño, de esos coloniales de la América profunda.

Ella la miró arqueando una ceja.

—¿Sabes cómo te digo? —continuó Lucía—. Con su avenida llena de tabernas y calles de chalés de madera con porches ajardinados.

Jane no pudo evitar reírse.

—Tú has visto muchas películas, ¿verdad?

Lucía alzó los hombros en un gesto simpático.

—La verdad es que significa «pueblo viejo» en la lengua de nuestros ancestros apalaches —admitió Jane—, pero hace ya mucho de aquello. De hecho fue territorio español hasta el siglo XIX.

Silbó asombrada.

—¿En qué estaría pensando durante mis clases de Historia en el instituto?

—En algún adolescente con granos, seguramente.

Ambas rieron, pero Lucía cambió rápidamente de tema. Había dado en el clavo, por supuesto.

—Entonces vas a recorrer el país de lado a lado.

—Me pareció que si iba a hacer la Ruta 66 lo mejor era empezar desde el principio. Así que tomé un avión hasta Chicago y allí compré el coche. Luego me he ido desviando según me ha apetecido, y también según donde me iba acogiendo gente para pasar la noche. Con Diego tuve suerte, es un chico estupendo y no tenía prisa, así que me quedé varios días y pude conocer bien Las Vegas, descansar de tanta carretera y recargar las pilas.

—¿Siempre haces eso? ¿Te quedas en la casa del primer desconocido que aparezca?

—Bueno, solo se lo pido a la gente que me da buen rollo. Hay todo un sistema de garantías en esas aplicaciones, ¿sabes? Además, parto de la base de que la mayoría somos buenas personas. No he tenido ni una mala experiencia. Pero no siempre hay alguien a tiro.

—¿Y entonces qué haces?

–A veces hago noche en algún motel de carretera, pero procuro evitarlo. Con el gasto de gasolina no me da para mucho más. Así que busco un camping y monto la tienda, y si tampoco lo encuentro, paro en un sitio más o menos seguro y duermo en el coche.

Lucía hizo una mueca de admiración.

–Eres una valiente.

–Más bien una superviviente.

–Oye, pero nosotras no dormiremos en un motel de esos, ¿no? Me dan miedo las cucarachas.

Jane se echó a reír.

–Vamos a un parque nacional, dormiremos en el campo.

–Ah, vale –Lucía sonrió emocionada.

Aquello le recordaba a sus vacaciones de infancia, cuando sus padres les llevaban a su hermano y a ella a un camping de Cádiz a pasar una semana de agosto. En su casa tampoco sobraba el dinero y esa era la única forma de poder disfrutar de unos días de playa. Su madre cocinaba pasta en el hornillo de gas que llevaban con ellos y cenaban bocata todas las noches. Excepto la última, que se iban al bar del camping y su padre pedía pinchitos morunos para todos. Y se bebía un par de cervezas saboreándolas como si fueran un manjar de dioses, aunque a ellos no les dejaba probar ni un sorbo. Después se metían todos en la tienda familiar, les contaba una historia de terror con la linterna alumbrándole la cara y al acabar les abrazaba fuerte. Así se quedaban dormidos los cuatro, hasta que la luz del día siguiente les despertaba. Un baño corriendo antes de desayunar, y después, a recogerlo todo y a ponerse en camino de vuelta a casa.

Le contó todo eso a Jane, reviviéndolo con un brillo en los ojos, pero en los de su nueva amiga vio por primera vez un fondo de tristeza.

—¿Qué hay de tu familia? —le preguntó.

—No tengo.

—Lo… lo siento.

«Ya está. Ya he vuelto a meter la pata. Es que soy especialista».

Jane se dio cuenta de su apuro. Más que nada, porque se había puesto roja como una granada.

—Tranquila, no podías saberlo. Nunca conocí a mi padre y mi madre nos dejó hace unos años.

—¿Nos?

—A mí y a mi hermano.

—Pero entonces…

Jane le hizo un gesto para que no la interrumpiera.

—Mi hermano tenía una enfermedad degenerativa de esas que llaman «enfermedades raras». O lo que es lo mismo, que como no las tiene mucha gente no son rentables de investigar. Deberían llamarlas «enfermedades no rentables», ¿sabes? Al menos sería más honesto.

La amargura se había colado en la voz y en el rostro de su compañera de viaje.

—¿Qué pasó? —preguntó Lucía con timidez, sin saber muy bien si era mejor callarse o animarla a hablar.

Pero Jane llevaba mucho tiempo viajando sola, y hacía mucho que no hablaba de una herida que aún estaba por cicatrizar. Así que, una vez levantada la barrera de contención, lo soltó todo.

Su madre tenía períodos depresivos muy intensos, que trataba de combatir dándole a la botella, lo que no hacía sino empeorar la situación. En las épocas en las que estaba bien, podía ser la mujer más dulce del mundo, pero después caía en la desidia y no era capaz de cuidar ni de ella misma. Así que Jane se encargaba de todo desde muy pequeña. Pero a medida que los años pasaban, el alcoholismo se agravaba y con él los problemas mentales de su madre. Hasta que un día, al volver a casa, Jane se encontró una nota de despedida en el vestíbulo. En ella su madre le pedía que por favor no subiera a su habitación, que no abriera la puerta, pero ella se abalanzó escaleras arriba. No podía creer que aquella pesadilla se hubiera colado en su vida. Necesitaba comprobarlo, despertar y confirmar que nada de eso era cierto, que había una explicación para todo. Pero no la había. Su madre no había aguantado más. Se había pegado un tiro con la escopeta que tenían para defenderse de los intrusos.

Lucía se llevó la mano a la boca, horrorizada. Jane la miró de reojo mientras conducía, atenta a la carretera a pesar de la historia.

–Aunque viviera cien años, jamás podría olvidar la imagen de su cerebro desparramado en la cama en la que la acosté tantas veces. Se me cuela cada noche en sueños con tanta nitidez como si fuera aquel día.

–Nadie debería tener que pasar por eso –se atrevió a decir.

–Tienes razón. Pero la vida no es fácil para nadie. Cada uno arrastramos nuestro drama particular, ¿no es cierto? Mira Diego.

Lucía asintió. Se preguntó cuál era el suyo. Los tenía, claro, pero en comparación con los de sus nuevos amigos se le antojaban ridículos. Hasta que puso un pie en Estados Unidos nunca se paró a reflexionar sobre lo afortunada que era. Siempre pensaba en quienes tenían más que ella. En las famosas espectaculares de las revistas, en los actores de Hollywood a quienes tanto admiraba, o en por qué no podría su padre haber fundado un imperio como el de Zara en lugar de conformarse con heredar aquella ferretería cochambrosa de su abuelo.

Volvió a pensar en la vida de Jane, que se había quedado callada y tenía la vista puesta en la línea del horizonte. La carretera era una larga y fina raya oscura que se perdía en ella. Había dicho que no tenía familia, pero mencionó un hermano con una enfermedad. Casi no se atrevía a seguir preguntando.

—Estás pensando en qué fue de mi hermano, ¿verdad?

Asintió.

—La muerte de mi madre coincidió con el comienzo del deterioro en mi hermano, de modo que me tuve que hacer cargo de él. Al principio no necesitaba mucha atención, pero la enfermedad avanzaba rápido y de forma imprevisible. Un día necesitaba muletas y al día siguiente ya solo podía desplazarse en una silla de ruedas. Como dejé el trabajo, tampoco tenía derecho al seguro médico ni podía pagar uno, y solo recibíamos una ayuda minúscula del gobierno que nos daba poco más que para pagar las facturas. La situación se prolongó durante seis años, en los que tuve que ver cómo cada vez sus capacidades se iban degradando. Hasta que no hubo nada más que hacer por él. Ya estaba postrado en cama y sin poder comunicarse. Y un día, simplemente no se despertó.

—Lo siento —repitió Lucía, y lo decía de verdad. No sabía si sentía más rabia o tristeza. Le parecía que la vida era muy injusta.

—Gracias. Durante unos días me dediqué a hacer todos los trámites para darle un entierro lo más digno posible y arreglar el papeleo. Después, cuando no tuve nada más que hacer, me senté en el sofá de mi casa y me di cuenta de que ni siquiera había llorado. Me había quedado vacía por dentro, y lo peor era que no sabía qué era lo que tenía que hacer a continuación. Nunca me había sentido más perdida.

—No me extraña.

—Poco a poco me fui dando cuenta de que no había hecho otra cosa en mi vida que cuidar de mi familia. Y ahora no tenía a nadie a quien cuidar. Entré en una depresión profunda durante meses, e incluso temí acabar como mi madre. Pero un día desperté y me di cuenta de que sí tenía alguien a quien cuidar.

–Tú misma –se le adelantó Lucía.

Jane asintió.

–Me compré un cuaderno, apunté todas las cosas que me gustaría hacer antes de morir y me dispuse a irlas tachando hasta donde llegara.

–Y la Ruta 66 era una de ellas.

–Como cualquier otro norteamericano –reconoció Jane sonriendo–. Vosotros los españoles queréis hacer el Camino de Santiago y nosotros los yanquis la Ruta 66. Ya sabes… que no nos quiten las cuatro ruedas bajo nuestros pies.

Lucía cabeceó en señal de comprensión.

–Pero, ¿por qué elegiste el Death Valley? Suena tan tétrico…

Por un momento pensó que fuera el sitio que Jane hubiera elegido para morir. Un estremecimiento le recorrió la espina dorsal, pero se quitó la idea de la cabeza. Aquella chica rebosaba vitalidad, no podía tener nada que ver con lo que le acababa de contar, ¿no? ¿No?

–¿Tétrico? –contestó Jane–. Vale que puede resultar algo inhóspito, incluso peligroso si te pierdes, pero tétrico, no. Es de todo menos eso. En un rato lo entenderás.

–De acuerdo.

Jane la miró por el rabillo del ojo. Una vez más, pareció leerle el pensamiento.

–No entra en mis planes dejarme picar por una serpiente de cascabel.

–¿No me digas que hay de esas donde vamos?

–Tranquila, el camping está bien protegido. Por si acaso, no salgas de la tienda de noche –bromeó, divertida ante la expresión de terror de la española.

–¿Y si tengo que hacer pis?

–Tendrás que valorarlo por ti misma.

–Me meo encima, está claro.

Jane estalló en una carcajada. Después se puso seria de nuevo.

–La vida no es fácil, pero si sabes mirar bien, es capaz de ofrecerte muchos tesoros. Ya que tenemos que lidiar con el sufrimiento, al menos no dejemos escapar las cosas buenas que nos regala.

–Estoy de acuerdo –dijo Lucía. Solo habían pasado unas horas, pero el recuerdo de Adam y sus mentiras le parecía algo muy lejano.

Capítulo 2

Perderse del todo

Tras dejar pasar las horas más calurosas, que por aquella época del año y en aquel lugar superaban con facilidad los cuarenta grados, se internaron en el parque e iniciaron una ruta a pie provistas de sombreros, una cantimplora y un bote de protección solar, todo ello extraído de la parte trasera de la *pick up*. El calor era abrasador, pero a Jane parecía no importarle. Mapa en mano, caminaba decidida mientras Lucía trataba de seguirla, contemplando las áridas montañas con surcos de tonalidades diferentes en un paisaje tan cruel como bello.

—Ya sé por qué le llaman Valle de la Muerte. —Suspiró a la vez que pegaba unas cuantas zancadas para alcanzar a su acompañante, quien no daba tregua.

—Bah, no es para tanto. Recuerda que para apreciar algo, debe haberte costado conseguirlo.

—Pero… ¿tanto? Me está sudando hasta el alma —se quejó con una mueca, sin querer reconocer cuánto estaba disfrutando con aquella visión. Solo lamentaba que la cámara de fotos se hubiera quedado en el hotel de Las Vegas.

—Sigue andando, quejica.

Lucía exhaló un nuevo respiro de resignación y continuó.

Al poco alcanzaron un punto donde algún otro viajero temerario había logrado llegar antes, como así atestiguaba un cartel. En él podía leerse *Artist's Palette*.

—¿La paleta del artista? ¿Es que alguien se atrevió a venir aquí a colorear?

—Sí. La madre naturaleza —contestó Jane con expresión burlona y misteriosa, aligerando el paso para llegar cuanto antes.

Lo que vio Lucía un momento después acalló de golpe todos sus lamentos. Un espectacular paisaje rocoso de los más diversos colores se presentaba ante sus ojos. Nunca había presenciado nada igual. Se dejó caer en el suelo y se quedó allí, embelesada, mientras Jane daba un largo trago a la cantimplora con gesto de satisfacción y se sentaba a su lado.

—¿Qué? ¿Bonito?

—Es increíble —susurró Lucía, como si incluso levantar la voz fuera un ultraje en ese lugar—. ¿Pero cómo...?

—Por la oxidación de los metales —explicó Jane—. El rojo y el amarillo provienen de las sales de hierro y el color púrpura del manganeso. ¿Lo ves, allí?

—¿Y el verde? En este desierto es el color que menos esperaba encontrar.

Jane rio divertida.

—Por la descomposición de la mica.

Lucía alzó una ceja en señal de interrogación.

—¿Qué es lo que no entiendes, lo de la mica? Es un mineral filosilicato.

—Mucho más claro ahora —soltó Lucía, y ambas estallaron en una carcajada.

—Pero ¿tú cómo sabes todo eso? —dijo después—, ¿te has aprendido a fondo la guía, o qué?

–Qué va, lo estudié en la carrera. Soy geóloga.

Lucía pegó un silbido, impresionada.

–Y una caja de sorpresas.

–Venga, en marcha. Nos hemos ganado un premio.

–Eso va sonando mejor –se levantó y correteó al lado de su nueva amiga.

Ya de vuelta al coche, Jane siguió las indicaciones hasta un camping, dentro del cual una flamante piscina las estaba esperando.

–Pero si no tengo bañador…

–Tírate en bolas.

Ante la mirada de pasmo de Lucía, Jane soltó una risotada.

–Es broma, puedes comprarte uno. Allí hay una tienda –señaló en dirección a un negocio con unos letreros en madera que trataban de mimetizarse con el entorno.

–Pues no es tan inhóspito este sitio como parece.

–Chica, esto es Estados Unidos. Estaremos en mitad del desierto más yermo, pero apuesto a que no falta ni la wifi.

Lucía fue decidida a hacerse con un bikini y se zambulló sin dilación. Buceó, nadó y chapoteó junto a Jane, hasta que, agotada y fresca, se dejó caer en una de las tumbonas. Estaban estratégicamente colocadas, y desde ellas podía admirarse la inmensidad de aquellas montañas desérticas que las rodeaban por los cuatro costados. Inspiró y cerró los ojos. De Hollywood a Las Vegas, y de allí a la nada. Sin luces de neón, ni fresas con champán ni artificios de ningún tipo. Solo ella, una desconocida y la grandeza de la madre tierra. No tenía ni idea de hacia dónde iba ni de lo que le depararía el día siguiente, pero tampoco tenía prisas por saberlo. Simplemente, sentía que todo estaba bien. Entonces se acordó de aquello que le dijo a un lejano Marcos en lo que parecía una vida anterior: dejarse llevar. Sí, desde luego eso era lo que estaba haciendo. Maki le había dicho que había viajado hasta allí para encontrarse. Quizá fuese cierto. Quizá una necesitara perderse del todo para poder encontrarse después.

Capítulo 3

Esto son estrellas

–¿De verdad vamos a dormir en el suelo?

–Bueno, no estrictamente. Sobre una colchoneta.

–¿A esto le llamas tú colchoneta? –Lucía señalaba una esterilla de gomaespuma que difícilmente llegaría al centímetro de grosor.

–Sí, y es estupenda. Lo mismo sirve para dormir que para hacer el saludo al sol al amanecer.

–¿El qué?

–Pero bueno, ¿es que nunca has hecho yoga?

–¿Eso no es para los raritos?

Jane llevó la mirada al cielo como clamando explicaciones divinas.

–¿Sabes lo que es una rarita? Una que no sabe ni cuál es la capital de Florida.

–Eh, no me vaciles. Apuesto a que tú no sabes dónde está Cáceres.

–¿Eso qué es?

–Da igual, déjalo.

–Y de todas formas, ¿tú no decías que habías hecho camping con tu familia?

–Llevábamos un colchón inflable –admitió Lucía.

–Pues esto es mucho mejor para la espalda.

–¿Y la tienda? Me picarán los mosquitos…

–¿Sabes que aquí el sol sale a las cinco de la mañana?

–Eso debería estar prohibido.

–¿De verdad quieres meterte en una tienda para despertarte asfixiada cuando empiece a calentar?

–Al menos no me pegará directamente en los ojos.

–Anda, túmbate y mira las estrellas. Estoy segura de que no has visto un espectáculo más fascinante en toda tu vida.

–Si tú lo dices…

Para Lucía, un espectáculo era lo que vio ella en el Circo del Sol cuando sus amigas le regalaron entradas al cumplir los veinticinco, o aquella gala de los Oscar de la que ahora guardaba un recuerdo ambivalente. No estar panza arriba mirando a la nada. Pero una vez más, tuvo que darle la razón a Jane. La sensación que le deparó dormir al raso por primera vez en su vida, sin nada por encima de su cabeza más que el cielo estrellado, fue inigualable. En aquel paraje ninguna luz distorsionaba la panorámica del firmamento y las estrellas brillaban con una intensidad apabullante.

–Esto son estrellas, y no los pedantes que he conocido en Hollywood –dijo extasiada, pero nadie contestó. A su lado, Jane roncaba a pierna suelta con una sonrisa beatífica.

Poco después, ella también caía como un bebé. O aquella esterilla tenía propiedades somníferas, o había acumulado cansancio físico y emocional para sus próximas tres vidas.

Capítulo 4

12 de julio
Death Valley, California, USA

Sigue haciendo un calor terrible, pero lo combatimos a golpe de piscina. Nos levantamos temprano y nos vamos a recorrer el parque, y cuando el sol aprieta volvemos al campamento base para zambullirnos y dejar pasar en remojo las peores horas. Después damos otra vuelta, cenamos, otro chapuzón y a dormir.

Jane ha sido un regalo caído del cielo. Tiene sus cosas, como lo de despertarme para hacer yoga al amanecer –después del dichoso saludo al sol me duermo otras dos horas mientras ella se da la primera caminata– o lo de no poder comerse ni un huevo frito con su rollo del veganismo, pero es buena chica. Además, me ha rescatado. No sé qué habría hecho si ella no hubiera aparecido en aquel callejón.

Hoy hemos estado en Badwater. Es uno de los sitios más famosos del valle, donde un lago enorme se secó hace más de dos mil años. Ahora puedes caminar por él pasando por encima de los cristales de sal. Tú estás ahí, sobre ese suelo como nevado que es el más bajo de toda Norteamérica, a ochenta y seis metros bajo el nivel del mar, y a tu alrededor todas esas montañas coloridas. Pero está a la vez catalogado como el punto más caliente de Estados Unidos. Imagínate: es como si estuvieras en mitad de una enorme pista de hielo, solo que abrasándote.

13 de julio

Esta inmersión en el parque me ha permitido desconectar del todo. Claro, el hecho de irme con las manos vacías también ha ayudado. Ni siquiera llevaba encima el teléfono cuando eché a correr, y la verdad es que me alegro, porque así evito tentaciones. A veces pienso en el imbécil de Adam y la cara que se le quedaría cuando volviese a la habitación del hotel y no me encontrase. Reconozco que me produce una satisfacción un poco maquiavélica imaginarle llamándome y dándose cuenta de que el móvil estaba delante de sus narices y no había forma de saber qué había sido de mí. ¿Habrá atado cabos? ¿Sabrá que le pillé con aquellas dos mujeres? ¿Que sé lo de sus problemas de juego y que me utilizó para largarse a Las Vegas y luego volvió a mentirme con las reuniones de trabajo? Reuniones de trabajo en Las Vegas... es que hay que ser idiota.

Puede que ni siquiera se haya preocupado. Entendió que no iba a volver y siguió a lo suyo, como hizo aquella primera vez que me largué de su apartamento. Ojalá nunca hubiera vuelto. Pero lo que importa es que soy yo la que no voy a desvelarme nunca más por él. Que le zurzan. Un tipo infiel y mentiroso es lo que menos necesito en mi vida. Puede que incluso aquella historia de que tenía saldadas sus deudas fuera otra patraña. Lo que está claro es que estoy mejor sin él. Sin él, ni Ellen, ni nadie de ese mundo superficial. A la única que echo de menos es a Maki. Tengo que contenerme para no buscar un teléfono y contarle lo que pasó, sobre todo después de hablarle tan mal el día que me llamó a Las Vegas. Ella solo quiso advertirme, y yo no estaba preparada para oírla. Pero no voy a correr el riesgo de contactarla. Aunque se preocupe por mí, sé que todo lo que le dijera acabaría llegando a oídos de Adam. Y no quiero que sepa nada de mí. Nunca más. Pero ya basta de hablar de ese imbécil.

Esta mañana estuvimos en Devil's Golf Course. Sí, tal cual: el campo de golf del diablo, vaya nombrecitos que les ponen a estos sitios. Allí todo está lleno de rocas de sal que emergen entre hoyos. El sitio es digno de ver, pero tiene un aspecto fantasmal.

Por la tarde llegamos hasta Mesquite Flat, un paraje de dunas de arena finísima que me suena de un montón de películas; su encanto no les ha pasado desapercibido a los gurús de Hollywood, y han trasladado sus platós hasta aquí para grabar más de una escena. Por ejemplo, parte del planeta Tatooine de *La guerra de las galaxias* se recreó entre estas dunas y cañones. Todo esto lo sé por Jane, que es como un libro abierto. También por algunos turistas que nos encontramos en nuestras excursiones, siempre bien informados, y con los que compartimos un rato de caminata.

Cañones, dunas, lagos y paisajes lunares se disputan el reconocimiento al lugar más increíble. Al verlos pienso que el ser humano nunca podrá igualar con sus construcciones la majestuosidad y la belleza que la propia naturaleza se ha erigido para sí. Pensando en esto, hay una cosa que sigo echando de menos: mi cámara fotográfica. Jane dice que lo que importa es lo que registras con el ojo de verdad, no con el objetivo de una cámara, y quizá tenga razón. Pero con ella también he perdido todas las fotos de los famosos, las de las fiestas de Hollywood, las del innombrable… Solo tengo las que subí a Instagram y a Facebook, donde tampoco he vuelto a entrar. Y aunque parezca increíble, no tengo mono. Ni lo echo de menos. Y es que no cambio nada por mi presente en este sitio. Ni siquiera un millón de Likes en las redes.

Me voy a cenar, que hoy no pienso repetir hierbas de esas de Jane. Me compraré un bocata de fiambre en la tienda del camping. Como que me llamo Lucía.

Capítulo 5

El punto de partida

—¿Y no viste a R2D2 correteando por allí?

Lucía reía al escuchar a Satur.

—No, pero me pareció avistar un jawa observándome escondido tras unas rocas…

—Flipo contigo, tía. No olvides avisarme si te encuentras al guapo de Luke.

—Pero qué tonto estás.

—Bueno, y ¿ahora qué? ¿Qué te queda por hacer para seguir matándome de la envidia?

Estaba sentada en una salita del centro de visitantes charlando con su amigo. Como Jane predijera, efectivamente la wifi no faltaba en aquel lugar.

—Nos vamos mañana, retomaremos el viaje en dirección hacia el oeste.

—¿Vuelves a Los Ángeles?

Esa era justo la pregunta que ella había estado tratando de no hacerse. La idea de enfrentarse a lo que dejó atrás no le apetecía nada, como tampoco volver al punto de partida, donde sentía que poco le quedaba por hacer.

—Supongo que sí, ya sabes que en Santa Mónica es

donde acaba la Ruta 66. Pero antes pararemos en varios sitios, hay mucho que ver.

—Pues disfrútalo a tope. Te dejo, que tengo *spinning* y quiero colocarme en primera fila para no perder detalle de cómo se van poniendo brillantes y resbaladizos los músculos del monitor. Ni cuando a media clase, con ese gesto tan suyo, se abre la cremallera del *maillot*, un poquito, lo justo para que se le vea algo de vello asomando por ese pecho cuadrado...

—¡Calla, calla! Eres un caso. —Rio Lucía—. Ya me extrañaba a mí un interés tan repentino por el deporte. ¡Con la de veces que te dije que nos apuntáramos juntos y pasabas de mí!

—Ya ves. Pues ahora no me pierdo una sesión por nada del mundo, *bambina*. Ni la ducha después en su casa, claro.

—¿Cómo? ¿Te has ligado al monitor, cabronazo? ¿No dijiste que era hetero? ¡No puedes irte sin contarme eso!

—Ja. Que te lo crees tú. Es mi venganza por darme tanta envidia con tu misión California. Alguna te tendré que dar yo a ti, ¿no te parece, guapita?

Bufó bien fuerte para que la escuchara. No cambiaba lo que estaba viviendo por nada, pero... qué demonios, quizá un ratito, justo el del revolcón con ese buenorro...

—Y ya sabes, ¡si te encuentras con Skywalker, ¡no te lo quedes para ti sola! Mi monitor y yo estaremos encantados de acogerle en nuestros brazos.

—¡Ya! Cuando compartas tú conmigo a ese maromo, ¡no te fastidia!

Escuchó las carcajadas de Satur justo antes de cortar la comunicación. Después suspiró y echó un vistazo al reloj del ordenador. Jane estaría pegándose el último chapuzón antes de la cena, y decidió acompañarla. Sería su despedida de aquel mítico lugar.

Capítulo 6

Cruce de caminos

–¿Iremos al Gran Cañón? –preguntó Lucía una vez que se pusieron en marcha.

–Eso cae hacia el otro lado. En serio, tienes que estudiarte la geografía americana si vas a seguir recorriéndola –se burló Jane.

–Me sonaba que no estaba muy lejos de Las Vegas.

–Y no lo está, solo que hacia el otro lado. Fue mi última parada antes de quedarme en casa de Diego. Es sensacional. Tienes que ir. Aunque sea una vez en la vida, deberías ver una puesta de sol allí.

Desde que había emprendido aquel viaje con Jane, y para su pesar, sus pensamientos habían vuelto a Marcos con mucha más frecuencia. Esa joven aventurera le recordaba al chico que se fue a la otra punta del planeta sin más objetivo que conocer mundo y ser feliz por el camino. Y ahora ella le decía exactamente lo mismo. La puesta de sol. La maldita puesta de sol del maldito Gran Cañón. Por qué habría preguntado. Sacudió la cabeza en una tentativa de borrar esos pensamientos. Ya estaba bien de hombres. Ahora solamente quería sentirse libre de todo, y eso los incluía también a ellos.

–La verdad es que estoy en duda. No sé si tirar hacia el sur, al parque nacional de Joshua Tree y de ahí a Los Ángeles, o alargarlo un poco más e ir dirección norte. ¿Tú que dices?

–¿Qué hay hacia el norte?

–El parque de Yosemite.

–¿Dónde vivía el oso Yogui?

–Creo que te refieres a Yellowstone –Jane hizo una mueca fingiendo desesperación.

–¡Eso, Yellowstone! ¿Podemos ir allí?

–Lucía, eso está en el norte, en el estado de Wyoming. A unas veinte horas de aquí. O más.

–Ah. ¿Y qué hay en Yosemite?

–Muchas secuoyas. Y osos. Creo que allí también hay osos.

–¿En serio? ¡Pues vamos a ver osos!

–Preferiría no encontrarme con ninguno. Quiero seguir conservando todos mis miembros.

Ante la cara de desilusión de su amiga, Jane continuó.

–Pero las secuoyas son dignas de ver. Y dicen que ese parque es una pasada.

–Para ser sincera, no me apetece volver a Los Ángeles –confesó Lucía.

–Decidido entonces. Ya sabes que yo tampoco tengo prisa –dijo Jane justo cuando llegaban a un cruce de caminos y ponía la intermitencia para tomar la carretera en dirección a Yosemite–. Vamos a ver esas secuoyas.

Capítulo 7

La mochila vacía

Cuando llegaron al camping del parque, Jane sacó de su *pick up* un par de sacos de dormir, una tienda de campaña, lo necesario para hacer una fogata y un montón de alimentos envasados y enlatados, además de las esterillas a las que tanta manía estaba cogiendo Lucía. Para entonces, el destartalado vehículo le empezaba a recordar al bolso de Mary Poppins. El maletero, cubierto por una persiana bastante precaria, atesoraba todo tipo de útiles de supervivencia.

–Así que aquí estaba la tienda de campaña –se cruzó de brazos Lucía.

–Vamos, no me digas que no se dormía mejor al raso.

–¿Y un saco de dormir mullidito habría venido mal?

–La esterilla es lo mejor para la espalda, ya te lo dije. Y te mantiene conectada a la madre tierra.

–¿Ah, sí? ¡Prueba de tu medicina, a ver qué tal esa espalda! –le dijo entre risas mientras la pegaba con la esterilla enrollada y Jane trataba de huir con todos los enseres a cuestas.

Algo más tarde, ya instaladas y tras haberse comido una buena ración de albóndigas –veganas, claro–, las dos estaban tumbadas admirando el paisaje frondoso de aquel parque, muy diferente del que venían.

—Así claro que puede viajar una con la mochila vacía —a Lucía le encantaba mofarse de las frases filosóficas de Jane—. Como que todo sale de la *pick up*.

—Yo dije con la mochila vacía, no con el maletero vacío.

—Vaya morro tienes.

—Tampoco es plan de ir con una mano delante y otra detrás. Además, qué fácil es quejarse después de haberse zampado un plato de comida caliente.

—A saber qué era eso.

—Comida sana y ética, que no mata animales.

—No empieces con el proselitismo.

—¿Proselitista yo? Yo, que tengo que aguantar viendo cómo engulles esos fiambres día tras día.

—Y jamón porque no tengo. Quién lo pillara.

—De todas formas, lo de la mochila vacía era una metáfora, para tu información —se burló Jane a su vez—. Igual como eres extranjera no las pillas.

—Soy extranjera, no idiota —se defendió—. Ya sé que va de ir con mente abierta, sin prejuicios y todo eso.

—Exacto. Y lo estás haciendo muy bien.

Lucía sonrió y cerró los ojos. Era la hora de la siesta, y eso sí que no lo perdonaba. Estuviera donde estuviera.

Capítulo 8

Huye de quien te llame princesa

Al igual que hicieran en Death Valley, durante los días siguientes se dedicaron a sumergirse en aquel lugar asombroso con el único objetivo de disfrutar de su belleza y saborear el presente.

Lucía se quejó por seguir durmiendo en la colchoneta, porque a pesar del saco allí hacía bastante más fresco que en Death Valley, pero tuvo que reconocer lo agradable de despertar con el aroma fresco de los pinos y el aire vigoroso de montaña que le llenaba los pulmones. Sobre todo después de la inexcusable cita con los estiramientos de yoga mañanero.

En cuanto a los osos, su avistamiento dejó de ser una prioridad para Lucía desde el momento en el que los guías del parque les explicaron que tenían que guardar la comida en los cajones herméticos de la zona de acampada para que no vinieran a robársela, pues podían ponerse agresivos. Las historias de turistas atacados se contaban por decenas.

Desde entonces, convino con Jane en que se conformaba con ver las secuoyas. Y cuando empezaron a explorar el parque y a encontrar carteles advirtiendo del peligro de osos con instrucciones para salir indemne si se cruzaban con alguno, definitivamente borró de su cabeza la imagen del simpático e inofensivo Yogui arramplando de modo cómico con las cestas de comida de los turistas. No, esos bichos de cuatrocientos kilos no tenían pinta de ser tan chistosos.

En la misma dinámica ya adquirida en Death Valley, fueron recorriendo los lugares más señalados. En lugar de montañas áridas, aquí podían disfrutar de una flora muy dispar, lagos a miles de metros de altitud y montañas coronadas por cascadas, entre ellas las Yosemite Falls, las cataratas más altas de Norteamérica, o la famosa montaña de granito El Capitán, uno de los acantilados más altos del mundo.

Pero si con algo se maravillaban las dos era al presenciar las gigantescas secuoyas, todo un símbolo de la grandeza del paso del tiempo. Muchas superaban el millar de años de antigüedad y la decena de metros de diámetro; cada día acababan con dolor de cuello solo de contemplarlas. Se acostumbraron a ver trotar y trepar a las ardillas a su alrededor, y a vislumbrar algún ciervo cuando menos lo esperaban. Eso sí, de los osos ni rastro. Aunque les costó un par de días dejar de pasear sin mirar a todas partes con el miedo atenazando la garganta.

Uno de los días, Jane encontró a Lucía más silenciosa, lo que ya era en sí mismo un motivo de preocupación. Ni siquiera cuando pararon a hacer un receso para gozar de las vistas del soberbio Half Dome pareció impresionada. Y era para estarlo, porque era un domo gigante de granito cortado en dos con la precisión de un cuchillo caliente en una barra de mantequilla. O al menos así lo definió nuestra entusiasta geóloga. Se encontraban en uno de los puntos más emblemáticos del parque, a los pies del Mirror Lake, que como su nombre indicaba, le devolvía su reflejo a una alicaída Lucía.

–¿Qué te pasa? –quiso saber Jane, acostumbrada a la constante verborrea de su compañera.

–No entiendo nada –confesó al fin.

–¿Nada de qué?

–No sé, primero estaba segura de que se liaba con Ellen, luego quise creer que ella solo le ayudaba con las deudas, después cuando le vi con esas tías, pensé que me había mentido en todo, y ahora ya no sé qué puñetas pensar.

–Espera, para el carro. Joder, Lucía, ¿en serio estamos hablando del millonario capullo? ¿Todavía te acuerdas de él? No debería hacer falta que te dijera que ese tío no te merece.

–Ya, es lo que se supone que tengo que pensar. Pero…

–¿Pero qué?

–Pues que no lo entiendo. Una tiene que darse cuenta de esas cosas… y él era cariñoso conmigo, me cuidaba, me llamaba princesa…

–¿Te llamaba princesa? –Al escuchar aquello a Jane se le acabó la paciencia–. Mira Lucía, te voy a decir algo, y te lo voy a decir una sola vez: huye de quien te llame princesa.

–¿Qué? Pero, ¿por qué? ¡Si es lo más bonito…!

–Lo más bonito que nada –la cortó–. Y huye de quien te trate como si fueras un ser débil e indefenso al que hay que proteger y cuidar. ¡Mírate, coño! Tú no necesitas a nadie que te cuide. Hacerte creer eso es el primer paso para tenerte bajo su control.

Lucía la miraba meditabunda, y Jane cogió carrerilla.

–Oh, la pequeña princesa, en su torre de la fortaleza llena de riquezas y protegida de los malvados dragones del mundo. Que solamente sale de la torre con los escuderos del príncipe, bien custodiada. ¡Venga ya! Una tía que se ha cruzado medio planeta ella sola con una maleta a cuestas. ¿De verdad pensabas dejar que ese tal Adam cogiera las riendas de tu vida?

—Pero me dijo que me quería…

—¡Que te quería para él! El amor de verdad es desinteresado, te anima a crecer y a perseguir tus sueños, no a acomodarte a los suyos.

—Ya. Supongo que tienes razón. Pero es que precisamente eso era un sueño, lo que estaba viviendo. Rodeada de lujos, con un chico guapo que me quisiera, sin tener que trabajar ni preocuparme por el dinero nunca más. ¿Quién no ha soñado con eso alguna vez?

—Tú no has soñado con eso. A ti te han vendido eso: una vida falsa, de relumbrón. Y te has dejado llevar. Pero eres valiente y decidida, Lucía, tienes que buscar tu propio camino, no amoldarte a lo fácil que alguien te pone delante. Porque, al final, aunque no lo parezca, todo tiene un precio.

—¿Y resignarme a estar siempre sola?

Jane resopló. Había cogido mucho cariño a la española, pero a veces la sacaba de quicio.

—¿Resignarte? ¿Me ves a mí resignada? ¿Me ves amargada, infeliz o frustrada?

—¡No! —se apresuró a desmentir—. Eres optimista y alegre. Y sabes lo que quieres de la vida.

—Solo trato de disfrutarla. No rechazo compartirla en algún momento, pero solo con un igual. No con alguien que me meta en una jaula dorada, sino con una persona libre e independiente. ¿Y tú eres la que va a las manifestaciones feministas? Pues actúa de acuerdo a tus valores. Deja de creer en las hadas y en las historias de amor de finales con perdices. Tú no necesitas a nadie. Pero en todo caso, si te acompaña alguien en el camino, que sea un igual.

—Ya. Un alma gemela…

–¿Un alma gemela? ¡Madre mía, tienes la cabeza llena de tonterías! –Se exasperó–. Mira, tú lo que necesitas es sacarte de la cabeza todos esos pájaros. Esto es la vida real.

–Sí, me he dado cuenta…

–Pues no te permitas la idea de que lo mejor que te puede pasar es que un tipo rico se haga cargo de tu vida. Si la compartes con alguien, que sea con uno que te respete, ¡leches!

Se había acalorado y había alzado la voz más de la cuenta. Miró a su amiga y observó cómo abría los ojos de una forma desmesurada a la vez que clavaba la vista en un punto en la distancia.

Jane emitió un suspirito de satisfacción: bien, por fin esa chica había comprendido. En japonés a aquello lo llamaban *satori*, algo así como despertar, el momento en el que de repente ves con claridad una verdad que ha estado delante de tus ojos todo el tiempo.

–Me alegra que lo hayas entendido de una puñetera vez. Ahora te irá mucho mejor. Y también me alegra haber tenido algo que ver, claro…

–¿Qué… qué dices? Jane, calla y mira detrás de ti –susurró Lucía aterrorizada.

Se giró sin entender. Y entonces lo vio. Un imponente oso negro caminaba a tan solo unos metros de ellas. Pegó tal chillido que el oso levantó la cabeza y se la quedó mirando fijamente. Se le heló la sangre mientras le mantenía la mirada, paralizada por el miedo. Recordó los carteles distribuidos por el parque que alertaban de la presencia de osos conminando a mantener la calma en su presencia y se maldijo por su reacción. Había cabreado a aquel bicho y ahora iba a atacarlas y ella no tenía nada que hacer contra cuatrocientos kilos de furia.

Pasaron unos segundos más, y el oso seguía observándola sin moverse. Quizá no iba a zampárselas, quizá tenían una oportunidad después de todo. Si se estaban muy, muy quietas, era posible que se olvidara de ellas…

Entonces escuchó a Lucía.

—¡Socorro! ¡Socorro, socorro! ¡Hay un oso gigante, aquí!

—¡No, Lucía, no! ¡Calla! ¡Calla!

El gigantesco animal se revolvió y Jane se tapó la cara con las manos para no ver su final, mientras pensaba que ya no tacharía más sueños de su libreta. Pero pasaron los minutos y nadie la devoraba, de modo que muy poco a poco fue entreabriendo los dedos, luego un ojo, después el otro y… allí no había nadie.

—¿Y el oso?

Lucía no contestó. Se había desmayado del susto, así que ninguna de las dos pudo ver cómo el animal, ante aquel griterío que había perturbado la paz del bosque, daba una vuelta completa sobre sí mismo para largarse. Estaba más que acostumbrado a los turistas, pero había algo que no soportaba, y era a las chillonas.

Capítulo 9

Toda una caballera

–He encontrado alojamiento en San Francisco. – Aquella tarde, una pletórica Jane asomó la cabeza por la abertura de la tienda.

–¿En San Francisco?

–Aquí ya llevamos bastante tiempo, hay que moverse.

–No debía ser difícil encontrar sitio en una ciudad de casi un millón de personas –se burló Lucía.

–Pues no es tan fácil. Hay cientos de *couchsurfers*, pero yo no me quedo con cualquiera: tiene que darme confianza. Busqué hasta dar con los que más me encajaban, y un tal Austin, que además por las fotos tiene pinta de estar muy, pero que muy, muy bueno, me contestó que podíamos quedarnos durante unos días.

–¿Tiene espacio para las dos?

–Sí, y lo mejor: una habitación con dos camas de verdad –dijo Jane con una sonrisa triunfal.

–¡No me lo puedo creer, una cama para mí sola! –gritó Lucía, y las dos estallaron en una sonora carcajada.

–Si nos ponemos en marcha mañana temprano, estaremos allí al mediodía. Podemos turistear un poco hasta que Austin salga del trabajo. Después ha prometido llevarnos a un restaurante vegano.

—No todo iba a ser perfecto —se lamentó Lucía, que estaba deseando vérselas de frente con un buen filete.

—¿Cómo que no? Una cama enterita para ti y un buen restaurante donde te darán de comer sin tener que matar a animales inocentes —la picó—. Además, cuando veas al tipo no estoy yo tan segura de que quieras dormir sola. Como esas fotos no estén trucadas vas a desear dejarme a mí las dos camas.

—No me vendría mal un revolcón.

—Eh, que tú eras la que estabas harta de hombres. Yo no. Y desde Las Vegas son muchos días de secano.

Lucía la miró asombrada.

—¿Ah, sí? ¿En Las Vegas? Eso no me lo habías contado. ¿Y con quién…?

Ante la mirada de obviedad de Jane, Lucía cayó en la cuenta.

—¿Me estás diciendo que tú y Diego…?

—Pues claro.

—Pero si no noté nada.

—¿Y qué tenías que notar? ¿Nuestras miradas llenas de complicidad? ¿O cómo nos despedíamos con arrumaquitos y ojos llorosos? —se burló.

—Algo así, yo que sé.

—Ay, mi pequeña Lucía, pero qué boba eres. El *couchsurfing* puede ser *sexsurfing* si las dos personas están de acuerdo. Un par de noches de sexo sin compromiso no hacen daño a nadie.

—¿Y qué tal…? —tanteó, mordiéndose el labio muerta de curiosidad. Echaba de menos los monólogos hiperdescriptivos de Satur, ante los que ella fingía un pudor que no sentía y se hacía la escandalizada, negándose a reconocer su puntito voyerista. Y es que su amigo era un gran narrador de historias, sobre todo de historias erótico festivas. Una cerraba los ojos y casi podía verlos allí enganchados, en el servicio de un pub, en los probadores de una franquicia de ropa o en el rincón más inimaginable del planeta. Pero dándolo todo, eso siempre.

–¿Qué tal, qué?

–Pues qué tal era Diego en la cama, ya sabes.

–¿Cómo te atreves?

–Bueno, yo solo quería…

Vio que Jane se empezaba a poner morada de intentar contener la risa. Ya está, otra vez le había tomado el pelo.

–¡Eres tonta!

Jane ya no se contuvo. Lloraba a lágrima viva.

–¡No pienso contártelo! ¡Soy toda una caballera! –gritó saliendo de la tienda antes de acabar revolcándose por los suelos de la risa.

Capítulo 10

Colchones y anfitriones

–¿Austin?

El chico se acercó mientras Lucía y Jane se lo comían con los ojos. Era bastante alto, y poseía un cuerpo atlético de hombros anchos y espalda amplia que llevaba cubierta por una cazadora negra de cuero. Tenía el rostro anguloso y la mandíbula oscurecida por la barba de un día. El cabello, castaño oscuro, le caía hacia los ojos en un flequillo que acentuaba su mirada misteriosa. Tenía unas cejas pobladas y perfectas que enmarcaban los ojos negros más penetrantes que habían visto jamás, y los labios sonreían en una línea estrecha aunque la sonrisa no alcanzara a los ojos, que escudriñaban sin pedir permiso. Irradiaba magnetismo y daba el patrón de chico malo clavadito, justo ese en el que Lucía solía reparar, y justo ese que se había prometido a sí misma evitar a toda costa.

–Sí, soy yo. Bienvenidas –dijo haciéndose a un lado y permitiendo a ambas franquear la puerta de entrada.

El piso se encontraba en un edificio antiguo. No era muy grande, pero estaba bien cuidado. La cocina y el baño habían sido reformados no hacía mucho, mientras que el mobiliario era una combinación bastante conseguida de elementos modernos con antigüedades restauradas con mimo. Un precioso taquillón decapado en un tono blanco roto hacía las veces de recibidor, y en el salón, un sofá de tres plazas de colores alegres armonizaba perfectamente con una mesa de cristal y forja, unas cuantas lamparitas al más puro estilo Ikea distribuidas aquí y allá y una pantalla de plasma de cuarenta y dos pulgadas.

Austin les mostró la habitación donde se alojarían.

—Os dejo para que coloquéis vuestras cosas y descanséis un poco. Estaré leyendo en el salón.

—Joder, cómo está el tío —exclamó Jane en cuanto Austin cerró la puerta—. Con esa sonrisa puede parar el tráfico de todo San Francisco.

—Shhh, que te va a oír. —Lucía se tiró en una de las camas y emitió un suspirito de felicidad. Estaba más interesada en aquel colchón que en su anfitrión guaperas.

—Pues que me oiga, así se va enterando.

—¡Esto es vida! —siguió Lucía a lo suyo, estirándose.

—Cualquiera diría que te he estado torturando...

—Venga, reconoce que un colchón de muelles de vez en cuando no hace daño a nadie. Ni una almohada viscoelástica...

—Pija, más que pija. —Jane le lanzó una de las almohadas, que a Lucía, desprevenida, no le dio tiempo a esquivar.

—¿Seguro que no hace daño? Mira que parece un poco dura...

—¿Me estás devolviendo la de la esterilla? —se puso Lucía en guardia.

—¿Yo? —la cara de inocencia de Jane no concordaba con los almohadazos que le propinaba sin compasión a la vez que se desternillaba de la risa.

—No hay quien pueda con esta perrofláutica... —Lucía fingió resignación mientras agarraba la suya y ambas se enzarzaban en una batalla de almohadas.

Capítulo 11

Las margaritas son flores

–Hamburguesa vegana, raviolis caseros, calabacines rellenos… ¡y hasta pizza barbacoa vegana! Igual me he muerto y no me he enterado, porque estoy en el paraíso. –Jane no soltaba el menú, parecía una niña pequeña abriendo los regalos el día de Navidad.

–¿Y habrías ido al paraíso? ¿Estás segura? –dijo Lucía, guiñándole un ojo a Austin, quien se echó a reír. Esas dos chicas se pasaban el tiempo metiéndose la una con la otra, y empezaba a resultarle muy divertido. Era una relación sana y alegre que le gustaba.

–Segurísima –le devolvió Jane poniendo su cara de santa, lo que provocó nuevas risas.

–Pídete la pizza barbacoa vegana, te va a encantar –recomendó Austin.

–Pero vamos a ver –terció Lucía– si os gustan las hamburguesas y las pizzas barbacoa, ¿por qué no lo reconocéis y os coméis una de verdad? Y me lleváis a mí a un sitio donde pueda comerme un buen filete.

–Oye, que yo lo hago. De hecho, diría que es mi dieta personal: pizzas y hamburguesas –dijo su nuevo y escandalosamente guapo anfitrión.

—Entonces, ¿tú no eres vegano?

—¿Yo? Qué va. No veas lo que me gusta a mí la carne fresca —replicó con una sonrisa pícara.

—¿Y por qué nos has traído aquí?

—Porque vi en el perfil de Jane que ella sí lo es y aquí la comida está buenísima.

—Muchas gracias, qué detalle —Jane le miró agradecida. Bueno, más que agradecida: poniéndole ojitos.

Lucía la pegó una patada por debajo de la mesa que venía a significar «eh, no te adelantes» y Jane se la devolvió con otra que decía «Jane 1 – Lucía 0. Espabila».

—Me alegro de haber acertado. Ya veréis lo bueno que está todo.

En ese momento vio cómo alguien se aproximaba a la mesa y añadió:

—Además, el dueño es amigo mío.

El hombre que se acercó tendría unos treinta y cinco años, y era casi tan alto como él e igual de atractivo. Tenía unos preciosos ojos color esmeralda y el pelo rubio liso y sedoso con un aspecto despeinado que le quedaba demasiado bien para ser casual. Vestía una camiseta de manga corta ajustada, que se pegaba a sus bíceps como cualquier mujer en la tierra querría hacer. Los pantalones, también ceñidos, acababan en forma de pitillo, y unas zapatillas verde fluorescente le daban un toque desenfadado y atrevido. Al llegar a la altura de la mesa en que se encontraban, se le dibujó una sonrisa enorme y deslumbrante en unos labios muuuy carnosos.

—¡Austin! Cuánto me alegro de que hayas venido.

—Hola, Santiago.

Las dos amigas se miraron expresivamente. Allí había material de sobra, no había por qué competir. Austin, el moreno con pinta de malote, y Santiago, el rubio de rostro angelical y cuerpo cañón. Los dos estaban para comérselos con salsa barbacoa. Todavía estaban repasándole embobadas cuando Austin se levantó para saludar a Santiago y le saludó, sí... con un apasionado beso en los labios.

Lucía se quedó con la boca tan abierta que parecía que se le iba a descoyuntar, mientras Jane escondía la cabeza en la carta fingiendo mucho interés por los componentes del plato de raviolis. Austin, a quien no le pasó desapercibido el chasco, hizo las presentaciones conteniendo la risa como podía.

Tras el momento de conmoción inicial, las chicas pudieron comprobar que Santiago era –para colmo– un argentino muy simpático con un acento encantador que resultó ser el propietario del Yerbabuena Restaurant. Se dejaron guiar por sus sugerencias culinarias, disfrutadas incluso por la reticente Lucía. Wok de verduras con soja y salsa de cacahuete, estofado de lentejas al curry, pastel gratinado de patata y champiñones, tallarines chinos con setas, tacos de frijoles con aguacate, y, por supuesto, la célebre pizza barbacoa, marca de la casa. Y todo bien regado con una cerveza artesanal que producía el propio Santiago. En conjunto, aquello era una explosión de sabores que hicieron que aquel banquete fuera de todo menos aburrido.

–¡Así me vuelvo vegana hasta yo! –gritaba Lucía, exultante.

Santiago, que les había acompañado en los ratos que el trabajo le había ido dejando, rio complacido.

–De eso nada, hay que convertirse con todas las consecuencias o no vale –le espetó Jane con mueca desafiante.

–Aguafiestas.

–Se puede ser flexitariano –aventuró Santiago–. Cada vez vienen más por aquí.

–¿Eso qué es? –quiso saber Lucía.

–Consiste en ser flexible. Partes de una dieta vegetariana y tratas de comer menos productos animales, pero sin cerrarte del todo. Es una alternativa al modelo de consumo diario de carne.

–No suena mal –admitió Lucía–. Yo establezco mis propios límites.

–Eso es.

–Bueno, al menos ellos contribuyen menos que otros a cargarse el planeta –reconoció Jane.

–Eh, es la primera vez que estáis de acuerdo en algo desde que os conozco –saltó Austin, provocando las risas de todos.

–Pero a nivel ético, no lo entiendo –porfió Jane, que no había acabado–. O estás en contra del consumo de animales y del modelo omnipresente de las granjas industriales, o no lo estás.

–Bueno, a lo mejor lo estás pero contribuyes a tu manera, cuando tú decides, ¿no?

–¿Y tú? ¿Cuándo lo decides? Si te zampas un bocata de fiambre todos los días.

–Pues cuando venga al restaurante de Santi, por ejemplo.

Jane renegó con la cabeza y Santiago puso una sonrisa de circunstancias mientras le lanzaba una mirada a Austin, quien le hizo un gesto con la mano restándole importancia.

–No os enzarcéis todavía, que queda el postre –les recordó a sus huéspedes–. Y es lo mejor del restaurante, ¿verdad, Santi?

–Verdad.

–Es imposible que me quepa nada más –dijo ahora Lucía.

–Siempre hay hueco para el postre. Os prepararé una pequeña antología de degustación. A esto invita la casa.

–Suena a poesía.

–Lo es –dijo con una sonrisa enigmática.

Unos minutos después, Santiago regresaba con una bandeja llena de pecados: *mousse* de aguacate y chocolate, fresas con leche de soja, *strudel* de manzana y tarta de uvas.

Ni que decir tenía que no sobró nada. Todos dieron buena cuenta, en especial Lucía, que rebañó hasta la última miga.

—Vas a estallar —se rio Jane.

—Es vegano, no engorda.

—Que te lo crees tú.

—No hay problema —terció Austin—. Ahora bajamos esas calorías.

—¿Bajamos? ¿Cómo? Yo me voy directa a ese colchón maravilloso.

—Ni lo sueñes. No podéis iros a dormir sin conocer la noche sanfranciscana.

—¿Ah, no? —Las dos le miraron sorprendidas.

—Eso sería de un anfitrión pésimo. Y yo soy el mejor —se jactó sin pizca de humildad.

—Estamos en Castro, el barrio con más marcha de la ciudad. Ahora es cuando empieza lo bueno —convino Santiago.

—¿Tú también vienes? —preguntó Jane.

—Por supuesto, ese era el plan —guiñó un ojo a Austin—. Dadme un minuto que deje unas cosas en orden por aquí y me uno a vosotros.

Castro era, oficialmente y a todos los efectos, el barrio gay de una ciudad que se había constituido ya en sí misma estandarte del apoyo al movimiento LGTBIQ. Pero era a su vez una de las zonas más famosas por su vibrante vida nocturna. De atmósfera bohemia y llena de color, las banderas del arcoíris que poblaban ventanas y balcones sumadas a las luces nocturnas procura-

ban un ambiente festivo del que era fácil contagiarse.
Y justamente eso fue lo que hicieron. Dejándose llevar
por sus anfitriones, Lucía y Jane recorrieron bares cos-
mopolitas y selectos clubs con música en vivo e incluso presenciaron un *drag show* y se atrevieron con un
karaoke. Con resultados algo irregulares en el caso de
Lucía, que perseveró canción tras canción ante las miradas de los asiduos, perplejos con esa española que se
desgarraba la garganta desafinando sin vergüenza y se
inventaba la mitad de las palabras. Cuando alguien le
pidió que cediera paso al siguiente cantante, se reunió
con Jane en la barra. Para entonces Austin y Santiago
habían dejado patente su más que íntima amistad.

–Tú dejas huella donde quiera que vas, ¿eh? –le dijo
Jane, divertida.

–Y porque no tenían *Como una ola*, que si no se enteran. ¿Tú crees que es normal que la única canción española que tengan sea el *Aserejé*?

–Pues es la única que conozco. *Aserejé, ja, deje, te-
jebe tude jebere*. Por cierto, ¿qué significa?

–Otro día te lo cuento –Lucía hizo una seña al camarero–. Otro margarita por aquí. No, dos. Las margaritas
son flores, así que mi compañera se las puede beber sin
problema.

–Estás borracha.

–¿Yo? Qué va. Oye, voy a decirte algo, espero que
no te coja por sorpresa y no te desilusione mucho.

–¿Qué? –se asustó Jane.

Lucía bajó la voz hasta un tono casi inaudible.

–Me da a mí que Austin no eligió el restaurante solo
para darte gusto.

–Qué graciosa. Para dárselo a otro, más bien –contestó Jane a la vez que observaba cómo su anfitrión agarraba el culo del argentino. A esas alturas ya llevaban un
rato magreándose sin cortarse un pelo.

—No mires así, que la envidia es muy mala.

—Joder, tía, es que esto es un castigo divino. Si hace un rato me hubieran preguntado, habría dicho que Austin era la masculinidad hecha cuerpo. Y ahora míralo, no le despegan de Santiago ni con agua caliente.

—Doble castigo te va a caer.

—Pues si ya me ha caído, ¿no los ves? Uno y dos, porque anda que el argentino se queda corto —dijo Jane mordiéndose el labio inferior—. ¡Todos los gays deberían ser amanerados, para no hacernos falsas ilusiones!

—Sí, claro, o ponerse un cartelito en la frente para que alguna como tú no vaya por ahí perdiendo las bragas antes de tiempo.

—No te hagas la madura conmigo, que tú también babeabas.

—¿Qué pasa, ahora no te acuerdas de tus charlas de dragones y mazmorras?

—¡Yo no le quería para comer perdices! Más bien para otra cosa.

—A ver si al final te vas a volver carnívora. O flexitariana —se burló Lucía.

—Sin masticar —puntualizó Jane con sonrisa socarrona.

Lucía lanzó una carcajada y tiró de su amiga, arrastrándola hasta la pista de baile mientras aquellos dos se dirigían a un reservado. Y allí permanecieron durante un par de horas. Ellas desinhibidas en la pista de baile, ellos seguramente también dándolo todo, pero de una forma algo distinta.

Capítulo 12

Todo un banquete

Los siguientes días transcurrieron con más tranquilidad. Por las mañanas Lucía y Jane se dedicaban a ir descubriendo los rincones que habían hecho erigirse esa ciudad como una de las más atractivas del continente, dejándose seducir tal como habían hecho en los parques de Death Valley o Yosemite, solo que cambiando montañas y senderos por rascacielos y callejuelas con encanto. Llegar hasta el Golden Gate, el mítico puente rojo símbolo de la ciudad y cruzarlo en unas bicicletas alquiladas por horas; recorrer las interminables cuestas de la ciudad, incluida la famosa Lombard Street, la calle con más curvas de Estados Unidos escenario de cientos de películas; visitar la isla de Alcatraz con su antaño prisión federal de máxima seguridad que albergó a presos de la talla de Al Capone; o volver a Castro, esta vez con la luz del sol, para recorrer sus calles de edificios victorianos y acabar en Twin Peaks, las colinas desde donde se veía una panorámica espléndida de toda la ciudad. Después, cuando Austin finalizaba su jornada laboral, se les unía para mostrarles sus lugares favoritos y, si no se liaban de fiesta como aquella primera noche, Jane les preparaba alguno de sus platos más selectos.

Era viernes y Lucía se había empeñado en hacer algo especial. Hasta ahora había sido Jane quien expresaba a Austin su gratitud por alojarlas a través de los fogones. Decidió que hoy le tocaba a ella, y recorrió un supermercado tras otro hasta dar con los ingredientes que necesitaba. Después se encerró en la cocina de forma enigmática sin dejar entrar a Jane, quien trató de colarse a través de las estratagemas más rocambolescas. Desde gritar «fuego, fuego» para ver si su amiga asomaba la cabeza hasta poner «la Macarena» en Spotify para que saliera a marcarse el bailecito. Pero nada. Dos horas después, el sonido de las llaves en la puerta alertó a Lucía de que Austin regresaba del trabajo. Le oyó saludar a Jane y preguntarle qué tal el día, quien se quejó de la encerrona misteriosa. Lucía se quitó el mandil y miró con satisfacción el resultado.

–Adelante –abrió la cocina y les hizo señas para que avanzaran.

Los dos se quedaron mirando boquiabiertos. El ágape no era para menos: en la mesa estaban dispuestos una gigantesca tortilla de patatas, un gazpacho, un plato de croquetas, otro de bravas, una escalibada y una bandeja con lonchas de un exquisito jamón ibérico que había encontrado envasado al vacío en una tienda gourmet.

–¡Lucía! Esto es todo un banquete, no hacía falta –Austin, que venía famélico tras una jornada intensa, comenzaba a salivar ante aquella visión.

–Cómo te lo has currado –convino Jane, observando los platos y lamentando más que nunca su veganismo.

–Pues venga, vamos a hincarle el diente –animó Lucía, ya cubiertos en mano.

Jane señaló aquella especie de torta amarilla con tan buena pinta.

—¿Eso es la famosa tortilla española?

—Ajá.

La miró con cara de pena y a Lucía casi le entra la risa, pero aguantó el tipo.

—Dime qué puedo probar yo, anda.

—Todo.

—¿Cómo que todo?

—Todo está hecho con ingredientes veganos. Ni un animal ha sido utilizado para la elaboración de estos platos —se jactó.

—¿En serio?

—Excepto el jamón. A ese ni lo mires. No tiene sustituto posible.

El rostro de Jane se iluminó como el de una niña pequeña y eso le valió a Lucía por todos los quebraderos de cabeza.

—¿La tortilla también?

—También. Lleva harina de garbanzo y agua en sustitución de los huevos.

—¡Sí! —Jane se abalanzó sobre ella y la abrazó conmovida, provocando las carcajadas de Austin.

Aquella noche la sobremesa se alargó más de lo habitual, y fue el turno de Austin para las confidencias. Les contó cómo había llegado desde Seattle atraído por Silicon Valley, un paraíso en la tierra para un ingeniero informático como él, y cómo se había quedado prendado de la ciudad y había decidido quedarse, pasando por diferentes empresas tecnológicas hasta que puso en marcha su propia *startup*. «Vale, para que me quedara también tuvo algo que ver que me enamorara de mi jefe de aquella época», les había confesado. Hasta que la relación terminó, pero encontró consuelo en los clubs de Castro y desde entonces le había ido muy bien. «Damos fe», corroboró Jane entre risas.

Capítulo 13

Un regalo de despedida

—Ya llevamos una semana, es el límite que me pongo a la hora de alojarme en casa de alguien —soltó Jane la mañana siguiente, cuando Lucía aún remoloneaba en la cama.

—¿Qué significa eso? —se frotó los ojos.

—Que quedarse más tiempo, aun cuando haya *feeling* y ellos lo ofrezcan, me parece un abuso.

Lucía se incorporó y la miró.

—O sea, que crees que hay que despedirse de Austin.

—Sí. Mañana reanudamos la marcha. Recorreremos la carretera de la costa hasta Los Ángeles. Podemos ir parando en los miradores para ver los acantilados y al mediodía visitar el acuario en Monterrey, que es de los mejores del mundo. Y después, quizá, hacer noche en Santa Bárbara o…

—Jane, espera. No voy a ir contigo —no lo había pensado, pero en cuanto pronunció aquellas palabras, Lucía sintió una gran seguridad, como si se hubieran estado fraguando en su cabeza sin ella darse cuenta.

—¿Qué? Pero qué dices, si la 101 es casi tan mítica como la Ruta 66, ¡no puede faltar en un buen *road trip*!

—No es eso.

—Está bien, pues entonces dormiremos en Malibú, seguro que te gusta más. Allí hay mucho famoseo.

—Que no es eso, Jane. Escúchame.

Su amiga se calló y se la quedó mirando de hito en hito.

—Encontrarte en Las Vegas fue lo mejor que me pudo haber pasado. Y hemos vivido juntas momentos estupendos, pero no voy a volver a Los Ángeles. Me gusta esta ciudad y voy a quedarme en ella.

—¿En serio?

—En serio. Nuestros caminos se separan aquí —dijo con firmeza, aunque le sonó a frase manida de serie televisiva.

—Pero no puedes seguir huyendo. En algún momento tendrás que enfrentarte a todo aquello.

—No estoy huyendo. Esa etapa está quemada y va siendo hora de tomar las riendas. San Francisco está llena de oportunidades, y creo que podré encontrar un trabajo que se parezca a lo que hacía en España. Seguro que a Austin no le importa echar un vistazo a mi currículum y ayudarme con toda la burocracia.

—Vaya, pues sí que lo tienes todo planeado. ¿Entonces te quedas con Austin? Si no fuera porque es gay, pensaría que estáis liados y que quieres estar con él a escondidas —le dijo entrecerrando los ojos.

—Buscaré un sitio donde quedarme de forma más permanente.

—Ya.

—No te lo tomes a mal.

Jane desvió la mirada.

—No lo hago —dijo al fin—. Es que te había cogido cariño, y ahora me da pena seguir haciendo el viaje sola.

Emocionada, Lucía fue hasta ella y le dio un abrazo muy fuerte. Después la sostuvo por los hombros y la miró a los ojos.

—Seguirás disfrutándolo como hasta ahora. Y no tendrás que aguantar a una gruñona que se resiste a hacerle el saludo al día por las mañanas.

—El saludo al sol —la corrigió Jane con una sonrisa de resignación—. Nunca lo dirás bien.

—Lo que sea. Los estiramientos esos. Y las meditaciones de después.

—Venga ya, si te quedabas dormida siempre en las meditaciones.

—¡No es verdad!

—Alguna vez hasta te oí roncar.

—A quién se le ocurre ponerse a meditar a las seis de la mañana.

Jane cabeceó a derecha e izquierda riéndose por lo bajo. Después inspiró profundamente y volvió a ponerse seria.

—Como quieras. Es tu decisión.

Lucía asintió. Para ella tampoco estaba siendo fácil. Entonces se le ocurrió algo.

—Ya que vamos a despedirnos, tengo algo para ti —dijo con sonrisa misteriosa.

—¿Ah, sí? ¿Un regalo de despedida?

—Más o menos.

—¡Pero bueno! ¿Hasta eso lo tenías ya preparado, asquerosa?

—Escucha, que ahora la gruñona pareces tú. Cuando vivía en Santa Mónica descubrí un lugar que me transmitía mucha paz. Lo encontrarás cuando llegues al final de la Ruta…

Lucía le indicó cómo llegar hasta el rincón privilegiado que tanta serenidad le había infundido en sus momentos más difíciles.

—Ese es mi regalo: mi rincón secreto. Siempre que necesites pensar, puedes ir allí y tomar un café observando la línea del mar mientras dejas que se te aclaren las ideas. O cuando te sientas sola. Acomódate en esa mesita, la de la esquina, y pídete un café. Yo estaré contigo.

—Entonces pediré dos.

A Lucía no le pasó desapercibido el quiebre de su voz al decirlo, ni cómo giró la cabeza para que no la viera limpiarse una lágrima que corría por su mejilla.

—Tienes que ir al albergue y dar recuerdos a Paul y a Julio de mi parte —continuó, como si no se hubiera dado cuenta, para ayudarla a pasar el mal trago—. Y al bar Los Pintxos, apuesto a que Esteban te invita a unas tapas a mi salud. O al menos, a una sangría.

—¿Está bueno, ese Esteban?

—Creo que te gustará más Paul. Es más... tu estilo.

—No sé si quiero saber lo que significa eso viniendo de ti. En fin. Sí, creo que me quedaré por la playa durante unos días. Habrá que ver ese rincón. Y a ese tal Paul.

Capítulo 14

26 de julio
San Francisco, California, USA

Jane ya va camino de Los Ángeles. Anoche montamos una fiesta despedida de emergencia. Austin fue al supermercado a por hierbabuena y nos preparó unos mojitos, y yo hice un cubo de sangría que nada tenía que envidiar a la del bar Los Pintxos. Luego, ya con un par de vasos de más en el cuerpo, Jane me obligó a enseñarle a preparar la tortilla de patatas vegana. Decía que no podía irse sin aprender esa receta, así que nos pusimos manos a la obra entre los tres. Al final salió algo comestible, aunque entre medias nos empolvamos enteros de harina de garbanzos. No quiero ni pensar en cómo quedó la cocina tras nuestra hazaña.

Después, Austin encendió la Wii y estuvimos hasta las tantas a grito pelado con el karaoke, en honor a nuestra primera noche. Menos mal que los vecinos están de vacaciones. Cuando las gargantas ya no daban para más –hoy no me sale ni la voz–, nos pasamos al típico juego de chupitos y verdades en versión yanqui. No recuerdo mucho más, aparte de haber descubierto que hacerlo encima de una lavadora vieja aumenta las probabilidades de un buen orgasmo (según Jane). Cuando me he despertado esta mañana ya se había marchado. Me dio mucha pena, pero sabía que lo haría así. Ella lleva las despedidas aún peor que yo. Ahora tengo un resacón del quince, pero la parte buena es que me duele tanto la cabeza que no me queda espacio para la tristeza.

Con la marcha de Jane se acabaron las vacaciones. A partir de mañana me pondré manos a la obra en la búsqueda de trabajo y casa. En realidad iba a ser a partir de hoy, pero no es bueno empezar una vida nueva con resaca, ¿verdad? Mañana estaré más fresca. Conclusión, que puedo volverme a dormir. Y eso es justo lo que voy a hacer.

Capítulo 15

Vacía de prejuicios

Austin la sacó de la cama a las cuatro de la tarde.

—¡Vamos, dormilona! —dijo zarandeándola.

—¿Qué pasa? ¿Se acaba el mundo?

—Ayer quedamos en que te acompañaría a visitar esa pensión, ¿no te acuerdas?

—Eeeeeh…

—Venga, que yo tengo el mismo resacón que tú y me he venido antes del trabajo para que nos dé tiempo. Toma, anda —le acercó un vaso de agua con un par de ibuprofenos y Lucía obedeció, contenta de tener cerca a aquel ángel de la guarda con cuerpo de bombero. Cuánto le iba a echar de menos.

—Dijiste que estaba cerca.

—Sí, ya casi estamos. Nos quedan cinco manzanas.

Lucía se contuvo las ganas de resoplar. Definitivamente, tenía que ponerse en forma. Al cruzar la calle se quedó mirando a una mujer mayor que estaba sentada en la esquina. Era muy frecuente ver a personas sin hogar apostadas en cada esquina de cada manzana de aquella ciudad. Aquella mujer estaba acompañada de un perro negro que parecía feliz tumbado junto a ella, y de un carrito de supermercado en el que reunía todas sus pertenencias. Recordó la mochila vacía de Jane y su maletero lleno. A esta mujer tampoco le hacían falta muchas cosas. O quizá sí que le hacían falta, pero no le quedaba otra que sobrevivir sin ellas. Se preguntó si también estaría vacía de prejuicios, si los prejuicios solo eran de la gente que se los podía permitir. Sin darse cuenta se la había quedado observando, y ella le devolvía una mirada de suspicacia con un brillo de ironía. Parecía haberle leído el pensamiento y le contestaba con un «¿y tú? ¿Qué es lo que esperas encontrar?».

Austin la pegó un codazo que la obligó a desviar la mirada y seguir adelante.

—¿Es que no te han dicho de pequeña que no hay que mirar a los vagabundos?

—¿Por qué no?

—Pues… no sé, porque son peligrosos.

—¿A ti te parecía peligrosa esa mujer?

—No lo sé, no la he mirado. Eh, ya casi estamos. ¿Ves aquel edificio de estilo victoriano?

—¿El que se cae a cachos?

—No seas quejica, está fenomenal. Y es superbarato. ¡Vamos, te encantará!

La chica que les atendió suscitó la simpatía inmediata de Lucía. Era una joven de tez morena y muy delgada, y tenía una sonrisa enorme con la que obsequiaba a todo el mundo. Se llamaba Sharra y era de Iloílo, en Filipinas, aunque ya llevaba mucho tiempo trabajando allí y, junto a Felecia, la otra chica con la que se turnaba en recepción, constituían la cara de The Monroe, una pensión de larga estancia que sería su nuevo hogar.

En el camino de ida, Austin le había repetido mil veces que solo iban a echar un vistazo, que había muchos más sitios para elegir y que podía quedarse con él todo el tiempo que necesitara. Pero la decisión ya estaba tomada. Aquel lugar le había dado buenas vibraciones y Jane tenía razón: él ya había hecho mucho por ellas, y no tenía derecho a privarle de experiencias con nuevos viajeros, o de descansar de extraños por un tiempo. Le prometió que seguirían en contacto y reservó una habitación en The Monroe para el día siguiente.

Capítulo 16

27 de julio

Ya estoy instalada en mi nuevo hogar. Está en un edificio victoriano de principios del siglo xx y es como el albergue de Santa Mónica pero con habitación propia. Una combinación de hotel y apartamento bastante económica, aunque por dentro no está todo lo reformado que podría: el colchón parece más viejo que yo y prefiero no pensar desde cuando están ahí esas moquetas. Me acordé de aquella advertencia de mi madre sobre las chinches y me entraron escalofríos. Cuando se lo dije a Sharra, desapareció riéndose a carcajadas y volvió poco después con un aerosol «antichinches». A mí no me hizo gracia, pero se lo acepté y pulvericé la habitación de arriba abajo. Solo por si acaso.

Por lo demás, me encanta el lugar. Está bien situado y no me hace falta más. Especialmente desde que aprendí que lo único que necesito para dormir es mi propio cansancio. Y una esterilla, claro.

Acabo de subir del comedor tras mi primera cena aquí y ya he conocido a un grupo de chicos que me ha invitado a sentarme con ellos: un par de franceses de una franquicia de juguetes que les va moviendo por sus filiales, un chico coreano y un estadounidense de ascendencia china que vive aquí permanentemente, supongo que porque te limpian la habitación y te hacen el desayuno y la cena. Creo que esto tiene sus riesgos. La comodidad crea adicción.

Ya me he despedido de Austin. Después de darme una clase intensiva sobre entrevistas de trabajo en USA, me repitió unas doscientas veces que le llame si necesito cualquier cosa. Qué suerte he tenido con él. Aunque para suerte, la de Santiago, claro.

1 de agosto

Llevo una semana pateándome la ciudad y echando currículos sin parar y esta mañana me he levantado desanimada. El dinero mengua, nadie me llama y empezaba a pensar que ni siquiera sé si es esto lo que quiero hacer.

Bajé al comedor con el mismo planteamiento de todos los días: desayunar, mirar las ofertas y salir a la calle a probar suerte.

En esto también me toca empezar desde cero. Aquí no soy una más. A efectos de trabajo, soy una inmigrante que se lo quita a los nacionales. Una cosa es currar en negro en la hostelería y otra muy diferente un empleo cualificado como economista. Por eso Austin me animó a comenzar desde la nada, para hacerme con un currículo y unas referencias. Antes me habría frustrado pensar que con todos mis años en un buen puesto a lo que puedo aspirar es a unas prácticas gratis o mal pagadas, pero no me importa y a mí misma me sorprende. Y es que me he dado cuenta de que la vida consiste justamente en eso, en empezar una y otra vez.

Todavía me quedan algunos ahorros, así que me lo tomo como una especie de inversión. Si aspiro a trabajar aquí, primero tengo que demostrar lo que valgo. Por eso compré un periódico donde vienen ofertas de prácticas y voluntariados. Y a eso, a echar currículos, es a lo que me llevo dedicando toda la semana, y que hubiera hecho también hoy si la casualidad no hubiera querido que en el desayuno me sentara junto a una holandesa con la que aún no había cruzado palabra.

Jantine me ha contado que es voluntaria en un centro de acogida de personas sin hogar y que necesitan gente. Me invitó a ir con ella a ver cómo era, me enseñó las instalaciones y me presentó al personal. Después llamó a la directora, que me hizo una entrevista y me propuso colaborar en el departamento económico. Me había sentido tan cómoda en todo ese rato que ni me lo pensé. Así que… ¡ya tengo trabajo! ¿O no? ¿Puede decirse así cuando no te pagan? El caso es que he conseguido mi objetivo, volver a meter cabeza haciendo lo que se me da mejor, pero en California. Nunca me imaginé en un albergue para vagabundos, aunque si voy a hacer algo relacionado con lo que estudié, al menos que sirva para ayudar a la gente y no para que capullos como Helmut se sigan forrando. Porque por mucho que sea el novio o el amante o lo que quiera que sea de Julia, para mí no deja de ser un capullo sin corazón.

Además, una de las cosas que más me sorprendió de esta ciudad es la cantidad de personas sin hogar que abarrotan las calles. Ya sea por el buen tiempo, porque hay más servicios sociales o por lo que quiera que sea, el caso es que no paras de ver vagabundos vayas donde vayas. Y ya lo creo que se necesita hacer números para dar comida y alojamiento cada noche a tantísimas personas. Que es justo lo que a mí se me da bien.

Capítulo 17

Un lugar con alma

Durante las semanas siguientes, Lucía se consagró a su nueva ocupación en el centro de acogida. Se levantaba por las mañanas, tomaba su desayuno americano en la pensión y se iba dando un paseo hasta el albergue. A su paso se cruzaba con decenas de vagabundos sentados en mitad de la calle sin nada que hacer. Al principio dirigía la vista hacia otro lado y evitaba que sus miradas se encontraran. Ahora, sin embargo, esa sensación que había identificado como simple miedo a lo desconocido, iba desapareciendo. Ahora trabajaba para ellos: de alguna forma, eran sus clientes. Les saludaba con una sonrisa, y al hacerlo, a menudo descubría no solo amabilidad, sino una inmensa gratitud en aquellos ojos, acostumbrados a ser evitados por los miles de transeúntes que a diario les convertían en invisibles. Toda esa gratitud a cambio de una sola mirada de respeto era mucho más de lo que Lucía habría esperado, mucho más de lo que ella entregaba.

Y poco a poco, también en el albergue fue traspasando las fronteras de la oficina y despojándose de las capas que había traído consigo y que no le hacían ninguna falta: la del miedo, la de los prejuicios, la de la desconfianza. Se sentaba con ellos en el comedor y recibía a cambio el regalo más valioso, que aquellas personas, quizá por no tener otra cosa, entregaban sin reparos: el de su amistad.

Así se fue ganando a todos. No solamente a sus clientes, como a ella le gustaba llamarles para borrar esa línea divisoria, sino también al resto de empleados y voluntarios, que veían con cuánto ahínco trabajaba, afanándose por mejorar la gestión día tras día. Estaba más motivada que nunca, porque la escuchaban cada vez que tenía una idea y le permitían ponerlas en práctica. Aquello era impensable en su anterior trabajo, donde quedaba claro que estaba para obedecer las instrucciones, no para inventar nada nuevo. De modo que cuanto mayor era la confianza depositada, más se esforzaba por devolverla en forma de resultados. Negoció la compra de comida en grandes cantidades, centralizó todos los gastos posibles, cambió de compañía de la luz y creó un sistema para reducir los gastos sin que menguara la calidad, además de presentar nuevos proyectos a los departamentos de servicios sociales y a las fundaciones de grandes empresas a fin de obtener más ingresos.

Tan inmersa estaba en su nueva realidad que el tiempo se le pasaba sin darse cuenta, pero había algo que por mucho que hubiera querido, no podía olvidar: sus ahorros seguían menguando. Cómo habría deseado poder gestionarlos como los del centro donde trabajaba, estirarlos y estirarlos para poder seguir haciendo aquello que tanto le estaba apasionando. Pero la realidad era diferente y tenía que enfrentarla. «Si sigo así, pronto será a mí a quien tengan que acoger», se decía.

Sabía que debía buscar un trabajo remunerado en una compañía similar a su antigua empresa, pero algo en su interior la frenaba; sentía que le iba a costar mucho volver a un lugar sin alma.

Capítulo 18

Quesitos de colores

Faltaban dos semanas para que transcurriera el plazo que Lucía se había dado para conseguir ingresos. Estaba sentada delante de su ordenador pensando en ello, incapaz de concentrarse en el pedido que tenía ante sí, cuando la directora se acercó para pedirle que se reuniera con ella en su despacho.

A su cabeza regresó el recuerdo de la última vez que había vivido una situación similar, en Cáceres con Helmut, y de cómo había terminado aquello. «Quizá aquí se acaben mis preocupaciones», se dijo para infundirse ánimos. «Si me echa ya no tengo que darle más vueltas. Cojo un billete para España y regreso a casa. Fin de la aventura».

Pero por mucho que quiso convencerse de que había llegado el momento, al entrar en el pequeño despacho no pudo evitar una gran desazón.

–Buenos días, Megan –dijo casi en un susurro, preguntándose si tendrían algo de buenos.

–¿Imaginas por qué te he llamado? –Su jefa la miró fijamente, lo que no hizo sino acrecentar su nerviosismo.

—La última vez que lo hicieron fue para despedirme —confesó Lucía con la garganta seca.

En la cara de la directora se reflejó una genuina expresión de estupor.

—Vaya… no quiero parecerme en nada a ese tipo de jefe. Si es eso lo que se te ha pasado por la cabeza, es que algo estoy haciendo mal. Tendré que organizar más reuniones en este despacho.

—¿Entonces no he hecho nada malo?

—¿Malo? —Megan rebuscó entre sus carpetas y encontró la que buscaba. Extrajo de ella unos gráficos circulares y se los señaló—. Mira.

Lucía se ajustó las gafas con nerviosismo y alargó el cuello.

—¿Qué es? —preguntó, demasiado turbada para interpretarlos.

—El ahorro que nos has supuesto desde que entraste en el centro. Has mejorado la gestión de una forma asombrosa.

Ahora los quesitos de colores se veían mucho más apetecibles.

—Los números se me dan bien —admitió.

—Y no solo los números. Tienes una gran sensibilidad. Con tus propuestas para la mejora de los espacios, la gente está mucho más cómoda.

—Bueno, no era nada del otro mundo. Supongo que al ser nueva he visto cosas que otros no veían…

—No seas tan humilde. No sé cómo lo has conseguido, pero te has hecho imprescindible.

—¿Yo? Si soy la última que he llegado.

—De ahí el mérito, así que deja ya de excusarte. Te he llamado para decirte que gracias a tu trabajo podemos permitirnos contratar a alguien más, que es algo que nos estaba haciendo mucha falta.

—Vaya, cuánto me alegro.

La directora la miró con una mezcla de desconcierto y simpatía.

—A ver, Lucía, despierta. Lo que estoy tratando de decirte es que ese alguien queremos que seas tú.

—¿Cómo? ¿Contratada? ¿Con una nómina y todo eso?

—Soy realista, sé que nadie puede mantenerse como voluntario por mucho tiempo —prosiguió Megan—. Y no estoy dispuesta a perderte. Con todo lo que has hecho en estos meses he aprendido que no le dábamos al tema económico la importancia que tiene. Aquí somos muy idealistas, pero para poner en práctica esas ideas necesitamos el dinero, nos guste o no. Así que he decidido crear un departamento económico. ¿Te gustaría dirigirlo?

Lucía se sentía mareada. ¿Dirigir? ¿Directora del departamento económico? Ahora era cuando sonaba el despertador. Su jefa tuvo que darse cuenta de la cara de pasmada, porque lo matizó enseguida.

—A ver, tampoco nos emocionemos demasiado. Ya sabes cómo va esto. De momento solo estaréis tú y los voluntarios que vayan pasando. Aunque cualquier idea para crecer será bienvenida. Becas, universitarios en prácticas, subvenciones para contratar a recién graduados…

—Entiendo.

—¿Y bien? ¿Te gustaría?

—Cla-claro —balbució todavía sin poder creérselo.

—Maravilloso. En ese caso, enhorabuena, Lucía.

—Muchas gracias —contestó conmovida.

—No se las des a nadie más que a ti misma, eres quien lo ha hecho posible —dijo Megan sonriente mientras le alcanzaba una carpeta—. Me he permitido ir adelantando trámites. Aquí tienes la oferta de trabajo y todo el papeleo que se necesita. Te animo a que lo leas detenidamente. Si estás de acuerdo, rellena los documentos y me los traes.

Capítulo 19

10 de noviembre

Hoy me he estrenado como directora económica. En realidad hago lo mismo que hasta ahora, solo que me pagan por ello, que no es poco y que me permite trabajar con todos los papeles en regla. Ahora ya puedo ver las cosas de otra manera. Quizá busque un piso de alquiler, aunque estoy tan bien en The Monroe que no me apetece irme a otro sitio. Aquí siempre hay alguien dispuesto a charlar un rato o a echar unos billares después de la cena; además, me he hecho amiga de las chicas de recepción. Tanto Sharra como Felecia son encantadoras y de vez en cuando me siento con ellas en el vestíbulo y nos tomamos unas cervezas mientras nos contamos las anécdotas del día. Y luego están los domingos. En teoría sustituyen el desayuno por el *brunch* a mediodía, pero desde las siete hay café y donuts en la salita de la entrada, no vaya a ser que alguien pase hambre en el País del Colesterol. Donuts de todos los tipos para repetir cuantas veces quiera: rellenos, glaseados, de fresa, doble chocolate, caramelo o crema de limón. La Jauja de Homer Simpson. ¡Y la mía propia! Me atiborro hasta que siento que el azúcar me obstruye las venas. Entonces me arrepiento y prometo que «nunca más». Pero sé que solo lo digo hasta que se me pase el atracón. O como mucho, hasta el próximo domingo.

3 de diciembre

Releo el diario y no deja de sorprenderme cuánto he aprendido en estos meses. El trabajo en el albergue me ha hecho ver que nadie es superior a otro, solo que quizá ha tenido más suerte en la vida o ha sabido elegir mejor. Por primera vez entiendo las causas de la desigualdad, el porqué de que unos estemos de un lado y otros del otro; del otro lado de la legalidad, de la sociedad. Unos en el mundo visible y otros en el invisible; los consumidores y los consumidos; los que están en el punto de mira y son el objetivo (de los políticos para obtener sus votos, de las empresas para convertirse en compradores o usuarios...), y los que constituyen un estorbo porque no contribuyen a hacer más rico a nadie.

Creo que he alcanzado algo parecido a la serenidad. Sin el vértigo que conocí en Hollywood o el vivir para los fines de semana de España. Sin hombres en la cabeza que me nublen y me quiten el sueño. A veces quedo con Austin, pero la mayor parte del tiempo lo paso con la gente del albergue.

Hay una niña, Brenda, que me ha robado el corazón. Su madre es de mi edad y de vez en cuando recala en nuestro centro para pasar la noche. La chiquilla es muy despierta y se ha encariñado conmigo, y cada vez que me ve viene correteando y ya no se separa de mí; a mí no me importa, porque su madre la ignora casi todo el tiempo y me alegra poder endulzarle un poco la vida. Parece que vierte conmigo todo el afecto que no puede compartir con ella.

Brenda siempre dice que los españoles somos los más buenos del mundo. Me ha contado que en otro de los albergues de la ciudad hay un chico español y que es tan bueno –y tan guapo, je, je– como yo. Que me lo va a presentar para que nos casemos. También dice que cuando sea mayor será pilota de aviones, y que vivirá en una casa grande en la playa con muchos gatos y en su tiempo libre escribirá libros sobre sus viajes y se hará famosa. Los adultos a veces nos olvidamos de soñar, pero los niños no le tienen miedo. Sueñan sin reservas, todo lo alto y lo grande que se puede. Y yo deseo con todas mis fuerzas que, algún día, alguno de los sueños de Brenda se cumpla.

Capítulo 20

El español

Lucía llevaba todo el día trabajando sin parar. Tan atareada estaba que ni siquiera vio a Brenda venir. La idea de celebrar una fiesta de Navidad por todo lo alto en el albergue se le estaba yendo de las manos. Siempre se había organizado la típica cena de Nochebuena, en la que los sin techo que no tenían donde ir ni siquiera en ese día especial, podían comerse un pedazo de pavo y brindar con ponche. Pero más allá de eso, esas semanas de celebración para la mayoría pasaban sin pena ni gloria en el albergue. De hecho, eran especialmente tristes por lo que implicaba no tener cerca personas allegadas con las que compartir. Por eso, Lucía había querido inventar algo nuevo. Una gran barbacoa el fin de semana previo al último día del año. Con baile, mucha comida y bebida, sorteos, y, por supuesto, un karaoke al aire libre.

Todo el que quisiera podría unirse, solo tenía que apuntarse con antelación y comprometerse a asistir para poder hacer un cálculo fiable de las previsiones de comida. Sonó muy bien en su cabeza cuando lo imaginó, y también cuando se lo contó a Megan, que siempre accedía a sus peticiones. Pero a la hora de ponerlo en marcha adquirió unas dimensiones desproporcionadas. Lo habían anunciado durante semanas, la voz se había corrido por el resto de albergues de la ciudad, y prácticamente todos los que habían pasado por allí para comer o alojarse se habían inscrito. Incluso personas a las que nunca había visto estaban deseando pasar un día festivo y con buena comida. Así que una vez lanzado no había vuelta atrás. Todos, trabajadores y voluntarios, se esforzaron al máximo para dar el mejor recibimiento a los asistentes. Habían arreglado el espacio exterior del albergue y engalanado todo con carteles de bienvenida y motivos navideños. Las mesas del comedor se habían sacado a la calle, y unos altavoces sonaban con música de fiesta: *reggaeton*, *rock and roll* y *country* se entremezclaban con villancicos en una combinación imposible. Los cocineros trabajaban sin parar para abastecer a toda aquella gente, y aunque el ritmo era frenético, había un ambiente festivo contagioso. Incluso quienes estaban sirviendo o detrás de los fogones tarareaban las canciones y movían las caderas al compás.

—Ven conmigo. —Su pequeñaja favorita había aparecido como por arte de magia y le tiraba con fuerza de la manga.

—Ahora no puedo, Brenda. Tengo mucho trabajo.

—Tienes que venir —insistió la niña—. Está aquí el español del que te hablé.

Lucía detuvo lo que estaba haciendo y la miró fijamente. Le pasó una mano cariñosa por el flequillo, colocándole los mechones más largos detrás de la oreja. Iba a explicarle que no podía pararse, pero vio cómo le brillaban los ojos con tal anhelo que se sintió incapaz de negarle ese gusto a la pequeña.

—Pero solo un momentito.

Brenda sonrió abiertamente y la guio entre la gente. La concurrencia se movía a un lado y a otro y era difícil hacerse paso.

–No le veo –confesó desilusionada un rato después.

–Quizá más tarde –la animó Lucía, con prisa por retornar a sus quehaceres.

–Vale –accedió la niña haciendo un mohín. Entonces su carita se iluminó de repente–. ¡No, espera, está allí! ¡Vamos!

Tiró de ella con más fuerza y la dirigió, ya sin titubear, hacia una barra donde estaban sirviendo bebidas.

El chico que Brenda buscaba se encontraba de espaldas. Era alto y de complexión delgada y llevaba el pelo castaño un poco largo. Al llegar la niña a su altura y llamar su atención, se giró sorprendido.

Lucía se quedó petrificada durante unos segundos interminables, sin ser capaz de reaccionar, hasta que de sus labios consiguieron aflorar las palabras.

–¡Tú! ¿Qué haces tú aquí?

Capítulo 21

A qué jugáis

El chico que tenía ante sí estaba igual de desconcertado que ella. Al fin él también reaccionó.

–Lucía… Lucía, eres tú. ¿Qué haces aquí?

–¿Yo? ¿Cómo que yo? Te estoy preguntando qué haces tú. Yo trabajo aquí.

–¿Tú, trabajar aquí? Qué estás diciendo. Yo trabajo aquí. Tú estabas en Los Ángeles.

–Y tú en Australia.

Regresó el silencio. Se miraron a los ojos, y, pese a la emoción, se echaron a reír. Luego él retomó la palabra.

–Eso fue hace mucho. Soy educador social y esta es mi ciudad favorita en el mundo, ya lo sabes. Era mi destino pendiente, tarde o temprano recalaría aquí. ¿Y tú?

–El viaje me llevó hasta aquí. Después descubrí que era mi ciudad favorita en el mundo, y me quedé –dijo, y una sonrisa tontorrona le afloró a los labios.

Marcos le devolvió una sonrisa igual de boba, igual de embelesada.

–¿Qué pasa? –interrumpió Brenda, algo molesta. Había estado convencida de que iba a ser el centro de

atención presentando a aquellos dos y ahora resultaba
que no la hacían ni caso. Solo hablaban en su idioma y
ponían caras de tontos.

Lucía la miró.

—Ya nos conocíamos, cariño –explicó con suavidad.

—¿Qué? ¡No me lo puedo creer! –dijo Brenda, confundida–. ¿Se puede saber a qué jugáis?

Ambos la observaron sin saber qué decir. Después se
miraron de nuevo el uno al otro. Repasándose de arriba
abajo, como para asegurarse de que no era un sueño ni
una broma del destino. Se contemplaron, se escrutaron
y se analizaron. Los ojos, las sonrisas, el pelo, el cuerpo, la ropa que llevaba cada uno.

—¡Con todo lo que os he hablado al uno del otro y
no me habéis dicho nada! ¡No os lo perdono! –se quejó
Brenda. Y, haciendo gala de una gran indignación, se
dio media vuelta y se fue a buscar a su madre.

Entonces, como si se hubieran puesto de acuerdo,
estallaron en una carcajada unísona. Y una vez que empezaron, ya no pararon: reían y reían de forma incontenible, desternillándose, doblándose, enjugándose las
lágrimas, sin saber cómo detenerse ni querer hacerlo.
Porque el mundo ya se había parado para ellos, y lo
demás no contaba.

Capítulo 22

Lo sabía

–Nunca entendí por qué pasaste de mí de repente. Te escribí muchas veces, al teléfono español y al americano, pero mis mensajes ni siquiera llegaban. Estuve como un yonqui pendiente del móvil hasta que al final tuve que aceptar que no había nada entre nosotros. Me bloqueaste como aquella primera vez en España, ¿verdad?

–Sí –reconoció Lucía.

–Y tampoco me aceptaste en el Facebook. Ya sé que puede parecer invasiva una solicitud de ese tipo, pero, joder, teníamos algo, ¿no?

–¿Algo?

–Supongo que ya te habrías echado tus historias y no te apetecía que las viera, o simplemente que yo te importaba un pimiento –se quejó Marcos.

–Pues mira, si ese hubiera sido el caso, habría sido un detalle por mi parte. No como tú –Lucía le señaló con un dedo acusatorio.

Se habían alejado unos metros del barullo de la fiesta y estaban sentados en un banco con sendos vasos de café, tratando de ponerse al día. Pero la situación se estaba poniendo tensa. Nada que ver con el primer café que tomaron en España.

—¿Por qué como yo?

—Me plantaste la foto esa con la rubia del bikini un día después de mandarme corazones. Yo también tengo el mío, ¿sabes? —Lucía le envió rayos y centellas con la mirada.

—¿Qué… qué foto?

—No te hagas el tonto. La tenías por todas partes, en el WhatsApp y en el Facebook —a Lucía le dieron ganas de morderse la lengua, porque acababa de descubrirle que, aunque nunca le aceptara, le había cotilleado el muro a base de bien.

Marcos exhibió una sonrisa triunfante que ella odió, pero la borró al momento porque estaba más preocupado en aclarar aquello que en jactarse de que, en el fondo, algo sí que le había importado a esa mujer que tanto le había robado el sueño a él.

—¿Te refieres a Lena? Si es pelirroja…

—¡Y yo qué sé cómo se llama! Pues la pelirroja será la siguiente de la lista, a mí que me cuentas. Me dejaste claro que estabas con esa rubia despampanante nada más llegar.

—¿Yo, con una rubia despampanante? ¿Y cuándo ha sido eso?

—No te hagas el loco. Si hasta la tenías en tu foto de perfil.

—¿De qué me estás hablando?

Lucía suspiró.

—Te pusiste la foto en el WhatsApp con ella. No podías habérmelo dejado más claro.

Marcos arrugó la frente. Sí, tenía que ser eso, pero le costaba creerlo. No sabía si reír o llorar:

—Samantha.

—Yo qué sé —gruñó Lucía.

—Subí una foto con ella después de mi primera clase de surf.

—Pues muy bien.

—¡Pero si no tenía más de veinte años!

—Eso parecía —refunfuñó ella. Ni que le hiciera falta saberlo.

Marcos le tomó la cara entre las manos y la obligó a mirarle a los ojos.

—Samantha solamente era mi instructora de surf. Después de mi primera clase estaba eufórico y cambié la foto del perfil. Nunca pensé…

—¿Entonces no era tu novia ni nada de eso?

—Qué iba a ser… En eso estaba pensando yo, en echarme una novia australiana, no te digo…

—Ya. ¿Y la pelirroja de la que acabas de hablar?

—Lena, mi compañera de piso allí. Junto con su marido Andrew y su hijo Benjamin, por si necesitas más detalles.

Lucía frunció el ceño. Por su mente pasaron las imágenes del último año como en una proyección. La noche que le conoció, el reencuentro en la cola del paro, el primer café con él, el segundo café que duró hasta la mañana siguiente, la maleta que hizo gracias a su impulso, la imagen de la surfera que la llevó a tratar de olvidarle, la vida con Adam, la huida, y por fin, la paz. Pensó en las vueltas que su vida había dado desde entonces. En ese camino se había sentido más perdida que nunca, pero, al final, se había encontrado. Maki había tenido razón, y también Jane. Y ahora, cuando ya sentía que sabía quién era, él reaparecía. Ahora que había recorrido su propio camino y se conocía a sí misma lo suficiente. Ahora que estaba preparada para compartirlo con alguien. Y el círculo se cerraba.

Le miró. Contempló sus ojos color miel. Tenía el pelo más largo, y la piel tostada por el suave sol californiano. Él también tenía el ceño fruncido, observándola, intentando desentrañar qué pasaba por su cabeza.

–Así que encontraste al demonio de Tasmania.

–Sí, y casi me muerde. Qué mala leche tiene.

Lucía le miró con cariño. Poco a poco, las comisuras de sus labios se alzaron, y supo lo que tocaba a continuación. Se acercó lentamente a él, hasta que sus rostros quedaron a la misma altura sintiendo su respiración, y le besó.

Y Marcos, como aquella vez en su pequeño apartamento cacereño, le devolvió aquel beso, primero sorprendido y después con más y más ganas, con las ganas acumuladas de todas las noches soñando con ella, aún más hambriento que cuando se lo devolvió aquella vez, antes de coger el avión a Australia, y mucho más que la noche que la conoció, cuando aún no era más que una guapa y desconocida chica de un sábado noche. Se separó durante unos segundos y la miró a los ojos. Después la levantó en brazos y volvió a besarla.

Brenda, que había presenciado toda la escena en la distancia, cabeceó con mirada experta y en su rostro infantil se dibujó una sonrisa de felicidad.

–Lo sabía.

Capítulo 23

Solo una vez

El destino había jugado con ellos, separándoles para volverles a juntar a nueve mil kilómetros de su ciudad de origen, y estaban convencidos de que aquello no era simple casualidad. Una vez aclarados los malentendidos, tenían claro que no querían volver a distanciarse. Celebraron juntos la salida y entrada del nuevo año, con algo de nostalgia por sus familias y amigos en España, pero con mucha ilusión por la etapa que afrontaban. Después, tras los días festivos, volvieron a sus rutinas cada uno inmerso en su trabajo en dos de los albergues más solicitados de la ciudad. Ella siguió viviendo en la residencia y él en su piso de alquiler. Tras sus jornadas de trabajo, quedaban al atardecer para pasear juntos por los barrios de San Francisco, degustar la tarta de queso en The Cheesecake Factory, o recorrer las salas del MOMA aprendiendo de arte moderno. Siempre había algo que hacer en aquella ciudad, y siempre había una nueva anécdota para contar y algo desconocido que aprender del otro. Los fines de semana hacían pequeñas excursiones: pasaban su día libre en Sausalito, caminando por su puerto pesquero al otro lado de la bahía, o tomaban un autobús para conocer Monterrey o San José.

Como Marcos compartía habitación con otro chico, tenían que esperar a que él no estuviera para ir corriendo a su piso a tener algo de intimidad, o bien colarse por un rato en la habitación de la residencia de Lucía, donde no estaba permitida la «compañía», aunque desde la recepción, Sharra siempre hacía la vista gorda.

En esas tardes se entregaban el uno al otro sin prisas, enredados entre las sábanas. Demoraban el placer compartido sin escatimar en besos y miradas, como si no existiera nada ni nadie más que ellos dos. Y es que, en esos momentos, en verdad no existía. Habían caminado mucho para llegar hasta aquel punto; el resto no importaba.

Entre ellos se forjó una relación basada en el amor y la amistad, pero también en el sexo. Los días, las semanas y los meses iban transcurriendo y la pasión no aflojaba. Además, sentían que tenían mucho en común. Sus valores, su forma de ver las cosas, su entusiasmo por conocer mundo. Incluso comenzaron a hablar de futuro. Aquella situación se les iba quedando cada vez más escasa: añoraban pasar más tiempo juntos, dormir abrazados por las noches y despertar viendo la cara del otro. Querían construir una vida juntos, con mil sueños que cumplir en ella.

Solo había algo que ensombrecía su felicidad. Desde aquella relación fallida con Adam, Lucía se había vuelto muy insegura. Cada vez que veía a Marcos sonriéndole al móvil, una sensación desagradable se le agarraba al estómago y la cabeza se le nublaba. «¿Con quién hablará?», se preguntaba una y otra vez. ¿Sería con Samantha? Había sido la profesora de surf, pero también era una tía que estaba cañón y con la que seguía manteniendo el contacto. ¿Y la tal Lena, con esa melenaza pelirroja? Vale, estaba casada. ¿Y qué? Ni que fuera la primera en ser infiel a su marido. ¿Y tantas otras, de las que ella nada sabía pero podían estar acechando, a la espera para romper lo que ella y Marcos, tras tanto tiempo, habían conseguido?

Se contenía porque quería confiar en él, pero a veces no podía evitar echar un vistazo por encima cuando estaban el uno junto al otro y él tecleaba en su teléfono. Sin embargo, solo veía resultados de los partidos de baloncesto, o su última partida de trivial online. A Marcos no le pasaban desapercibidos los celos de Lucía, pero pensaba que era algo pasajero que ella superaría cuando fuera capaz de ver que era la mujer de su vida. Para él estaba clarísimo. Quizá por eso, quizá por su ingenuidad o simplemente porque no tenía nada que temer, Marcos, a diferencia de Adam, no encubría nada. Dejaba el ordenador encendido sin contraseñas y olvidaba el móvil en cualquier lugar de la casa. Así que la tentación era poderosa. Y una tarde, Lucía no aguantó más. Tomó el teléfono y se lanzó a leer sus conversaciones en el chat. Estaba tan concentrada buscando algo con lo que poder culparle, que casi empezaba a decepcionarse porque no hubiera nada.

—¿Qué haces?

Lucía pegó tal respingo que se le cayó el móvil. Tuvo que hacer toda clase de acrobacias para que no se estrellara contra el suelo. Cuando consiguió salvarlo, no había disimulo posible. Lo agarraba en su mano derecha como un trofeo, y la mirada que le dirigía Marcos era de todo menos divertida.

—¿Me espías el móvil?

—Yo... yo... —balbució.

—¿Lo haces a menudo?

—Solo ha sido esta vez.

—Mira, Lucía, no tengo nada que esconderte y nunca

te he engañado con nadie. Pero creo que tú tienes que reflexionar sobre si eres capaz de confiar en mí. Porque si no –tragó saliva, la miró a los ojos– no creo que tengamos ningún futuro juntos.

Marcos cogió las llaves del apartamento y salió. Un minuto después entró. Lucía, paralizada por aquellas palabras, no se había movido del sitio. Aún sostenía el móvil de Marcos en la mano. Suspiró aliviada. Iba a decirle cuánto se alegraba de que hubiera vuelto, pero él se le adelantó.

–Se me olvidaba esto –dijo, quitándole el teléfono de la mano y volviendo a salir.

Capítulo 24

Tengo miedo

Lucía regresó a la pensión y no pegó ojo aquella noche. Cuando al día siguiente fue a trabajar, todos se dieron cuenta de que le pasaba algo. La española había perdido la sonrisa. Estaba arrepentida, sabía que no tenía que haber hecho lo que hizo y se sentía muy avergonzada, pero no se le ocurría cómo arreglarlo. Al final de la mañana, harta ya de ver cómo la cara larga le llegaba hasta los pies, Megan se acercó y la invitó a un café de máquina. El café era horrible, pero ya todos se habían acostumbrado y sabían lo que significaba. Megan había decidido comprar aquella máquina después de la conversación en el despacho con Lucía en la que se dio cuenta de que imponía demasiado. Así que para erradicar esa visión de jefa que ella misma detestaba, cada vez que quería confraternizar, invitaba a alguien a un café al pie de la máquina y charlaban. Ahora conocía mucho mejor a todos los trabajadores, pero también se había hecho adicta a la cafeína. Nada es perfecto.

—Pídele perdón —le dijo sin dudar cuando Lucía acabó de contarle su historia.

—¿Cómo?

—Le quieres, no ha hecho nada malo y tú sí has metido la pata. ¿Es así?

—Sí —gruñó Lucía. Dicho de esa forma descarnada, no la dejaba en muy buen lugar. Pero era la verdad.

—Estás arrepentida y te gustaría que todo se arreglara. ¿Eso también es así?

—También.

—Pues trágate tu orgullo, ve y pídele perdón.

Lucía asintió, pensativa.

—Y dile que no lo volverás a hacer.

—¿Eso también es necesario?

—Por supuesto. Has roto su confianza y tendrás que ganártela de nuevo.

—¿Crees que será así de fácil?

—No —Megan sonó tajante, y Lucía la miró apenada—. No lo será, pero es un primer paso. Si quieres a ese hombre, lucha por él.

—Creo que tengo miedo —admitió ella—. Yo antes creía en el amor, en la honestidad de la pareja y todo eso, pero alguien me engañó.

—Ya. No lo has superado. A lo largo de la vida vamos acumulando miedos. Todos lo hacemos. Cuanto más mayores, más cagones.

—¿Me estás llamando cagona? —se sorprendió Lucía, entre divertida y molesta. Una cosa era que la jefa fuera menos jefa, y otra esa. La cafeína, definitivamente, se le estaba yendo de las manos.

—Lo que quiero decir es que no podemos permitir que lo que nos sucedió en el pasado nos persiga durante toda la vida. No te avergüences de tu miedo, Lucía. Muéstraselo a tu pareja, porque solo te hace más humana.

—Entonces él también dirá que soy una cagona.

—No. Dirá que eres una valiente, por haberlo enfrentado y por compartirlo con él.

Megan le dio un apretón en el hombro en señal de ánimo y se fue a seguir con las tareas, no sin antes sacar otro café y llevárselo a su despacho. Y Lucía se quedó rumiando todo lo que le había dicho. Sí, igual las cosas eran tan difíciles como una quisiera hacerlas. Lo arreglaría. Después de todo, él también estaba loco por ella, ¿no? Si se sinceraba con él, tendría que perdonarla. Le llamaría y le pediría que quedaran para hablar. Se citarían en su restaurante favorito, el tailandés que descubrieron juntos cuando se reencontraron en San Francisco. Pedirían lo mismo que aquella vez: un *pad thai* con gambas, *noodles* con salsa de cacahuete y helado de coco de postre. Nada mejor para combatir una crisis que agarrarse a los momentos mágicos compartidos. Y ella le confesaría sus miedos y le diría que no iba a dejar que la dominaran, ni que estropearan la relación con el hombre del que estaba enamorada.

Por primera vez desde la discusión, volvió a sonreír. Buscó el número de Marcos en el móvil, y, justo cuando iba a marcarlo, la pantalla se iluminó con una llamada.

A pesar de haber dejado su antiguo teléfono en Las Vegas, el omnipresente Google había recuperado todos los números, de forma que la propietaria del que ahora hacía generar un ruido estrepitoso que se propagaba por toda la oficina apareció con todas sus letras: *Maki*.

Capítulo 25

¿Es que no ves las noticias?

–¿Maki? ¿Maki, eres tú?

–¡Lucía! ¡Ay, Lucía!

Por el tono entrecortado y lastimero de su antigua amiga, Lucía ya sabía que no la llamaba para preguntarle cómo le iba la vida. Un escalofrío le recorrió el cuerpo.

–¿Qué ha pasado, Maki?

Como si esa simple pregunta fuera el detonante que la japonesa estaba esperando, el sonido de un llanto incontenible se escuchó al otro lado de la línea. Lucía aguardó, pero Maki parecía incapaz de parar.

–Vamos, Maki, dime qué está ocurriendo.

–Mike…

Sin saber por qué, a Lucía la invadió un extraño alivio que, después, pensándolo, haría que se sintiera culpable.

–¿Qué pasa con Mike?

–Se ha ido, Lucía, se ha ido.

–¿Adónde?

–¿Es que no ves las noticias? ¡¡¡Ha muerto!!!

Lucía se quedó sin palabras. ¿Mike, muerto? ¿Ese

productor tan apuesto que no aparentaba más de cincuenta años, aunque estuviera a punto de cumplir los sesenta? Seguía pensando que era un vejestorio para una chica como Maki, pero, desde luego, era demasiado joven para morir.

–Lo... lo siento mucho, cariño –no supo qué más decir, así que dijo lo único que se le ocurrió–. ¿Cómo ha sido?

–Un infarto. Mientras estábamos en la cama.

–Dios mío, Maki.

–No sé cómo voy a poder con esto.

–¿Cuándo ocurrió?

–Ayer. Nos acostamos como todas las noches. Yo uso tapones para dormir, porque ronca... roncaba muy fuerte. Así que no me enteré de nada. Cuando me desperté esta mañana, estaba frío. ¡Me desperté con su cadáver, Lucía!

–Tranquila, Maki, tranquila –a ella sí que la tranquilizaba esa información. Por un momento había pensado que el pobre Mike murió en mitad del acto.

–Y ahora todo esto está lleno de policías y no dejan de interrogarme.

–¿Cuándo es el entierro?

–Será mañana, pero aún no se sabe la hora. Estamos esperando que nos lo devuelvan tras la autopsia.

–Voy para allá –decidió sin pensárselo.

–¿Qué?

– Ahora estoy en San Francisco, pero voy a coger el primer avión que salga y estaré allí contigo, ¿de acuerdo?

–¿De verdad? Oh, Lucía, no sabes cómo te lo agradezco. Yo... yo no tengo fuerzas para pasar por esto sola.

–No lo harás. Compraré el billete ahora mismo y te volveré a llamar confirmándote la hora a la que llego.

–Está bien.

–Ánimo, Maki. Eres fuerte. Puedes con esto.

Escuchó otro torrente de lamentos antes de cortar la comunicación, y fue consciente de cuánto quería a esa chica. Porque al oírla así, ella también sentía un dolor que le irradiaba todo el pecho.

Capítulo 26

4 de marzo

El avión ya ha despegado. En un rato pisaré de nuevo Los Ángeles. Hace un año a estas horas estaba en la academia de inglés, chapurreando como podía mi nuevo idioma. Y hace también un año que Maki me invitó a ir con ella a mi primera fiesta en Beverly Hills. Me siento como si aquello le hubiera sucedido a una persona diferente. Me avergüenzo un poco de aquella chica ingenua que se compraba vestidos de segunda mano solo para lucir palmito sin repetir armario y mentía sobre el lugar donde se quedaba a dormir. Pero esa no era otra persona. Esa también era yo. Y como dice Megan, no hay que avergonzarse. Lo valiente es saber aceptarse y seguir creciendo.

Y yo reconozco que me crea ansiedad volver al lugar donde empezó todo. Lo esquivé en mi viaje con Jane, convenciéndola para alargar el trayecto una y otra vez, y volví a esquivarlo despidiéndome de ella y asentándome en San Francisco. Ese era mi camino, ahora lo sé. Pero también sé que ha llegado el momento de reconciliarme con Los Ángeles y con todo lo que pasó allí.

Marcos tiene el teléfono apagado, así que le he dejado un mensaje diciéndole que tenía que ocuparme de un asunto y que volveré en unos días. Si me quiere, esperará para arreglar las cosas. Y me quiere. Yo sé que me quiere.

Capítulo 27

Una corriente de dolor

El taxi aparcó frente al tanatorio y Lucía se sintió abrumada. Había decenas de coches en los alrededores, y los *flashes* de los periodistas saltaban constantemente, interesados en captar a los famosos que se acercaban a dar el último adiós al célebre productor.

Pagó la cuenta, se recolocó la ropa y salió. Se había vestido de una forma sencilla: pantalones de pitillo negros, una blusa blanca y unas manoletinas negras. Probablemente la confundirían con una de las camareras del catering, pero desde que se deshizo de su equipaje anterior, aquello era lo más elegante que tenía. Su atuendo habitual ahora eran petos vaqueros, pantalones bombachos o simples jeans con camisetas. Además, llevaba la cara lavada. Su neceser de maquillaje había quedado en Las Vegas, como tantas otras cosas. Nunca sintió la necesidad de recuperarlo. Aunque al principio le costó acostumbrarse a estar sin él, sabía que sería ridículo pintarse para hacer rutas senderistas por los parques naturales, y tuvo que reducir su ritual de belleza a un buen chorro de agua fría por las mañanas. En el fondo resultaba muy liberador no tener que preocuparse por su imagen, y se fue habituando a esa nueva Lucía sin pestañazas cargadas de rímel ni labios de un fucsia fuerte que se veían a kiló-metros de distancia. Ni el colorete en las mejillas, ni las sombras de ojos, ni la base de maquillaje, ni el *eyeliner*, ni el corrector (¿corrector de qué?). Había pasado de no soportar su cara por las mañanas a saber aceptarse como era y reconocer su belleza natural. Y su rostro había ga-nado con el cambio. Ahora su piel era más fina, estaba más oxigenada y sus mejillas tenían un rubor propio que le sentaba de maravilla. Incluso parecía haber rejuveneci-do un par de años. Sin embargo, al verse rodeada de to-dos esos estirados que iban como un pincel, una parte de la antigua Lucía regresó del pasado. Se sintió desnuda sin su capa de maquillaje y sus ojos ahumados y delineados en forma de «V», sin sus tacones de vértigo y unos cuan-tos complementos que la ayudaran a pasar desapercibida entre todo ese *glamur* artificial.

«A mí todos estos me la refanfinflan», se dijo para darse ánimos. Estaba ahí por Maki, y a ella en esos mo-mentos poco le iba a importar lo que llevara encima.

Todo el tanatorio se había reservado para Michael. Sabía por su amiga que habían llevado el cuerpo tan solo unos minutos antes, de modo que el revoloteo y la expectación aún no se habían calmado. Fue directa ha-cia la sala que ella le había indicado y se abrió paso entre la muchedumbre. Algunos la miraban con antipatía al hacerse hueco entre ellos, otros con curiosidad ante tal atrevimiento. Tras unos minutos agobiantes, consiguió alcanzar el lugar donde se disponía el féretro. Aguardó en una cola en la que se habían apostado los más rápi-dos a la hora de dar el pésame frente a una habitación de unos cinco metros cuadrados. Cuando le llegó el turno, respiró profundamente y entró. Había temido muchas veces reencontrarse con Adam, pero nunca imaginó que fuera en una circunstancia como aquella.

Una corriente de dolor golpeaba nada más poner el pie en aquella sala. Inmediatamente localizó a su amiga. Estaba sola en un rincón y nadie parecía dirigirle sus condolencias a ella. Más bien la daban de lado, ignorándola por completo. Aquello enfureció a Lucía y corrió junto a Maki. Al acercarse vio hasta qué punto su amiga estaba deshecha. Tenía los ojos hinchados y enrojecidos, sus lágrimas le resbalaban sin cesar por las mejillas y se la veía tremendamente pálida. Parecía casi incapaz de mantenerse en pie.

—Ven aquí —dijo estrechándola fuerte entre sus brazos.

Se quedó así, sosteniendo ese cuerpo pequeño y delgado que le pareció más frágil que nunca. Lo sostuvo y lo calmó hasta que las sacudidas producto del llanto se fueron aplacando. Solo cuando la sintió más tranquila se permitió mirar alrededor. Pero lo que tanto había temido enfrentar cuando pusiera un pie en aquel tanatorio no llegó a suceder. Allí no había ni rastro de Adam.

Capítulo 28

Todo (no) pasará

–Vamos a la cafetería –Lucía empujó a Maki.

–No quiero dejarle solo.

–Aquí hay muchísima gente, quedan muchas horas y tú necesitas respirar un poco. Apuesto a que no has comido nada.

La japonesa masculló alguna queja, pero se dejó llevar sin prestar resistencia. Allí, Lucía tomó varios sándwiches de unas mesas rectangulares dispuestas de un lado al otro de la estancia y pidió un par de coca colas a una camarera que, efectivamente, iba vestida igual que ella.

–Come –ordenó, y asintió más tranquila al ver que su amiga agarraba el emparedado y lo mordisqueaba como un pajarillo. Ella misma atacó el suyo sin miramientos. En el avión *low cost* no le habían dado ni unos anacardos. Estaba famélica.

Masticaron en silencio y dejó que fuera Maki quien marcara los tiempos. Tras acabarse la comida, la japonesa clavó sus ojos negros en los de Lucía.

–Me han interrogado –soltó sin más preámbulos.

–¿Cómo?

–La policía.

–¿Y eso?

–Mike tomaba tranquilizantes para dormir. Cuando estaba nervioso se subía la dosis sin importarle sus problemas de corazón.

Lucía la miró estupefacta. La primera imagen que se le venía a la cabeza de aquel hombre era con un cigarrillo en una mano y una copa en la otra.

–No sabía que Mike tenía problemas de corazón.

–Insuficiencia cardiaca. Se la pasaba por el forro, ya lo sé –dijo Maki con una mueca triste–. Siempre decía que había que vivir la vida, que se podía morir de cualquier cosa y en cualquier momento. No estaba dispuesto a hacer ninguna concesión a los médicos.

–Todo un hedonista.

–Sí. A mí me preocupaba mucho, pero intentaba aceptarlo y no pensar en las consecuencias. Era así cuando le conocí, y así me enamoré de él. Me seducía su forma de ver la vida, la manera en que tenía medidas las cosas que le proporcionaban felicidad y cómo se agarraba a ellas.

–¿Y qué pasó?

–Llevaba años tomando esos tranquilizantes. El médico le tenía dicho que los dejara, pero le daba igual. Si tenía un evento importante al día siguiente y no conseguía conciliar el sueño, agarraba la tableta de pastillas como si fueran caramelos. Cuando me enteraba le echaba la bronca, y entonces él me contestaba que era peor que el médico. Y yo me callaba, porque no quería ser un grano en el culo.

Maki dio un trago a su bebida y se tomó unos segundos antes de continuar.

–Han encontrado restos de una dosis muy alta al hacer la autopsia. Supongo que le entró el insomnio e hizo de las suyas.

—Quizá no fuera solo por las pastillas… Michael no se cuidaba nada, Maki, tú lo has dicho.

Ella renegó con la cabeza.

—Debí haberlo evitado. Pero yo misma me quedé dormida como un leño y no me enteré de nada.

—Eso sí que no. No permitiré que te sientas culpable.

—Es como me ven todos, así que, ¿qué importa una más? Ya has visto cómo me miran.

—Esos son imbéciles. Viven en su puñetera burbuja y no se enteran de nada —estalló Lucía.

—No te imaginas cómo me ha hablado ese inspector, Lucía. Me ha preguntado qué hacía con Michael en la cama. Primero me ha tratado como a una prostituta y cuando le he aclarado que era mi pareja, aún peor. Ha querido saber si estábamos casados, si yo recibiría algo con su muerte… como si fuera una delincuente, como si hubiera querido que muriera —Maki apretó los puños, conteniendo la rabia—. Llevo un año aguantando que digan de todo a mis espaldas, ¿sabes? Que me miren con desprecio, que algún tipo pasado de copas me diga toda clase de burradas dando por hecho que me vendo fácil, que se me cuestione en cada papel que consigo hasta que demuestro lo que valgo… Estoy acostumbrada, y me daba igual porque yo quería a Mike y no iba a permitir que unos envidiosos estropearan nuestra felicidad. Pero, ¿esto? ¿Despertar con el hombre al que amo frío como el hielo y que vengan a mi casa a insinuar que he tenido algo que ver? Esto es demasiado, Lucía. Esto no lo soporto.

Maki no pudo más. Empezó a llorar de nuevo, con una desesperación que hacía que a Lucía el alma se le partiera en dos, y no se le ocurrió otra cosa que abrazarla de nuevo.

—Pasará, Maki —dijo al poco—. Todo pasará. Los policías están haciendo su trabajo, aunque algunos sean gilipollas. Y al resto, ni caso. Las cosas volverán a su lugar y te dejarán en paz.

–Nunca volverán a su lugar –cabeceó Maki sin soltarse y sin dejar de llorar–. Nunca, nunca. Porque Mike no va a volver.

Capítulo 29

¡Lucía!

Fue imposible convencer a Maki de que se retirara a descansar. El entierro tendría lugar la mañana siguiente, y ella aseguraba que no se separaría de Michael en esa última noche. De modo que Lucía salió a comprar algunos útiles de aseo y se preparó para pernoctar en aquel lugar.

Volvía cargada con todo lo necesario, pero al penetrar en el edificio se dio cuenta de que había un revuelo mucho mayor que cuando se fue. La gente estaba aglutinada en uno de los laterales del pasillo concentrada en lo que estaba ocurriendo. Se hizo paso. Había dos hombres enzarzados en el suelo. El que estaba encima le propinaba al de abajo un puñetazo detrás de otro.

—¡No te atrevas nunca más a decir algo así! —gritaba mientras el otro trataba de zafarse.

Al poder ver de cerca a los contendientes se quedó estupefacta. El que estaba pegando una buena tunda era Adam. Nadie parecía tomar cartas en el asunto y la pelea se iba poniendo cada vez más fea. Al fin, un guarda de seguridad logró llegar hasta ellos y los separó. Inmovilizó a Adam con una llave al más puro estilo Bruce Lee y se lo llevó con los brazos hacia atrás, todavía pataleando.

Lucía seguía mirándole perpleja. Adam estaba como enajenado y tenía muy mala pinta. Despeinado, con la camisa rota y la nariz sangrando. En ese momento, él la vio. Sus ojos se abrieron exageradamente y se quedaron fijos en los de ella, que no lograba apartarlos. En un segundo, Adam pareció recobrar toda la lucidez. Ella advirtió cómo movía los labios. Con todo el bullicio no podía oírle, pero sabía perfectamente la palabra que estaba pronunciando, una y otra vez, con más desesperación a medida que le alejaban de allí: ¡Lucía!

Capítulo 30

Eso estuvo bien

Pegó un respingo al notar una mano en su hombro. Era Maki.

—¿Qué ha pasado? —le preguntó a su amiga.

—Vámonos de aquí —dijo Maki, arrastrándola lejos del barullo y llevándola a través de varias salas y pasillos hasta una habitación minúscula donde no llegaba ningún ruido. Allí solo había un sofá y un dispensador de agua.

Lucía se dejó caer en el sofá y se maravilló una vez más de los recursos de la japonesa, preguntándose cómo habría dado con ese oasis en mitad de la multitud.

Maki se sentó a su lado y apoyó la cabeza en su hombro, pero Lucía seguía muy nerviosa por la escena que acababa de ver.

—¿Tú sabes qué ha pasado ahí fuera? —insistió—. ¿Quién era el hombre al que pegaba Adam?

—Era su hermano.

—¿¿¿Qué??? ¿Adam tiene un hermano? —definitivamente, no sabía nada de aquel hombre.

—Jonathan, medio hermano. Es hijo de la primera mujer de Mike.

–Nunca me dijo una sola palabra de él.

–Llevaban años sin hablarse.

–Ya. ¿Y por qué le zurraba de esa forma?

Maki tomó aire.

–Me insultó.

–¿Adam te insultó? –Lucía notó cómo una corriente de ira la dominaba por segunda vez en ese día.

–¡No! Jonathan. Nunca aprobó que Mike y yo saliéramos juntos. Hoy había conseguido evitarle pero hace un rato vino directo hacia mí y empezó a decirme que era una buscona, que tenía la culpa de lo que le había pasado a su padre, que qué demonios hacía aquí… Adam llegó justo en ese momento y lo escuchó. Se lanzó a por él como un toro.

–¿Adam hizo eso?

–Sin pensárselo.

–Vaya –Lucía se quedó descolocada. Se había labrado una imagen tan negativa de ese hombre, que a esas alturas no le creía capaz de un solo gesto noble.

–No hacía falta montar ese numerito –se quejó Maki–. Todo el mundo llevaba horas rumoreando porque Adam no aparecía, y desde luego, ahora sí que les ha dado de qué hablar.

–¿Por qué no había venido hasta ahora? –Lucía no pudo reprimir su curiosidad.

Maki encogió los hombros con gesto agotado.

–No lo sé. Por la pinta que traía, supongo que ha estado bebiendo desde que se enteró.

Las dos se quedaron calladas durante un buen rato. Fue Lucía quien volvió a hablar.

–Pues me alegro de que te haya defendido.

–Le dijo que yo pintaba aquí más que nadie. Que hice mucho más por la felicidad de Mike de lo que nunca hizo él. Eso estuvo bien –Maki sonrió con una mueca triste.

–Sí. Eso estuvo bien –convino Lucía, pensativa, y le pasó el brazo por encima. Después, las dos se quedaron dormidas. Tan profundamente, que ni siquiera escucharon el teléfono sonando una y otra vez dentro del bolso de Lucía.

Capítulo 31

Un pasmarote

Lucía y Maki se despertaron pasada la medianoche y volvieron a la sala donde se velaba el cuerpo sin vida de Michael. A esas horas la mayoría de la gente ya se había retirado, y poco a poco, todos fueron desapareciendo. Aquellas personas estaban acostumbradas a pasar noches enteras sin saludar al colchón, pero era muy diferente hacerlo con motivo de una fiesta que en la sala de un tanatorio, frente a un cadáver. De todos los que tanto cariño decían profesar a Michael, solo hubo una persona dispuesta a acompañarle en ese trance: Maki. Y con ella, Lucía, que no iba a dejarla sola en aquel lugar. Incluso los fotógrafos que se habían apostado durante todo el día frente al tanatorio se recogieron durante esas horas a descansar.

A las cuatro de la mañana, Lucía se despertó con un agujero en el estómago. Maki estaba dormida, de forma que se levantó sin hacer ruido y se dirigió a la cafetería con la esperanza de que quedara alguna sobra de todo el cargamento que habían llevado los del catering. Atravesó los pasillos tratando de quitarle importancia a la aprensión que sentía. Si por el día y lleno de gente, un lugar así ya le revolvía las tripas, de esa forma le parecía sobrecogedor. Solo se oía el eco de sus pasos, pero no podía evitar mirar una y otra vez detrás de ella, incapaz de desprenderse de la sensación de que alguien la miraba. «Quizá sea algún espíritu que no es capaz de cruzar al otro lado», se dijo, y el pensamiento en lugar de quitarle hierro al asunto, la estremeció aún más. La puerta de la cafetería estaba cerrada. Probó a girar el pomo, y para su satisfacción, confirmó que no habían echado la llave. Una luz tenue de las que no se apagaban nunca iluminaba las mesas. Todavía quedaba muchísima comida: canapés de todos los tipos, cientos de sándwiches como los que comieron horas atrás ella y Maki, e incluso un increíble surtido de pasteles. Con ánimo glotón, agarró una bandeja y se sirvió de aquí y allá hasta tenerla repleta. Cuando iba cargada con ella dispuesta a devorarlo todo, divisó a alguien al fondo de la cafetería. Estaba de pie frente a ella.

—¡¡¡¡Aaaaaaaaaah!!!! —chilló con todas sus fuerzas, al tiempo que dejaba caer la bandeja.

—Tranquila, soy yo —Adam se acercó corriendo al ver el estropicio.

—¡Adam! ¿Llevas todo el tiempo ahí plantado mirándome?

—Sí.

—¡Eres imbécil! ¿Por qué no me has dicho nada? —exclamó Lucía mientras se llevaba la mano al corazón para mitigar el sobresalto.

Adam hizo un amago de sonrisa y encogió los hombros. Ya casi se había olvidado del genio de la española.

—No quería asustarte —dijo, algo apocado.

—Ya. Sabes que me asusto con todo y te quedas ahí como un pasmarote en mitad de la oscuridad.

Lucía le miró a los ojos sintiéndose muy enfadada. Entonces reparó en lo desmejorado del rostro del que

fuera su galán de cine. Apenas habían pasado unos meses, y, sin embargo, de repente le pareció que había en-
vejecido mucho. En ese momento, Adam podría pasar
más por su difunto padre que por el chico despreocupado y seductor que ella había conocido.

Capítulo 32

Por suerte o por desgracia

–Gracias por venir –susurró Adam, que no había dejado de mirarla como si fuera una aparición.

–No lo he hecho por ti, sino por Maki. Y por Michael –añadió con tono desafiante.

Adam asintió, cabizbajo.

–Claro. Aun así, gracias.

Su gesto abatido y sus palabras, que parecían sinceras, ablandaron a Lucía.

–Gracias a ti por defender a Maki. No está siendo nada fácil para ella.

–El estúpido de Jonathan no tenía ningún derecho a hablarle así. Yo sé cómo quería mi padre a Maki, y cómo ella le quería a él. Solo hacía falta pasar un rato con ellos y ver la forma en que se miraban.

–Es verdad –convino Lucía, recordándolo. Ella misma había dudado de aquella relación, pero Adam siempre había creído en ellos dos. Eso tenía que reconocérselo, y así lo hizo–. Incluso yo me dejé llevar por los prejuicios, aunque ahora me avergüence de ello.

–No te avergüences. Una chica joven que quiere triunfar en Hollywood y un productor entrado en años con buena posición en el mercado. Es fácil desconfiar, quedarse en la superficie.

–Pero la realidad no es lo que parece a simple vista, por suerte.

–Sí, por suerte o por desgracia –dijo Adam con gesto atribulado. Él tampoco había sido lo que aparentó para Lucía, y esa parte ya no le gustaba tanto.

Lucía intuyó por dónde iba, pero prefirió dejarlo correr. Le tocó el hombro con gesto afectuoso y dijo lo que aún no había dicho.

–Lo siento, Adam. Siento mucho lo que le ha pasado a tu padre.

–Yo también –sin poderlo evitar, Adam se echó en sus brazos como un niño pequeño. Y lloró como todavía no había sido capaz de hacer mientras a Lucía, desconcertada y conmovida, no le quedaba otra que devolverle el abrazo y permitir que aquel hombre que tanto había significado para ella se desahogara.

Cuando el llanto remitió, Adam se separó y evitó mirarla a los ojos. Parecía avergonzado.

–Oye, yo sigo con tanta hambre que me comería un mamut –dijo Lucía para distender el ambiente.

Adam observó las viandas que aún seguían dispersas por el suelo, como si las hubiera olvidado por completo.

–Ayúdame a limpiar este desastre y me serviré otra vez –le pidió ella.

–Claro. Y después prepararé café.

–¿Te refieres a sacar unos vasos de ese líquido inmundo? –dijo Lucía señalando una máquina mientras los dos se agachaban para recogerlo todo.

–Me refiero a prepararte el mejor *capuccino* que hayas probado jamás–replicó él sonriendo por primera vez.

En cuanto acabó de recoger, Adam se metió dentro de la barra, encendió la cafetera y comenzó a moverse con soltura buscando los ingredientes.

Lucía no pudo evitar una sonrisa nostálgica, recordando aquella primera vez que le conoció. Adam también pensaba en ello, porque cuando llevó a la mesa sendas tazas, no evitó la alusión a aquella cita.

—No serán unos dry martini, pero valdrán.

—Creo que hoy esto es más apropiado. Y que tú ya has bebido bastante.

—Sí. Me vendrá bien una dosis de café —aceptó él con humildad.

Dicen que el tiempo cura las heridas. A veces arrastramos traumas a través de los meses, de los años, y nos vemos incapaces de superarlos. Pero luego, cuando la vida nos enfrenta a ellos, nos damos cuenta de que no había nada de qué preocuparse. De que el tiempo ha operado su magia, que estamos curados y solo quedan las cicatrices que constituirán el mapa de nuestras vivencias. Eso fue justo lo que le ocurrió a Lucía. Comprendió que no había nada que temer, y que ya no sentía ningún rencor hacia Adam. El perdón había llegado sin ni siquiera enterarse, y ahora solo quedaba el recuerdo de los momentos bonitos y el agradecimiento por haberlos compartido. Adam, por su parte, aprovechó para sincerarse con ella y pedirle disculpas.

—No me porté bien contigo, Lucía. Cuando te fuiste sin dejar ni una nota, me sentí injustamente tratado —hizo un gesto con la mano para que no le interrumpiera—. Lo sé, lo sé. Sé que fui yo quien no hizo las cosas bien. Te mentí y te engañé. Todo era muy difícil para mí en esos momentos.

—¿Todo era muy difícil? Pero Adam, si eres un privilegiado. Si vieras la gente con la que trabajo, la falta de oportunidades y las carencias con las que tienen que lidiar. Tú no tienes derecho a quejarte.

—Así es como se ve desde fuera, pero aunque te resulte imposible de creer, mi vida tampoco ha sido fácil. Crecí en una familia célebre en Hollywood donde mi padre tenía un nombre. Él se había hecho a sí mismo desde la nada, era el *self-made man* que aquí se valora tanto. Pero yo no pude conseguir nada por mí porque todo venía dado ya. Y cada vez que lo intentaba, aparecía el nombre de mi padre y todos daban por hecho que él había tenido algo que ver. Me veían como un niño mimado y caprichoso que jugaba a las películas gracias a su padre. Y como era lo que esperaban de mí, al final acabé desempeñando ese rol. Jugaba, bebía, y no me tomaba nada en serio. Cuando me metía en problemas, mi padre me sacaba de ellos, y yo sentía una especie de satisfacción interior por haberle hecho un poco de daño. No sabía cómo salir de ese círculo vicioso. Y entonces apareciste tú.

—¿Yo?

—Tú, con tu frescura, con tu espontaneidad, y orgullosa de venir de dónde venías. Durmiendo en un albergue y poniendo sangrías a los turistas sin que se te cayeran los anillos. A mí me habría encantado ser como tú.

—¿Y por qué me sacaste de ahí? —se quejó Lucía. No sabía si sentirse halagada o molesta.

—Me pareció que te lo habías ganado. Que nunca habías podido disfrutar de esos placeres que para mí no significaban nada. Que te lo merecías más que nadie, y ya que yo los tenía, quería mimarte.

—No habría hecho falta nada de eso. Habría bastado con que hubieras sido honesto conmigo.

—Lo sé, Lucía. Ahora lo sé. Pero no estaba preparado. Eras la primera mujer de la que me enamoraba. La única —dijo, bajando la voz.

Lucía se había quedado sin palabras. Observaba a ese hombre del que también creyó estar enamorada y al que luego tanto odió por destrozarle el corazón. Si él hubiera sido sincero desde el principio, quizá… Solo quizá. Pero no.

—¿Crees que podrías…?

—Es demasiado tarde, Adam —le interrumpió.

—Tenía que intentarlo —dijo él con gesto triste.

—Estoy saliendo con otro hombre, y le quiero muchísimo. Se llama Marcos.

—Qué afortunado.

—Bueno, ahora estamos enfadados. Pero lo vamos a arreglar —dijo Lucía con decisión.

Adam no captó la decisión en sus ojos. Lo que captó, con lo que se quiso quedar, fue con la primera parte. Estaban peleados. Quizá tenía una posibilidad, después de todo. Así que, sin más, se lanzó. Tomó su cara entre sus manos y la besó con pasión.

—¿Pero qué haces?

Lucía se le quitó de encima despegando sus manos con gesto arisco. Se levantó y dio un paso hacia atrás.

—Has dicho que estabais enfadados.

—También he dicho que es demasiado tarde para nosotros. Con eso debería haberte bastado —replicó ella, mirándole furiosa.

Capítulo 33

Este quién es

Maki se despertó sobresaltada. Se asustó al ver que estaba sola, pero enseguida se dijo que Lucía habría ido al baño. Cuando pasaron los minutos y no regresaba, se empezó a preocupar. Aunque había querido quedarse con Mike, lo cierto era que le daba miedo estar allí. Se levantó del sillón, estiró brazos y piernas y empezó a deambular por los pasillos en busca de su amiga.

Le llegaron voces de la cafetería. Se acercó hasta la puerta y miró por el cristal que tenía en la parte superior. Allí estaba Lucía, y sentado muy pegadito a su lado, Adam. Los dos estaban charlando amigablemente, y se les veía muy a gusto. No sabía si interrumpir, pero lo que vio entonces se lo dejó claro: Adam tomó por la nuca a Lucía y le plantó un beso en los labios. Pero no uno normalito, no. Un morreo de padre y muy señor mío. Maki cabeceó, desconcertada, y volvió sobre sus propios pasos. Al regresar a la sala, se acercó al féretro donde descansaba su amor y le acarició el rostro con la punta de los dedos. Tenía una expresión de intensa paz, y deseó que fuera de ese modo como se había ido. Se quedó allí, contagiándose de esa paz y sintiéndose más tranquila al estar a su lado.

De repente, el sonido de un teléfono la hizo pegar un brinco. No era el suyo, y allí no había nadie más. Estaba por echar a correr cuando reparó en que Lucía se había dejado allí el bolso. El móvil no paraba, y ese ruido a esas horas y en ese lugar tenía un efecto estruendoso e insoportable. Rebuscó en el bolso hasta dar con él. En la pantalla podía leerse «Marcos».

«¿Y este quién es?», se preguntó a la vez que descolgaba para averiguarlo.

–¿Hola?

–¿Lu-Lucía?

–No puede ponerse.

–¿Quién eres?

–¿Quién eres tú?

–Marcos.

–Eso ya lo dice la pantalla.

–Oye, ¿por qué no puede ponerse? ¿No le habrá pasado algo?

–Qué va, está perfectamente. ¿Qué quieres?

–Nada, hablar con ella. ¿No me vas a dar más detalles, chica misteriosa?

–Está con Adam.

Marcos se quedó totalmente descolocado. Después, a medida que comprendía, una rabia espesa le fue invadiendo.

–¿Adam? ¿El de Los Ángeles?

–Claro, chico, estamos en Los Ángeles.

–Estáis en Los Ángeles. Y Lucía no se puede poner porque está con Adam. Muy bien. Eso es todo lo que necesitaba saber.

Maki se quedó mirando el teléfono con cara de tonta. El tal Marcos había colgado.

–Pero qué mala educación –dijo, devolviendo el aparato al bolso de Lucía.

Capítulo 34

My way

Doce de la mañana. En las últimas horas todo se precipitó. En cuanto salió el sol, los periodistas volvieron a las puertas del tanatorio y se fue llenando nuevamente de familiares, amigos y conocidos que querían participar del último adiós al carismático productor. Lucía arrastró a Maki a la mansión que había compartido con Mike a fin de que pudiera darse una ducha y cambiarse de ropa, y después las dos se dirigieron al cementerio. La familia de Michael había querido que se le enterrara en el panteón donde yacían sus padres y una hermana a quien, como a él, la parca se llevó demasiado pronto.

En cuanto a Adam, también se había pasado por agua, porque apareció con un aspecto mucho más presentable. Con el pelo aún húmedo, el rostro perfectamente rasurado y vistiendo un sobrio traje negro que le sentaba como un guante. Las ojeras las llevaba camufladas bajo unas gafas de sol negras, y se encontraba en primera fila recibiendo las condolencias con un gesto serio y amable. Jonathan estaba también, aunque a él no se le había dado tan bien lo de presentar buen aspecto. Las magulladuras del rostro tardarían un tiempo en desaparecer. Él y Adam parecían haber hecho las paces o al menos firmado una tregua, aunque la madre de Jonathan se había situado entre ambos haciendo de barrera. Por si las moscas.

En cuanto Adam vio a Maki y a Lucía, les hizo un ademán para que se colocaran a su lado. La japonesa se resistió, pero él no quiso ceder. «Tú eras su compañera. Junto con sus hijos, tienes más derecho a estar aquí que nadie». Miró de reojo a su hermano y este, para sorpresa de las chicas, asintió con una mueca de gravedad. Sí, definitivamente, esos dos habían hablado. Maki asintió a su vez y, cohibida, se colocó junto a Adam.

La ceremonia se alargó más de lo deseado, pues eran muchos los que querían dar el pésame y despedirse de Michael, pero fue compensada con la emotividad de un acto sencillo, en el que un hermano y un amigo del fallecido conmovieron a todos recordando la alegría y la bondad con las que el productor había contaminado su trocito de mundo. Después, uno de sus sobrinos tomó el micrófono de forma inesperada y se arrancó a capela con *My way*, evocando así al hombre que había hecho lo que había querido hasta el final. Maki se emocionó mucho y tanto Adam como Lucía le echaron un brazo por encima. Así fue como acabaron el acto, los tres abrazados, sintiendo cómo el amor compartido de alguna forma aliviaba sus corazones.

Tras la bajada del féretro, la muchedumbre comenzó a diluirse y ellos tres permanecieron allí, como si no supieran qué hacer a continuación.

—¿Quieres que te acompañe a casa? –preguntó Lucía a Maki.

—No quiero volver.

—Pero, Maki, ahora es también tu casa. ¿Dónde vas a ir si no?

—Creo que regresaré a Osaka.

—¿Qué dices? ¿Y qué pasa con tu carrera, con tu sueño?

–No tengo fuerzas para continuar aquí.

–No puedes hacer eso, Maki. No después de lo que tanto has luchado.

–Cuando llegué tenía tanta energía que arrasaba con todo, no me importaba estar sola en el mundo. Ahora es distinto. No creo que pudiera. Mike era mi pareja, pero también era mi amigo, mi admirador, la persona que más confiaba en mí.

–Sé que ahora duele mucho lo que voy a decirte, Maki, pero tú no necesitas a Mike.

Su amiga la miró como si se hubiera vuelto loca. ¿Cómo se atrevía? Pero Lucía no había acabado.

–Ni a él ni a nadie –tragó saliva antes de continuar–. Tienes talento, entusiasmo, espontaneidad, y una capacidad de trabajo brutal. Has avanzado mucho y estás muy cerca. Si ahora abandonas, echarás por la borda tu sueño.

Maki cabeceó con tristeza. Le halagaba que su amiga creyera en ella de esa forma, pero sentía que las fuerzas la habían abandonado.

–Mike no habría querido esto –insistió Lucía–. Al menos, piénsalo, ¿me lo prometes?

–Está bien. Me iré a un hotel durante unos días y lo pensaré.

Lucía asintió. No podía hacer más. Era la propia Maki la que tenía que darse cuenta. La que tenía que creer en ella misma.

–Nada de un hotel –Adam había estado escuchando todo sin intervenir–. Toma, son las llaves del *loft*. Quédate todo el tiempo que necesites.

–¿Y tú? –dijeron las dos al mismo tiempo.

–Yo voy a pasar unos días con mi hermano. Tenemos mucho de qué hablar.

Ambas se miraron, y, por primera vez en ese día, Maki sonrió.

Capítulo 35

¿Por qué no?

—Me alegro de que te hayas reconciliado con tu hermano —dijo Lucía una vez que se despidió de Maki.

—No sé si tanto como eso —contestó Adam.

—Pero si has dicho que te vas con él…

—Fue lo primero que se me ocurrió para que Maki aceptara.

—¿Entonces, tú?

—Ya pensaré en algo. Oye, perdona por lo de ayer.

—No pasa nada —Lucía le miró con afecto—. Me alegro mucho de haber venido, Adam.

—No me digas esas cosas o te besaré otra vez.

—Ni se te ocurra.

Adam le dedicó una sonrisa tan apesadumbrada que le dieron ganas de abrazarle. Pero se contuvo. No, no quería enviar falsas señales. Bastante tenía ya.

—Me alegro de haber venido porque me he reconciliado con esta parte de mi pasado, y además he podido descubrir al verdadero Adam, que es una gran persona. Pero te lo dije ayer. Es demasiado tarde.

—Ya sé, ya sé. Pero no tendría por qué, Lucía. Aquí tendrías una vida privilegiada, como tú misma dijiste.

Volveríamos al *loft*, o, si no quisieras, compraríamos otra cosa. Un chalé en Beverly Hills con un gran jardín, como el de mi padre. Haríamos fiestas para nuestros amigos, invitaríamos a Maki... –sus ojos brillaron por un momento. En el fondo, seguía teniendo esperanzas, y eso entristeció a Lucía.

–Esa no es la vida que yo quiero, Adam. ¿Lo has pensado alguna vez?

–¿Por qué no?

–Porque yo ya he elegido mi camino. Y a la persona que quiero que lo comparta conmigo.

Adam asintió, conteniendo el cúmulo de emociones que pugnaban por mostrarse.

–¿Un besito de despedida?

Lucía le miró incrédula, pero entonces se dio cuenta de que bromeaba.

–¡Que no! –gritó mientras le pegaba y él se echaba a reír.

Capítulo 36

11 de marzo

Hace ya cuatro días que regresé de Los Ángeles y sigo sin noticias de Marcos. He tratado de llamarle, pero el teléfono me da apagado todo el tiempo y no recibe mis mensajes. ¿De verdad va a pasar de mí solo porque le mirara el móvil? Vale, ya sé que fue una metedura de pata, pero, ¿es motivo para mandar a freír espárragos a la persona con la que se supone que ibas a pasar toda la vida? No me parece justo. Pero no puedo decidir por él, y como he aprendido a pensar primero en mí, sigo adelante con mi vida. Me levanto cada mañana, voy al albergue y hago lo que mejor sé hacer: cuadrar los números y sacar sonrisas. Y después, aprovecho para pasar el rato con gente que me importa. Ayer quedé con Austin y tomamos unas cervezas por Castro como en los viejos tiempos. Y hoy voy a ir al cine con Felecia, que es su día libre en la residencia. Estrenan la película en la que Maki consiguió su primer papel como extra. Ayer hablé con ella. Dice que sale solo un par de minutos, pero que en los próximos meses estrenarán otras tres en las que fue realizando actuaciones cada vez de más peso. Al hablar de ello se anima, y la veo algo más tranquila. Aunque aún no ha decidido qué hacer, yo confío en que saque las fuerzas para seguir adelante. Y entretanto, pienso y pienso: ¿qué decidirá Marcos? Llámame Marcos, llámame ya. Joder.

14 de marzo

Hoy se me ha acabado la paciencia. Ya no sé si enfadarme, preocuparme, o pasar definitivamente de él. Le he llamado desde el teléfono del trabajo para comprobar si me había bloqueado el número. En parte me lo merecería, por las veces que se lo hice yo a él. Pero parece que no, porque sigue dando la señal de apagado. ¿Qué le pasa a Marcos? ¿Se lo ha tragado la tierra? ¿Se ha cabreado tanto que se ha vuelto a Australia? No lo sé, pero sí sé una cosa: que no me voy a quedar esperando. Le diré a Megan que me voy a ir un poco antes y me plantaré en su trabajo. No le va a quedar otra que escucharme. Si es que sigue allí, claro.

Capítulo 37

Una vida de oropel

–Hola. Me suena tu cara –dijo un hombre de aspecto bonachón y tripa cervecera.

–Hola. Trabajo en el albergue Next Door, a unas diez manzanas de aquí –explicó Lucía.

–En Tenderloin, claro –ahora el tipo sonrió más abiertamente, aparcando a un lado una mopa con la que sacaba brillo al suelo–. Te vi en aquella barbacoa que organizasteis. Fue espectacular.

–Gracias, el esfuerzo valió la pena.

–Desde luego. Y ahora que recuerdo, tú fuiste la promotora del evento. Lucía, ¿no es así?

–Eso es.

–Pues encantado, Lucía. Y dime, ¿qué haces por aquí? ¿No me digas que te vienes a trabajar con nosotros? –le dijo aquel hombre mientras le hacía un escáner visual con bastante poco disimulo.

–En realidad no vengo por tema de trabajo. Estoy buscando a Marcos.

–Ah, cómo no me lo he imaginado antes. El español guaperas –rezongó–. Pasa, creo que está con Samuel en el patio. Se ha empeñado en enseñarle a jugar al ajedrez.

***

Lucía se adentró por las instalaciones hasta llegar a un patio amplio con cancha de baloncesto y mesas de ajedrez. En una de ellas estaba Marcos junto a un chico con síndrome de Down. Le explicaba algo sobre las reglas del juego y el chico atendía muy concentrado, mirándole casi con devoción. Lucía dio unos pasos más y se escondió tras un árbol observando en silencio, enternecida. «Ahora tú», animó Marcos tras comerse un peón de su contrincante, quien se quedó con el ceño fruncido hasta que de repente su cara se iluminó. Agarró el caballo blanco con fuerza e hizo un movimiento en «ele» alcanzando a la reina negra, a la que derribó sin compasión. «Jaque mate», dijo exultante. Marcos se tapó la cara con las manos y gritó un «noooooo» de fingida sorpresa ante las risas del otro jugador, que exhibía la pieza cobrada con mucha ostentación.

Tras ser profusamente felicitado, Samuel se fue llevándose con él las piezas y solo entonces Marcos se giró y la vio. Su expresión de alegría cambió a un registro mucho más grave.

–¿Qué haces aquí?

A Lucía le dolió el tono arisco con el que lo dijo.

–Quería verte.

–Pues yo a ti no.

–No hace falta que seas tan duro, ¿sabes?

–Oh, pobrecita. ¿Eso es ser duro? No te equivoques, Lucía. Estoy siendo muy asertivo y muy educado. No quiero verte y no entiendo por qué has venido. Respeta mi decisión.

Ahora sintió la rabia hervir por dentro. Una parte de ella tenía ganas de sacudirle, pero otra lo que quería era echarse allí mismo a hacer pucheros. No hizo una cosa ni la otra. Respiró con profundidad y le miró a los ojos.

–No fue para tanto. Creo que estás sacando las cosas de quicio. Pero tienes razón, tengo que respetar lo que decidas. Si es lo que quieres, me voy.

Comenzó a alejarse esperando que la detuviera, pero no lo hacía. Nadie corría tras ella para disculparse, para aclarar las cosas. ¿Cómo era posible que todo acabara así entre los dos? ¿Tan mal lo había hecho? Contenía las ganas de llorar mientras caminaba hacia la salida del albergue.

–Eso, vete con Adam.

Lucía se frenó en seco.

–¿Cómo has dicho?

–He dicho que te vuelvas a tu vida de oropel, con tu ricachón y tus fiestas con champán. Es eso lo que te gusta, ¿no?

–¿Por qué dices eso? –le miró extrañada. ¿Ella, vida de oropel? ¿Después de todo lo que había recorrido?

–Está claro, ¿no? Aprovechaste la primera discusión tonta para comprarte un billete a Los Ángeles y echarte en sus brazos.

–Yo… yo no fui por eso, Marcos.

–¿Ah, no? ¿Vas a decirme que no ha pasado nada entre vosotros?

Lucía escrutó el rostro de Marcos. Estaba furioso, y parecía muy seguro de lo que decía.

–Me dio un beso –confesó.

Él la miró con pena. En el fondo había esperado que lo desmintiera.

–Así que era eso. De ahí todos tus celos. Pensabas que era como tú, ¿verdad? Quizá debí ser yo quien espiara tu móvil desde el principio. Así habría comprendido mucho antes que estabas conmigo solo para entretenerte. Hasta que volvieras a recuperar a tu millonario.

–¿Es así como me ves? –Lucía le miró con odio. El genio que la caracterizaba pugnaba por salir afuera y arrasar con todo. Gritarle que era un imbécil, que no sabía lo que se perdía, y que sí, que a lo mejor se iba con Adam porque resultaba que era mucho mejor persona que él. Pero en el fondo, otra vocecilla le decía que si le dejaba tomar el control, siempre se arrepentiría. Porque perdería al hombre de su vida. Hizo un esfuerzo por recordar las palabras de Megan. Ser humilde, ser valiente. Y las de Jane. Encontrar a un igual. Y las de Maki. Saber cuál era, al fin, su destino. Así que inspiró y dio un paso adelante.

—Adam me besó y yo me lo quité de encima dejándole muy claro a quién quiero de verdad. Y tú ahora vas a sentarte y a escuchar lo que no me has dejado contarte en todos estos días.

Marcos obedeció, no sabía muy bien si intimidado por la determinación con la que le habló o por simple curiosidad. Pero no volvió a abrir la boca hasta que ella acabó de explicárselo todo. Y cuando lo hizo, fue para besarla.

Capítulo 38

La persona adecuada

Tras la reconciliación, las cosas volvieron a su cauce y la relación entre Marcos y Lucía entró en una etapa serena y feliz. Ya no había nubarrones ni nada que les impidiera disfrutar el uno del otro. Poco a poco fueron retomando los planes de futuro que habían comenzado a imaginar juntos. Aunque les fascinaba la ciudad, también tenían claro que no se quedarían en ella toda la vida. Llevaban mucho tiempo fuera, y ambos echaban de menos a sus familias y amistades de la otra punta del planeta.

Una calurosa tarde de junio, Lucía estaba tumbada en la cama garabateando en su inseparable cuaderno mientras Marcos dormitaba a su lado tras una siesta bastante movidita. Y de repente, sin más, se le ocurrió. Un *satori*, como habría dicho su amiga Jane. Zarandeó a Marcos, que se despertó sin saber qué ocurría.

–Ya lo tengo.

–¿Qué tienes?

–Crearemos nuestra propia oenegé.

–¿Qué? –Él se frotó los ojos, aún soñoliento.

–¡Es perfecto, Marcos! Tú llevarás la parte social de los proyectos y yo todos los temas de gestión económica.

–¿Una oenegé? ¿Nosotros… dos?

–¡Pues claro! Tú siempre has querido montar algo propio, me lo has dicho muchas veces.

–Bueno, en un futuro.

–El futuro nunca dejará de serlo hasta que no lo agarremos. Piénsalo. Así podremos regresar a Cáceres y seguir ayudando a gente que lo necesite. Esa es tu pasión, y desde que entré en el centro de acogida, también la mía. Me ha calado tan hondo que sé que no sería feliz haciendo algo diferente.

Marcos la miró a los ojos para asegurarse de que no bromeaba, y lentamente las comisuras de sus labios se elevaron en una sonrisa.

–Suena bien.

–¡Suena genial! Tenemos todo lo que se necesita. Entusiasmo, conocimientos, energía…

–Sí, claro, todo menos dinero…

–El dinero llegará trabajando, ya lo verás. Diseñaremos buenos proyectos para los lugares en los que más se necesite y los presentaremos a convocatorias de financiación. –Lucía estaba lanzada, y al ver cómo le brillaban los ojos, Marcos se dijo que aquello tenía que salir bien.

–No será fácil –le avisó él.

–Será un reto. Nuestro reto.

–Sí. Y cuando nos aprueben esos proyectos, tendremos que viajar mucho.

–Buf, eso será lo más duro –aseveró Lucía simulando cara de preocupación.

Marcos se la quedó mirando y al fin se echó a reír, mientras ella secundaba las carcajadas.

En las semanas siguientes fueron perfilando la idea; informándose de los trámites necesarios, documentándose, comenzando a planificar los proyectos y a ponerse en contacto con otras entidades con las que poder colaborar.

Cuando lo tuvieron todo listo, planearon el viaje de regreso y ambos se despidieron en los centros en los que habían estado empleados. Tanto el uno como el otro se habían entregado en su trabajo y eran muy queridos por sus compañeros y por las personas sin hogar que se refugiaban en uno u otro albergue; muchas, como la pequeña Brenda, habían compartido momentos con los dos. Así que les prepararon una fiesta sorpresa conjunta con la que lograron emocionarlos, y en la que Brenda no perdió una sola oportunidad para jactarse de su crucial participación en aquella historia.

Tras la conmovedora despedida, hicieron las maletas y dijeron adiós a San Francisco. Pero antes de tomar el avión transatlántico de vuelta a España, quedaba una cosa pendiente. Volaron a Las Vegas y allí, tras una breve parada en la que Lucía le enseñó a Marcos los lugares con más encanto, y en la que se prometieron viajar algún día a la Venecia real, alquilaron un coche y en un par de horas se plantaron en el Gran Cañón, donde, abrazados, contemplaron la puesta de sol más espectacular del mundo. Al menos, para ellos. Porque, como Marcos le dijo una vez a Lucía, las cosas son románticas solo si uno está con la persona adecuada.

Epílogo

Balance de resultados

Ha pasado casi un año y Lucía y Marcos ya tienen en marcha su oenegé. Les ha costado mucho trabajo y más papeleo, pero tras meses de incertidumbre comienzan a cosechar los primeros frutos: les han concedido una subvención para un proyecto de educación primaria en la India, y están empleándose a fondo para sacarlo adelante. Tal y como Marcos vaticinó, tendrán que viajar a menudo, pero eso no les preocupa en absoluto. De momento aprovechan el tiempo en Cáceres, disfrutando de sus familias y amigos. Lucía no se pierde un viernes con nata. Es una de las cosas que más ha echado de menos y aprovecha esos ratitos para irse poniendo al día de lo acontecido en la vida de sus amigas. Como aprovecha también para tomar algo de vez en cuando con Satur y no perder el hilo de sus aventuras y desventuras amorosas. En cuanto a él, las cosas no han cambiado mucho. O sí, pero como cambian constantemente, tampoco es ninguna novedad. El monitor de *spinning* pasó a la historia, pero el gimnasio ha resultado ser una fuente inagotable de recursos y, tras un fugaz romance con el de *combat*, ahora sale con un chico que conoció en la piscina climatizada. Un buen lugar, en palabras suyas, para calibrar la mercancía con antelación. Dice que está enamorado, pero Lucía ya le conoce bien y no se lo traga mucho. Al contrario que él, que se lo traga todo, pero dejemos a un lado esos pormenores; es él quien gusta de referirlos con profusión de detalles.

El caso es que hoy es uno de esos viernes en los que todas las chicas se han juntado. Es raro que falte alguna a su cita semanal desde que Lucía regresó: no quieren perder detalle de las narraciones sobre su vida en tierras americanas, aunque a decir verdad, la mayoría piensa que exagera un poco. Sonia va más allá y sostiene que lo del helicóptero debió soñarlo antes de caerse de la cama, y Marta piensa que la gala de los Oscar la vio desde la tele igual que todos los años, o como mucho, desde detrás de los *flashes* de los periodistas. La quieren mucho, pero... ¡venga! Vale que conoció a un chico rico en Los Ángeles que resultó ser un capullo, y también a una personal *shopper* e incluso a alguna aspirante a actriz, pero toda fantasía tiene un límite, ¿no?

Volvamos a hoy. Al servirles su manjar predilecto, a Lucía le vienen a la mente las únicas tortitas que vio en su larga estancia en Estados Unidos, y con ellas, la imagen de Ellen impregnada de nata cuando se las estampó en toda la cara. Sonríe al recordarlo desde la distancia y no puede resistirse a contárselo a las chicas, que se parten de la risa imaginando a aquella gurú de la moda bien empastelada. Sea verdad o fruto de la gran imaginación de su amiga, es gracioso de narices. Ella también ríe; nada de eso le duele ya. Si no hubiera recorrido todo aquel camino, no estaría donde ahora está. Bueno, sí, estaría zampándose una tortita, pero no sería la misma Lucía que hoy es.

—Julia, ¿has arreglado las cosas con Helmut?

Por su amiga sabe que han tenido sus más y sus menos, y el viernes anterior había llegado furiosa por una
pelotera de última hora.

—¿Te refieres al imbécil arrogante con el que trabajo?

—Creo que ya te ha contestado, Luci.

—Sí, eso creo yo también.

Julia suspiró:

—Mirad, estoy harta de esa historia. Es un egocéntri-
co y un explotador con todos los compañeros. Además,
se le olvida que la jefa soy yo y cree que porque me
acueste con él tiene derecho a exigirme a mí también lo
que le parezca... y qué queréis que os diga, pero no es
para tanto la cosa.

—¿Ah, no? Antes no decías eso.

—Antes estaba obnubilada por su autoconfianza y todas esas mierdas. Además, si os confesaba que en la
cama es más soso que un Teletubbie, me lo estaríais
refregando cada vez que os viera.

—Vamos, que tu gerente del año no era precisamente
Christian Grey, ¿no?

Cabeceó con energía para que quedara bien clarito.

—¿Y entonces?

—Y entonces, hoy me he torcido el pie y no he ido a
trabajar.

—Pero si hemos venido juntas y no te he notado
nada...

—Shhh —mandó callar Tere a la ingenua de Sara.

—Y resulta que casualmente tenía una entrevista para
la empresa de la competencia.

—¿Y? —corearon.

—Les he encantado. Me han hecho una oferta en la
que me doblan el sueldo que ahora tengo. Y me han
prometido que seré yo la que tome las decisiones sobre
el futuro de los trabajadores.

Ahora todas aplaudieron. En el bar alguno giró la

cabeza, pero ya estaban bastante acostumbrados a aquel escandaloso grupo de los viernes.

—Verás la cara que se le queda al panoli de Helmut cuando vea que se las tiene que apañar él solito. —Miró cómplice a Lucía, que asintió con un movimiento de cabeza. Después de cómo se había comportado con ella y el resto de sus compañeros, no se merecía más deferencias.

—Bueno, ¿y tú qué? ¿Otra vez te vas de viaje? Anda que te lo montas mal.

Lucía sonrió.

—Aún queda bastante.

—¿No os marchabais el mes que viene?

—Sí, pero el otro día recibí una noticia inesperada y hemos decidido posponerlo.

—La India… siempre he soñado con recorrerla y ver el Taj Mahal. Y ahora me conformo con que las dos brujillas me dejen tiempo para las clases de yoga. Porque de sexo tántrico mejor no hablamos —dijo Teresa con una mueca.

—Venga, no te quejes, que mojaste hace tres semanas —la picó Sonia.

—Cuando seas madre, si es que te da por ahí algún día, y mis hijas ya vayan al cine solitas mientras tú cambias pañales y enchufas la teta agotada y exánime, y no de follar precisamente, yo estaré ahí para recordártelo.

—Bah, me compraré un vibrador. Es más rápido y efectivo. ¿No es verdad, Tere?

—Ojalá me lo hubierais regalado antes.

—Venga, dejad a Lucía que nos cuente sus aventuras —terció Marta—. ¿Entonces irás al Taj Mahal o no?

—No sé si nos dará tiempo a visitarlo, a mí también me gustaría —confesó—. Pero la razón del viaje es hacerle el seguimiento al proyecto de la escuela que nos financiaron en Amravati. Aunque ya que estamos en la India habría que intentarlo, ¿verdad?

–Pues claro, cómo van a viajar hasta allí y no ir al templo del amor estos dos tórtolos –dijo Marta con sorna.

–Bueno, y ¿cuál es ese imprevisto?

–¿Cómo?

–Dijiste que habíais pospuesto el viaje por algo inesperado. ¿Algo que debamos saber? –preguntó Sara con tiento, a la vez que la observaba inquisitivamente.

Lucía extrajo un sobre de su bolso con mucho misterio. Todas la miraron intrigadas, hasta que Sonia, la más rápida, se lo quitó de las manos y lo abrió.

–¿Una invitación de boda?

–Vamos de boda. Pero no a la nuestra, no flipéis –se apresuró a decir ante aquellas ávidas expresiones, ya dispuestas a lanzar las campanas al vuelo–. Se casan unos amigos en la India y vamos a aprovechar para estar presentes.

–¿Y desde cuándo tienes tú amigos en la India?

Lucía sonrió al recordar el momento en que Jane le dio la noticia. Ya sabía que ella y Paul, el rastafari californiano, habían experimentado todo un flechazo al conocerse en San Francisco y que desde entonces no se habían separado ni un momento, pero de ahí a que se fueran a casar... Se había emocionado cuando Jane le contó cómo fue la pedida: durante una puesta de sol en su rincón secreto de Santa Mónica, el mismo que ella le regaló a Jane y que su amiga había compartido con Paul. Y para hacer público su amor, viniendo de ellos dos, la boda no podía ser convencional: iban a celebrarla por el rito hindú, símbolo de la *samskara*, confianza sagrada que ambos se depositarían para siempre, y nada menos que en la misma India. Después la recorrerían en su luna de miel, muy en la línea de Jane. La casualidad había querido que Marcos y ella estuvieran preparando su viaje y enseguida le había confirmado que no se perdería su boda por nada del mundo (ni verla vestida con un sari y engalanada de la cabeza a los pies por joyas, tatuajes de henna y guirnaldas de flores), y Jane no había tardado nada en proponerle que fueran los testigos.

–… de modo que como no es un sitio al que una vaya cada dos por tres, hemos retrasado los billetes para que nos coincida con la celebración.

–Jolines con la Luci. No veas lo cosmopolita que se nos ha vuelto.

Siguieron conversando sobre las idas y venidas de cada una mientras saboreaban su doble ración de tortitas, hasta que de repente Lucía, al levantar la vista, reparó en las imágenes que proyectaba una televisión al fondo del bar. Los comentarios de sus amigas pasaron a ser un ruido de fondo mientras parpadeaba varias veces para asegurarse de lo que veían sus ojos.

En la pantalla, un programa del corazón emitía un reportaje sobre *celebrities* y justo en ese momento enfocaban un *photocall* en el que estaba posando una atractiva joven de exóticos rasgos que le eran más que familiares.

–¡Pero si es Maki! –no pudo dejar de gritar–. ¡La conozco!

–Pues claro, y quién no conoce a Maki Takei. Si es la actriz de moda –dijo Marta recelosa. No, si ahora iba a saltar también con que era amiga suya.

–¿Qué? ¿Entonces sabéis quién es?

–Todo el mundo sabe quién es –secundó Sonia–. Tiene firmados contratos cinematográficos para los próximos tres años.

Lucía se echó a reír de pura alegría, mientras notaba cómo las lágrimas se le saltaban sin poder remediarlo. De modo que Maki lo había logrado. Tornó su vista de nuevo a la pantalla: se paseaba con una soltura pasmosa entre los fotógrafos y estaba radiante, aún más guapa de lo que recordaba. Sería la felicidad. Y el maquillaje, claro. Bien sabía ella que todos estaban más guapos ante la cámara.

—¿Y a esta qué le pasa? Miradla, se parte ella sola de risa.

—Nada, tía, déjala, que desde que está enamorada se le ha ido un poco la pinza —se mofó Teresa.

—Total, Luci, que la cuenta de resultados no ha quedado mal después de todo, ¿no? —terció Julia.

La miró de hito en hito sin comprender nada.

—Ya ni te acuerdas —se quejó su amiga.

Entonces, Lucía no pudo evitar una carcajada al rememorar aquel símil de balance económico que habían hecho de su relación con Alberto. Parecía todo tan lejano...

—Ya sabes que una cuenta de resultados no es más que una foto fija de un momento en concreto —le dijo con un guiño a su compañera de carrera y profesión—. Las ganancias y las pérdidas vienen y van como en una montaña rusa y...

—Corta el rollo, doña economista.

—Yo la he entendido. Quiere decir que todo lo que sale, vuelve a entrar —saltó Sonia para regocijo de las demás—. Una y otra, y otra vez. Y así todo el tiempo.

Lucía se puso colorada pero no se apocó. Satur ya la tenía más que acostumbrada a ese tipo de comentarios:

—Todo entra y sale muy bien, sí. Admito que ahora mismo tengo la cuenta bastante saneada.

—¿La cuenta bastante saneada? Y lo dices así. ¡Te odio más que nunca! —vociferó Teresa con una mueca indignada mientras todas estallaban en una carcajada general.